KB164570

세상에
사라져야 할
곤충은 없어

곤충학자 김태우의 곤충 이야기

세상에
사라져야 할
—
곤충은 없어

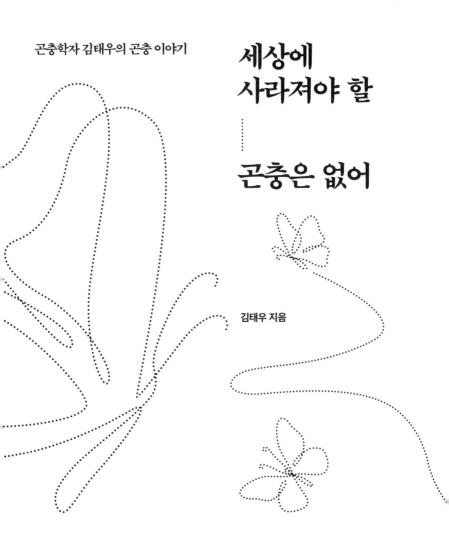

김태우 지음

한국경제신문

소홀히 대했던 존재에게 보내는 따뜻한 시선

어쩌면 나는 곤충들에게 많은 빚을 진 것 같다. 어린 시절 산과 들에서 만난 곤충들은 가까운 벗이 되었고, 자라서는 연구 대상이 되었다. 전공을 선택할 때는 곤충을 그저 해충으로만 여기는 것이 아닌 곤충 자체에 대해 더 많이 알고 싶었다. 세상의 그 많은 곤충을 어떻게 전문적으로 구분할 수 있는지도 무척 궁금했다. 주변에서 그거 연구해서 어디다 쓰냐는 말도 들었지만, 잘 보이지 않는 미래에 대한 고민보다 내 열정이 닿는 관심사를 향해 뛰었다. 즉 곤충의 다양한 매력이 나를 이 길로 인도한 것이다.

곤충에 대한 인간의 시선은 부정적이거나 무관심에 가깝지만 생태계에 미치는 영향은 막대하다. 곤충은 동식물을 먹고 사체를 분해하고 토양을 비옥하게 만들 뿐만 아니라, 새나 개구리 등 더 큰 동물의 먹이가 되기도 하고 꽃가루받이를 도와 생물다양성 증진에 이바지한다. 그런데 인간은 환경을 파괴하고 자연을 지배하고, 배타적으로 다른 생명체 위에 군림함으로써 마치 생태계를 벗어난 '초월적 존재'라는 착각 속에 살고 있다. 곤충의 대발생으로 인한 갈등을 변호한다면, 사실 인간이 일으킨 환경 교란이 궁극적 원인인 경우가 더 많다. 곤충은 타고난 본성대로 살 뿐 죄가 없다. 생태 전환의 시대에 곤충과 공존과 상생의 길을 찾는 것은 앞으로 다 같이 고민해야 할 숙제이다.

환경 보전과 함께 생물다양성의 중요성에 공감하는 분들이 늘고 있어 한편으로 의지가 된다. 곤충도 다른 생명체와 마찬가지로 살고자 애쓰는 존재이며, 우리의 잃어버린 자연 감수성을 일깨우는 대상이 될 수 있다. 나와 함께해 온 추억 속 곤충을 회상하며 미래에는 곤충을 바라보는 관점이 좀 더 긍정적이고 유쾌한 관심으로 바뀌길 기대한다. 끝으로 이 책의 기획과 출판을 제안해 주신 한경BP 편집진과 생태 전환을 위해 노력하는 많은 환경 교사, 숲해설가, 자연 안내자, 생태학교 선생님, 시민 활동가, 생태작가, 곤충 동호인 등 여러분께 감사드린다.

**세상에
사라져야 할
곤충은 없어**

│
│
│

차례

6장
곤충학자의 일상
나비가 나인가 내가 나비인가

7장
바다 건너의 곤충들
생명체가 손짓하는 넓은 세상으로

1장

동심의 세계

세상에 이런 생명체가 있다니!

돌아보면 주변엔 언제나
곤충이 있었다

어릴 적 우리 집은 자주 이사를 다녔지만, 집 근처에 항상 산이 있었다. 지금처럼 호기심거리가 별로 없던 시절, 산에 가면 참 볼거리가 많았다. 지금도 그때를 떠올리면 괜히 즐거워진다. 기억 속 가장 오래된 동네는 부산의 만덕동이다. 골목을 쪼르르 몇 걸음 달려가면 바로 야트막한 야산이 나오는데 산에 오르려면 도랑을 건너뛰어야 했다. 지금 생각하면 그것은 일종의 시멘트 배수로로, 물이 흐르는 도랑을 훌쩍 건너뛰는 순간 별천지가 펼쳐지곤 했다.

산 아래엔 작은 밭이 있었고 꽃밭에 곤충들이 많이 살았다. 꿀벌에게 처음 쏘인 것도 그때였다. 벌이 쏘면 무척 아프다는 이야기를 듣긴 했는데, 호박꽃에 날아온 꿀벌을 손아귀로 가두어 살살 만지니 쏘지 않았다. 그래서 거짓말이라고 선

불리 판단한 나머지 벌을 꾹 누르고 말았다. 아뿔싸. 그 순간 꿀벌은 나에게 따끔한 충고를 주었다. 이후로 더 이상 벌을 우습게 보지 않게 된 것은 물론이다.

꽃 위에 앉아 있던 노랑띠하늘소의 선명한 띠무늬 색상과 더듬이를 멋지게 흔들던 모습도 아직 또렷하다. 물론 그때는 뭔지 몰랐고 나중에 곤충 도감을 보면서 기억 속 곤충 이름을 하나둘씩 알게 되었다. 그리고 메뚜기……. 메뚜기 전공자가 된 지금의 추억도 그곳에서 시작한다. 메뚜기라는 녀석은 제 모습을 들키면 풀 뒤로 슬쩍 몸을 돌려 숨는데, 그 동작이 참 우스워 보였다. 그림자를 통해 제 모습이 뻔히 다 비쳤기 때문이다. 그래서 만만하게 보고 맨손으로 메뚜기를 잡다가 풀에 쏠리는 바람에 날카로운 풀잎 가장자리에 손바닥을 죽 베어 피를 철철 흘리고 말았다. 자연이란 참으로 많은 부분을 직접 사소한 것부터 깨우치게 한다.

밭 울타리에 붙어 있던 사마귀는 정말 무서웠다. 뾰족한 얼굴로 쩌려보는 인상이 얼마나 사나웠는지 등골이 서늘했다. 밭에서 일하던 아저씨는 이런 사마귀는 죽여야 한다고 말했다. 논에는 개구리도 참 많았는데, 갈색의 산개구리를 보고 독개구리니까 잡지 말라는 말을 들었던 기억이 있다. 또 흰나비도 잡지 마라 등등 어릴 때 어른들한테 주로 들었던 이야기 대부분은 건드리지 말라든가 벌레는 나쁘니까 죽여야 한다는 것들이었다.

하지만 나에게 나뭇가지 위의 잠자리와 거미줄, 나비의 날갯짓, 매미 소리, 논으로 풍덩 뛰어들던 개구리, 스르륵 나타났다 사라지는 뱀, 그 모든 것이 호기심 대상이었다. 산은 마치 보물 창고 같아서 이것저것 잡거나 살펴보느라 시간 가는 줄 몰랐다. 그래서 밥 먹을 시간이 되면 어머니가 나를 찾아다녀야 했다. 잡아 온 곤충을 닭장 속에 풀어 놓으면 호들갑 떨며 요란하게 달려들던 닭들의 모습, 풀 뜯느라 오물오물 입을 놀리는 토끼의 모습, 꼬리를 흔들며 아양 떠는 강아지 모습을 지켜보는 것도 무척 재미있었다.

도시로 전학한 뒤에도 습관처럼 산을 찾았다. 서울 은평구에 살던 초등학생 시절 틈만 나면 동네를 쏘다녔다. 논과 웅덩이, 개울, 계곡 등이 많았던 그 무대는 지금의 북한산 자락으로, 당시 외할머니를 따라 등산을 자주 다녔다. 그중 가장 기억나는 것은 할머니와 함께 올라간 산 위에서 거품벌레의 우화(날개돋이) 장면을 처음 목격한 것이다. 산꼭대기 돌 마루에 드러누워 위쪽의 소나무를 쳐다보고 쉬는데, 작고 노란 뭔가가 꿈틀거리는 것이 눈에 들어왔다. 가까이 들여다보니 노르스름한 벌레가 허물을 빠져나와 천천히 날개를 펼치는 것이 아닌가! 얼마나 신기하던지 나는 그것을 작은 매미라고 생각했다. 나중에야 솔거품벌레라는 이름을 알게 되었지만, 어린 시절 처음 본 곤충은 뇌리에 선명하게 자리 잡아 지금도 잊히지 않는다.

중고등학생 시절에는 8학군으로 불리던 강남구 신사동에 살았다. 그때 살던 집 앞에는 커다란 수은등 전봇대가 있어 밤마다 곤충이 많이 날아왔다. 박쥐처럼 커다란 박각시며 온갖 종류의 풍뎅이, 귀뚜라미가 불빛에 모여들었다. 그것을 관찰하고 잡아서 기르며 썼던 노트가 아직 몇 권 남아 있다. 당시 개나 고양이도 무척 좋아했지만, 집에서 애완동물을 키울 형편이 안 되어 대신 작은 곤충을 잡아다 유리병에 넣고 키우곤 했다. 어릴 때 무서워하던 사마귀도 이젠 아무렇지 않게 잡을 수 있게 되었다. 그러면서 곤충에 대한 호기심이 왕성해져 온갖 책을 뒤적거려 이름을 찾곤 했다.

고등학교 뒤쪽에 한강 둔치가 있었다. 마침 물가를 쳐다보다 잠자리가 태어나는 광경을 처음으로 목격했다. 물 위로 기어 나온 애벌레(수채)의 등이 쫙 갈라지더니, 커다란 부채장수잠자리가 나와 날개를 쭉 펴는 것이 아닌가! 그 장면을 얼마나 숨죽이며 한참을 지켜보았는지……. 이어서 처녀비행을 막 시작한 잠자리가 하늘로 날아오른 순간 어디선가 날아온

제비가 잠자리를 휙 낚아채 날아가 버렸다. 주위로 눈을 돌리자 여기저기서 수많은 잠자리가 태어나고 있었고, 제비도 한두 마리가 아니었다. 삶과 죽음의 경계가 그곳에 있었다.

대학에 입학한 뒤 북한산 자락으로 도로 이사를 왔다. 전공과 미래에 대한 고민이 많던 그 시절에도 산에 자주 올랐다. 마음이 답답할 적에 산은 조용한 침묵과 시원한 바람으로 묵묵히 나를 맞아 주었다. 산꼭대기는 모든 것을 내려놓고 관조하기 좋았다. 그리고 도시를 벗어난 숲에서 각양각색으로 살아가는 무수한 생명체는 내게 환희로 다가왔다.

북한산을 뒷산처럼 여기고 구두를 신은 채 무리하게 경사면에 올랐다가 미끄러져 죽을 뻔한 적도 있었다. 도마뱀붙이처럼 바위에 몸을 착 붙였더니 허리띠가 제동 역할을 해 주어 천천히 미끄러지는 덕분에 다행히 낭떠러지 구간을 벗어나 간신히 출발점으로 되돌아왔다. 그러나 한참 동안 다리가 후들거리고 심장이 벌렁거려 땅바닥에 주저앉은 채 일어나지 못했다. 이후 다시는 산에서 과욕을 부리거나 무리하지 않게 되었다.

성인이 되어 예전에 살던 동네를 다시 둘러볼 때가 있다. 10년이면 강산도 변한다고 어린 시절 오르내리던 산의 모습도 많이 변했다. 매년 나를 반갑게 맞아 주던 수액이 가득 흐르던 참나무도 잘려 사라지고 학교와 운동장이 어찌나 작아졌는지, 그리고 골목은 또 왜 그리 좁아졌는지……. '저 화단에서 달팽이를 많이 잡았는데' 하는 기억의 조각들이 몽글몽글 꿰맞춰졌다. 한참 신나게 키우던 달팽이를 더 이상 못 기를 것 같아 살던 곳에 도로 풀어 주었는데 그곳은 어느새 아스팔트 주차장으로 변해 버렸다. 그곳에 살던 수많은 달팽이의 목숨을 누가 생각이나 해 보았을지, 마음 한구석이 씁쓸해졌다. 잔날개여치를 잡아다 키웠던 북한산 자락의 습지대는 도로가 뚫리고 흔적도 없이 사라져 머릿속 지도가 완전히 바뀌어 버렸다.

누구나 자신 외에는 아무도 모르는 추억의 비밀 장소가 있을 것이다. 그런데 그곳이 변하고 사라진 것을 알게 되면 마치 소중한 내 일부를 잃어버린 것처럼 허전한 마음이 들지 않을까? 오늘날 현대인의 생활 범위는 태생의 한계를 많이 벗어나 지역색이나 고향의 의미가 바래고 있다. 여우도 죽을 때면 자신이 살던 언덕으로 머리를 향한다고 했는데 몸과 삶터는 전혀 다른 것인지, 어디에 정을 두면 좋을지 고민스럽다. 세상은 넓고 다닐 곳은 많지만, 몸의 기억은 연어처럼 결국 자신이 태어나 자란 곳으로 되돌아오는 것은 아닐까?

우리는 견문을 넓히거나 삶의 여유를 즐기기 위해, 또 여러 가지 목적으로 살던 곳을 떠나 많은 여행을 하고 되돌아온다. 그러나 일회성으로 다녀온 곳은 추억으로 남을지는 몰라도 진심으로 사랑하게 되지는 않을 것 같다. 오히려 나의 삶터가 아니기 때문에 몰지각한 행동으로 훼손하거나 더럽히고 오는 수도 있다. 멀리 가지 않아도 가까운 곳에 아름다운 추억을 만들어 줄 주인공들이 있다. 뒷산에 곤충이 있었다.

낚시꾼의 손맛과
곤충학자의 휘두르는 맛

길을 걷다 우연히 땅에 떨어진 된장잠자리 한 마리를 주웠다. 어쩌다 죽었는지 알 수 없었지만, 아무 데도 상한 곳 없이 깨끗해서 유심히 바라보게 됐다. 잠자리는 종잇장처럼 무척 가볍고 날렵했다.

'이래서 얘들이 바람을 타고 바다를 건너다니는구나!'

그물처럼 얽힌 날개 시맥을 천천히 들여다보았다. 복잡하게 뻗어 있으면서도 나름의 규칙성이 있어 자연의 질서와 아름다움을 느끼게 했다. 한때 잠자리 날개 디자인이 유행했던 기억이 났다.

잠자리의 날개는 비행사 곤충의 상징이다. 대형 점보 비행기를 만드는 것보다 초소형 자율 비행체 만들기가 기술적으로 더 어렵다고 한다. 그래서 공학자들은 얇고 가벼우면서도 뼈대가 튼튼한 잠자리 날개를 참고하기도 한다.

해 질 녘 모기떼가 발생한 곳을 지나간 적이 있다. 뭉게뭉게 구름 사이로 날개를 휘저으며 앞뒤로 모기를 쫓아 맹렬히 돌진하는 잠자리 모습을 보니 비둘기를 쫓는 매와 다름없었다. 잠자리를 피해 모기떼는 흩어졌다 모이기를 반복했다.

여름이면 잠자리채를 들고 다니는 소년들을 자주 만난다. 문방구에서 파는 상품이 주류인데, 어린 시절 나는 철사를 둥글게 휘어 양파망이나 모기장 그물을 씌우고 굵은 실로 기워 잠자리채를 직접 만들곤 했다. V자로 갈라진 나뭇가지를 왕거미의 거미줄에 갖다 붙여 만들 수 있다는 이야기도 들었지만, 거미줄은 일회용이라 썩 좋지 않았던 것 같다. 지금은 직업상 온갖 곤충을 다 잡는다는 의미로 포충망이라는 말이 익숙하지만, 일반인들은 여전히 잠자리 잡을 때 많이 쓰기 때문인지 잠자리채라고 부른다. (매미를 잡는 사람들은 또 매미채라는 말을 선호한다.)

소년들의 다른 손에는 플라스틱 잠자리 통이 들려 있다. 보통 몇몇 친구들끼리 뭉쳐 다니며 누가 더 많이 잡는지 시합한다. 재주 좋은 친구는 잠자리 통에 더 이상 잠자리가 들어갈 자리가 없을 정도로 한가득 잡아 자랑한다. 주로 초등학교 4~5학년 남아들이다. 지금의 나는 '저 많은 잠자리를 잡아서 뭘 하나, 괜히 괴롭히다가 다 죽이고 말 텐데……' 하는 심정이지만, 그 시절로 돌아가 보면 이해되는 바가 있다.

어린 시절 나는 산과 동네를 돌아다니다가 잘 빠진 나무 막대기를 보면 주워 모으는 버릇이 있었다. 물론 이사 갈 때마다 다 버리긴 했지만, 길게 잘 다듬은 나무는 칼싸움에도 쓸 만하고 왠지 갖고 있으면 든든한 기분이 들었다. 잠자리채도 그런 무기나 도구의 일종으로 그것을 이용해 곤충을 많이 잡으면 왠지 뿌듯하고 할 일을 다 한 것 같은 느낌이 들었다. 아마도 잠자리를 잡는 행위가 소년들의 사냥 본능을 충족시켜 주는 모양이다.

한참 후 곤충 전공자의 길에 들어서고서 잠자리 잡는 재미를 다시 느끼게 되었다. 석사 시절 농업과학기술원 잠사곤충부에 임시직으로 근무할 때의 일이다. 2주마다 곤충 생태원 모니터링을 맡게 되었다. 생태원 중간에 인공 연못이 있었는데 이 연못은 잠자리를 끌어들이기 위한 작은 비오톱(biotope, 도심에 존재하는 인공적인 생물 서식 공간) 역할을 했다. 연못 주변을 천천히 돌고 있으면 여러 종류의 잠자리가 계속 날아왔다. 물가를 따라 잠자리가 뱅뱅 돌거나 삐죽 나온 가지 끝에 앉았다가 다른 곤충이 지나가면 휘리릭 따라갔다 되돌아오고 하는 모습을 한참 지켜보았다. 잠자리들은 작은 벌레가 날아가면 잡아먹으려고 바짝 쫓아갔다. 또 수컷들끼리 만나면 푸드덕거리며 싸우는데, 그 모습이 공중전 하는 전투기처럼 매우 치열했다. 짝을 이룬 쌍은 물풀에 앉거나 배를 살짝살짝 물에 담그며 알을 낳았다. 이때를 놓치지 않고 포충망을 휘둘러 잠자리를 채집했다. 그러다 여간해서 앉지 않고 쉼 없이 연못을 순찰하는 왕잠자리가 새로운 목표가 되었다. 소년 시절 일반 잠자리는 많이 잡아 보았지만, 초록색 왕잠자리는 잡기 힘든 대상이라 잊었던 사냥 본능이 깨어났다.

"야, 거기 간다!"

후배 K에게 왕잠자리 순찰 비행을 지켜보라고 말했다. 곧 잽싸게 포충망을 휘둘렀지만, 눈치 빠른 왕잠자리는 방향을 슬쩍 피해 달아났다. 자기 영역 지키기에 바쁜 혈기 왕성한 수컷 왕잠자리가 다시 물가 주변으로 날아왔다.

"또 와요!"

기다렸다가 포충망을 힘차게 휘둘렀다.

"잡았다! 요놈!"

포충망 안에서 왕잠자리가 세찬 날갯짓을 했다. 나는 낚시를 하지 않지만, 아마 낚시꾼이 월척을 낚았을 때 느끼는 손맛과 비슷할 것 같다는 생각이 들었다.

한번은 왕잠자리가 자기들끼리 싸우느라 노리고 있는 우

리를 미처 보지 못한 모양이다. 신나게 포충망을 휘둘러 단번에 두 마리를 잡았다.

"일타쌍피!"

이 글을 쓰다 보니 내 지도교수님도 왕년에 그냥 포충망을 슬쩍 휘둘렀을 뿐인데, 커다란 장수잠자리 한 쌍을 한 번에 잡았다고 은근히 자랑하신 기억이 난다. 연로한 교수님 얼굴에서 어린 소년, 젊은 곤충학자의 모습이 겹친 순간이었다.

과거 석탄기로 돌아가 메가네우라(Meganeura, 화석으로 발견된 날개폭 70센티미터의 고생대 거대 잠자리)를 잡는다면 기분이 어떨까? 감히 상상이 가지 않아 《한국의 잠자리 생태 도감》의 저자이자 오랜 지인인 정광수 박사님께 메시지를 보냈다.

'메가네우라를 채집한다면 어떤 느낌일까요? 박사님이 생각하는 잠자리의 매력도 궁금합니다.'

정광수 박사님은 이렇게 답장을 해 주셨다.

'독수리처럼 커다란 포식자와의 혈투 채집이 아닐까? 잠자리의 매력은 무시무시한 포식 곤충이지만, 아름다운 색감과 체형을 가진 비행 천재라는 점!'

곤충 동호인들은 저마다 그런 자연의 아름다움과 직접 잡는 재미를 좇는 아이 같은 사람들인 것 같다.

늦가을 산란을 모두 마친 잠자리들은 물가 주변에서 생을 마감한다. 물에 뜬 채 죽어 있는 잠자리들을 보면 한 계절이 다 갔음을 실감한다. 얼마나 치열하게 살았는지 날개가 성한 것이 별로 없다. 성인들과 현장 교육을 할 때면 곤충을 어떻게 찾을지 걱정하는 참가자들을 만나게 된다. 그들에게는 이런 말을 자주 하는 편이다.

"지금부터 잠시 동심의 세계로 돌아가 보세요. 곤충들이 더 잘 보일 겁니다."

내 친구 초원의 유랑자
풀무치

우리나라에 메뚜기 전공자가 드물다 보니 메뚜기에 관한 궁금증이나 문제가 생기면 어떻게든 돌아서 내게 연락이 온다. 메뚜기 종류를 물어보는 간단한 질문부터 식용 메뚜기 키우는 법이나 근래 대발생한 사막메뚜기와 풀무치 대처법까지 그동안 여러 가지 전화를 받았다. 그중 가장 기억에 남는 일이 있다.

몇 년 전 처음 받은 전화는 내가 쓴 《메뚜기 생태 도감》을 꼭 구하고 싶다는 연락이었다. 출간된 지 수년이 지나 시중에는 절판되었고 나도 여유분이 없는 상황이라 출판사에 혹시 재고가 있는지 한번 연락해 보시라고 했다. 얼마 후 어렵게 책을 구했다는 소식과 함께 메뚜기 종류를 구분하는 법에 대한 통화가 이어졌다.

"저는 김영한이라고 합니다. 어린 시절 만난 풀무치, 콩중이, 팥중이가 어떻게 구분되는 건지요? 제가 알고 있는 메뚜기가 풀무치가 맞는지 궁금합니다."

연세 있는 어르신 목소리가 무척 순수하게 느껴졌다. 그리고 나보다 윗세대분이 그렇게 메뚜기를 구체적으로 궁금해하시니 조금 특별한 생각도 들었다.

"세 가지 종류가 서로 비슷한데, 풀무치가 제일 크고 별다른 무늬가 없는 편입니다. 콩중이는 등판이 볼록 솟았고 뒷날개가 노란색인데, 검은 테두리가 진해요. 팥중이는 보통 팥색깔인데, 등에 X자 같은 무늬가 있어요. 그렇지만 같은 종에서도 녹색형과 갈색형이 나오니까 잘 보셔야 합니다."

"그렇군요. 풀무치가 멀리서 가만히 있으면 치르르 하고 소리 내는 것이 맞나요?"

세상에 풀무치의 울음소리까지 들으셨다니 깜짝 놀랐다! 이야기를 더 나누면서 선생님께서 정말 풀무치를 오랫동안 자세히 관찰하셨다는 것을 알 수 있었다.

"제가 사는 동네에서는 콩중이를 콩밭쩰쩰이라고 불렀어요."

참 재미있는 이름이다. 요즘에는 도감에 나오는 표준어만 알고 가르치다 보니 그런 토속적인 이름이 다 사라져 듣기 어려운데, 어르신과의 대화 속에 잠시 과거로 돌아간 듯한 기분이 들었다.

사실 내 인터넷 아이디가 풀무치(pulmuchi)다. 대학원에 입학해 이메일을 처음 만들 때부터 지금까지 사용하고 있는데, 최애 곤충인 풀무치가 떠올라 짓게 됐다. 초등학교 6학년 여름방학에 부산의 할머니 댁에 갔을 때 동네 야산에서 풀무치를 처음 만났다. 세상에 저렇게 큰 메뚜기가 있다니! 코앞에서 땅을 박차고 도망가는 모습이 새가 날아가는 것 같아 금방 매료되고 말았다. 포충망도 없이 땀을 뻘뻘 흘리며 쫓아다니다 기어코 한 마리를 사로잡았지만, 어떻게 처리할지 몰라 결국 썩어서 버리고 말았다.

김영한 선생님이 풀무치 표본을 직접 한번 보고 싶다고 하셔서 생물자원관에서 방문 약속을 잡았다. 수장고에 보관된 풀무치 표본을 보면서 이런저런 이야기를 더 나누었다.

"최근 남도에 갔을 때 풀밭에서 풀무치를 발견하고 얼마나 반가웠는지요. 어린 시절 추억에 잠겨 한참을 들여다보고 있다가 집사람한테 한 소리 들었습니다. 요즘은 어딜 가야 얘들을 볼 수 있나요?"

표본의 채집지를 살펴보고 내가 관찰한 지역을 소개해 드렸다. 그리고 선생님은 댁으로 돌아가실 때 자신이 쓴 풀무치

이야기가 들어 있다며 평생교육원에서 발간한 수필집 한 권을 건네주셨다.

이 글을 쓰면서 책장 속 수필집을 꺼내 선생님 글을 다시 읽어 보니 제목이 〈내 친구 초원의 유랑자〉이다. 소년 시절 메뚜기를 잡으러 다닌 추억이 나와 같았고 고향의 부모님에 대한 그리움의 추억이 들어 있어 잔잔한 감동을 주었다. 그리고 서식지 환경의 소멸로 추억과 낭만이 서려 있는 초원의 멋쟁이 풀무치를 다시 볼 수 없을 것 같은 안타까운 마음도 공감이 갔다.

어린 시절 좋아했던 곤충이 자라면서 학창 시절을 거치고 입시 전쟁에 몰려 누구도 관심 없는 아무것도 아닌 것이 되었을 때, 참 씁쓸한 생각이 많이 들었다. 함께 곤충 잡으러 다닌 친구들도 전부 다른 길로 흩어졌다. 성인에게 곤충이 무슨 의미가 있을까? 먹고살기 바쁜 대다수 현대인에게 관심의 대상이 아닌 것은 어쩌면 당연하지만, 순수의 시절이 끝났다는 사실을 받아들여야 했다. 나 역시 곤충을 전공하기 전까지 내 삶에 곤충이 무슨 의미가 있는지 한참 고민스러웠다. 결국 순수한 취미라고 하기에는 곤충이 나에게 큰 의미로 존재했기에 직업으로 삼게 되었다. 주위를 둘러보면 같은 경험이나 관심사를 가진 분, 혹은 동종 분야의 종사자들이 있기 마련이다. 나만 그런가 외롭다가도 소중한 인연 덕분에 그렇게 쓸쓸하지만은 않은 것 같다. 이 지면을 빌려 소년 시절의 추억을 나눠 주신 김영한 선생님께 감사 인사를 전하고 싶다.

만약 누군가 풀무치의 매력이 무엇인지 묻는다면, 다음 네 가지를 꼽고 싶다. 첫째, 크다. 길이만 따지면 방아깨비나 대벌레가 더 길겠지만, 풀무치는 단단하고 다부진 체형이라 손아귀에 꽉 찰 만큼 크다. 머리에서 날개 끝까지 길이가 수컷은 7센티미터, 암컷은 8.5센티미터에 이르며 양 날개를 펼치면 실제로 작은 참새와 비슷하다. 무게까지 비교하면 국내 메뚜기 중에 풀무치에 버금가는 종류는 찾기 힘들다.

둘째, 잘생겼다. 그래서 곤충학 교과서에 곤충의 구조를 설명하는 대표적인 예로 자주 등장한다. 몸매 비율이 어디 하나 빠질 데 없이 알맞게 균형 잡혀 있고 얼굴은 모나지 않아 둥글둥글해 선한 인상이다. 붙잡히면 사납게 깨무는 육식성 여치와 달리 풀을 먹는 풀무치는 성질도 온순하다. 긴 날개와 탄탄한 다리는 전체적으로 부드러운 멋쟁이 신사의 분위기를 느끼게 한다.

셋째, 쉽게 잡기 어렵다. 눈앞에 빤히 보이지만, 박차고 도약하는 힘이 대단하다. 강가에서 풀무치를 쫓으면 강 건너편으로 훌쩍 달아나 버린다. 더구나 약 올리듯 거리를 두고 살짝살짝 도망가는 풀무치의 행동이 쫓는 사람을 감질나게 만든다. 그리고 어렵게 잡았을 때 포충망 안에서 펄떡거리는 힘은 생생한 에너지가 충만하다. 풀무치는 제주도와 울릉도를 포함한 우리나라 주요 섬과 바닷가에 종종 나타나며 가까운 바다는 날아서 건널 정도로 비행력이 좋다.

넷째, 잠재된 카리스마가 있다. 풀무치는 조선 시대엔 비황(飛蝗)이나 황충(蝗蟲)으로 불렸다. 황(蝗)은 벌레 충과 임금 황이 결합한 말이다. 즉 곤충계의 제왕이다. 또한 풀무치는 펄벅의 소설《대지》에 등장할 만큼 과거로부터 무리 짓는 메뚜기로 유명하다. 풀무치는 풀+묻히, 풀 속에 묻혀 있는 메뚜기라는 뜻으로 누리라고도 부르는데, 하늘을 까맣게 뒤덮은 누리 떼를 보면 원초적 에너지와 두려움이 느껴진다.

2014년 전남 해남에서 풀무치 대발생 소식이 보도됐다. 해방 이후 처음 겪는 일이라 언론과 방송에서 많이 다루었고 나도 메뚜기 전공자로서 인터뷰에 나와 설명할 기회가 있었다. 학계에서도 풀무치에 관한 관심이 높아져 습성, 생태, 방제 연구를 새로 진행하고 있고 산업계에서는 식용 곤충으로서의 가능성을 탐색하고 있다. 그렇지만 풀무치를 만나면 당장이라도 뛰어가 녀석의 힘과 한바탕 겨뤄 보고 싶다는 생각이 먼저 드는 것은 아직도 철이 덜 들었기 때문인가 보다.

파브르 선생님의
비밀

어린이 대상 곤충 책을 몇 권 썼더니 가끔 어린이 독자로부터 편지를 받는 일이 있다. 아마 학교 선생님이나 사회복지사 같은 분들이 너는 특별히 곤충에 관심이 많으니 박사님께 직접 편지를 한번 써 보라고 권해 주시는 모양이다. 연필로 삐뚤빼뚤 직접 쓴 손 편지를 받으면 참 반갑기도 하고 이렇게 내 글을 관심 있게 봐주는 독자들이 있어 책을 내는 일에 보람을 느끼기도 한다.

김태우 박사님께, 안녕하세요. 저는 제주남초등학교 3학년 1반 김민준이에요. 궁금한 게 있어서 편지를 썼어요. 메뚜기 50종을 새로 발견했다고 들었는데, 그 메뚜기 이름이 뭐예요? 그리고 제가 좋아하는 곤충도 알려드릴게요. 사마귀, 리오크

(Riokku, 일본에서 제작한 '충왕전' 영상으로 유명해진 동남아시아의 대형 어리여치)예요. 선생님은 어떤 곤충을 좋아해요? 그럼 이만요. 안녕히 계세요.

2021년 8월 31일
김민준 올림

안녕하세요? 저는 부산 예원초등학교 4학년 7반 조해성입니다. 저는 《알고 보면 더 재미있는 곤충 이야기》를 재미있게 보고 있습니다. 그중에서 모기의 눈알 수프랑 바퀴벌레 이야기가 인상 깊었습니다. 모기 눈알 수프를 먹을 생각을 하다니! 그리고 바퀴벌레가 공룡시대에도 있었다니 놀라웠습니다. 저도 유치원 때 매미랑 나비를 손으로 잡아 보았는데, 곤충을 관찰하는 게 쉽지 않았습니다. 배추흰나비도 키워 보았는데, 알부터 나비가 될 때까지 생각보다 너무 많이 죽어서 속상했습니다. 곤충을 공부하고 관찰하려면 어떻게 하면 좋을지 궁금합니다. 엄마께서 곤충을 너무 싫어하셔서 기르기가 힘듭니다. 곤충 박사님은 어떻게 관찰하셨는지 궁금하네요. 그럼 안녕히 계세요.

2022년 4월 19일
조해성 올림

어린이들의 글을 읽으면 순수했던 어린 시절 내 모습이 떠올라 감회가 새롭다. 곤충을 좋아하는 친구들이 꿈을 잘 이어갔으면 하는 바람으로 편지에는 답장을 꼭 보내는 편이다. 그런데 어린이들의 진지한 고민을 읽고 나면 어른들의 책임이나 인식에 관한 부분이 있어 복잡한 생각이 든다. 엄마는 곤충을 싫어하는데, 아이는 곤충이 좋으니 어떻게 해야 할까? 나 역시 집에서 혼자만 관심이 있었고 부모님이나 동생은 오히려 곤충을 싫어하는 편이라 몰래몰래 키워야 했다. 가끔 탈출한 놈이 느닷없이 방 안에 나타나 돌아다니면 어머니는 깜짝 놀라 소리치며 나를 부르기도 했다.

곤충은 우리나라에서 어린이, 특히 소년 문화의 일부로 자리 잡은 것 같다. 어렸을 때 우리는 부모님이나 책으로부터 자연에 대해 많이 배운다. 아이가 있는 집에선 자연학습 전집이나 도감을 보통 몇 권씩 소장하고 있다. 나도 그런 책의 저술이나 감수를 맡은 적이 몇 번 있다. 어른들이 아이들에게 자연을 알려 주고 싶은 것은 예나 지금이나 비슷할 것이다. 문화역사가 토마스 베리는 '어린이에게 자연을 가르치는 일은 우리 삶에서 가장 중요한 일 중 하나가 되어야 한다'는 말을 남기기도 했다.

아마 오랜 과거에는 주변의 자연을 잘 아는 것이 지금보다 훨씬 더 중요했을 것이다. 위협이 되는 것인지, 먹을 수 있는 것인지 구분할 줄 아는 것은 생존과 직결된 문제이므로 아이뿐만 아니라 동료에게 자연에 대한 지식을 전달하는 것은 중요한 일이었을 것이다. 그런데 이제 자연과 단절된 도시 문명 사회에서 자연학습은 책을 보거나 어린이들의 호기심 충족에 대한 부분만 남아 있고 어른들의 자연학습은 사실상 관심사에서 많이 멀어져 있는 것 같다. 어쩌면 과학 문명이 자연의 한계를 극복하는 과정에서 자연과 멀어진 부작용을 낳은 것은 아닐까?《사피엔스》,《호모 데우스》의 저자 유발 하라리는 신이 되고자 하는 인간의 욕망을 지적했다.

우리나라에서 자연학습에 대한 성인들의 취향은 주로 실용적인 측면에서 식물(나물, 약용, 정원수 등)이나 미적 가치를 추구하는 새와 나비, 원시 자연에 대한 동경으로 양서파충류, 야생동물 분야 등으로 나눠지는 것 같다. 그런데 현대인들이 동식물을 많이 알면 뭐가 좋을까? 대학 시절 식물분류학 교수님이 식물 이름을 많이 알면 등산 갔을 때 할머니들 사이에 인기가 많아 퇴직 후에도 걱정할 일이 없다고 자랑하셨던 기억이 난다. 곤충을 많이 알면 무슨 도움이 될까? 아마 아이들 사이에 인기가 많을 것이다. 특히 아이들과 함께하는 직업군은 곤충을 많이 알면 도움이 될 것 같다.

우리나라에서 곤충의 아이콘은 단연코 파브르(1823~1915
년)일 것이다. 나 역시 어렸을 적 읽었던《파브르 곤충기》
의 낡은 문고판과 몇 가지 다른 출판사 버전을 갖고 있다.
내 지도교수님인 김진일 교수님은 젊은 시절 파브르의 고
향 프랑스에서 유학하셨는데, 퇴임을 몇 해 앞두고 곤충기
완역판 번역에 몰두하셨다. 그리고 프랑스에서 파브르는 사
실 곤충학자보다 시인이자 문학자로 더 알려져 있다는 이
야기를 들려주셨다.《파브르 곤충기》의 원제인《Souvenirs
entomologiques》는 곤충학적 회상 또는 기념이란 뜻인데,
열 권의 원서는 당시 지식인들이 읽어도 깜짝 놀랄 만한 내
용을 다루고 있다. 아름다운 문체로 곤충을 자연계의 주인공
으로 부각시켰을 뿐만 아니라 과학 문화에 대한 비평도 들어
있어 새로운 시각을 제시했다.

우리나라에서《파브르 곤충기》는 어린이들의 필독서로 인
식되어 있지만, 출판 당시에는 성인들이 읽어야 할 교양서였
다. 최근 연구서를 보면《파브르 곤충기》가 특히 일본과 한
국에서 각광받은 이유가 일제 강점기 서구 과학 문화에 대한
계몽주의의 영향이 컸기 때문이라고 한다. 지금의 내가 있기
까지 큰 영향을 준 파브르 선생님께 이 지면을 빌려 독자 편
지를 써 보고 싶다.

친애하는 파브르 선생님께

선생님은 아마 모르실 겁니다. 선생님의 이름을 붙인 곤충기가 100년도 더 지난 세월이 흐른 후에도 여전히 불후의 고전으로 남아 전 세계인이 탐독하고 있습니다. 선생님의 관찰기는 정말 곤충을 알려면 어떻게 살펴야 하는지, 그리고 편견을 극복하기 위해 어떻게 노력해야 하는지 많은 교훈을 주셨습니다. 선생님은 특히 어려운 가정 형편을 극복하고 오직 공부와 자신의 노력만으로 훌륭한 업적을 남기셨어요. 불굴의 의지와 땀의 결실로 누구나 성실하면 성공할 수 있다는 것을 몸소 보여 주셨지요. 또한 한 가정의 남편이자 가장으로 여러 자식을 부양하기 위해 열심히 살아오신 점도 존경합니다.

그런데 한 가지 섭섭한 것이 있습니다. 곤충기에서 분류학이 죽은 것만 연구한다는 비판을 많이 하셨는데요. 맞는 말씀이지만 분류학이 있어야 제대로 된 곤충 학명의 기준이 생기고 그 기준점에서 행동학, 생태학, 생리학 등 파생 지식도 누적된다는 사실을 알아주셨으면 합니다. 선생님도 곤충기 제1권(1879년) 부록에서 벌 네 종을 신종으로 발표하셨지만, 안타깝게도 이미 알려진 종의 동종이명(synonym, 같은 종의 다른 이름을 말한다. 발표 연도가 가장 앞선 이름이 우선권이 있다)으로 정리되었어요.

한국의 곤충학자로 저도 책을 몇 권 내서 독자들의 편지도 받고 있습니다. 제가 학창 시절 선생님 글을 읽고 곤충학자가 된 것처럼 우리 어린이들도 잘 자라서 과학자가 되어도 좋고, 전혀 상관없는 일을 해도 괜찮습니다. 다만 자연의 신비에 감탄할 줄 알고 곤충과 친하게 지낼 줄 아는 사람으로 자랐으면 좋겠습니다. 저도 언젠가 선생님의 곤충기 같은 멋진 작품을 남기고 싶습니다. 그리고 선생님이 살던 알마스(황무지)에 언젠가 꼭 한번 가 보고 싶습니다. 선생님이 사랑하시던 벌들이 붕붕 날아다니며 먹이 사냥하는 모습도 보고 선생님의 발자취를 그대로 느껴 보고 싶습니다.

| 덧적기 | 동료인 프랑스 국립자연사박물관의 귀뚜라미 연구자 토니 로빌라르 박사에게 선생님을 어떻게 생각하는지 이메일로 물었더니 다음과 같은 답장을 받았다.

프랑스에서 파브르는 곤충의 자연사에 관심이 있는 선구자로 곤충학자들에게 알려져 있다고 생각합니다. 과학이 대개 관찰에 의존했고 과학 저술이 어떤 면에서는 시에 가까웠던 그 시대에 시인과 과학자의 차이는 구분하기 어렵습니다. 레오나르

도 다빈치가 과학자인가 아니면 예술가인가? 이 질문과 같은 방식으로 파브르를 바라봅니다. 하지만 내가 곤충학자가 되기로 결심했을 때 파브르의 모습에 영향을 받았다는 점 때문에 내 견해가 편향된 것일 수도 있어요. 글쎄요, 명쾌한 답변은 없는 것 같아요. 그는 아마도 그때 기준으로 과학자이자 시인이었을 것입니다.

당신도
곤덕이신가요?

아래 스물다섯 개 항목에서 스무 개 이상에 대해 그렇다고 대답한다면 진정한 곤충광이자 곤충 마니아, 요즘 말로 '곤덕(후)'이 아닐까? 알면 사랑한다는 최재천 교수님의 말도 유명하지만, 역으로 사랑하면 알고 싶고 알게 된다는 말도 필요충분조건으로 성립할 수 있을 것 같다. 지식의 바탕에 생명체에 대한 애정(biophilia)이 있으면 좋겠다. 곤충에 대한 애정 어린 관심과 소소한 탐구의 즐거움을 나누는 시민 과학 문화가 정착되길 바란다.

곤덕 체크리스트

☐ 1 적어도 우리나라 곤충 이름 오십 개는 알고 있다.

☐ 2 최소 다섯 개의 곤충 학명을 외우고 있다.

☐ 3 곤충이 등장하는 옛날이야기나 소설, 영화를 한 가지
이상 알고 있다.

☐ 4 우리나라 천연기념물과 멸종위기 보호 곤충을 열 종
이상 알고 있다.

☐ 5 우리나라 곤충학자 이름을 한 명 이상 알고 있다.

☐ 6 곤충과 벌레의 차이점을 분명하게 알고 있다.

☐ 7 꽃등에와 꿀벌을 구별할 줄 알고 꽃등에는 손으로 잡
을 수도 있다.

☐ 8 모기, 파리, 바퀴 등 해충을 죽이기 전에 유심히 관찰
한 적이 있다.

☐ 9 지금 키우고 있는 곤충이 있다.

☐ 10 곤충이 죽어서 슬퍼하거나 땅에 묻어 준 적이 있다.

☐ 11 잡거나 키우던 곤충을 다시 자연에 놓아준 적이 있다.

☐ 12 적어도 한 가지 곤충에 대해서 알에서 죽을 때까지의
한살이를 꿰고 있다.

☐ 13 곤충을 보러 혹은 채집하기 위해 매년 한 번 이상 여행
을 떠난다.

□ 14 원하는 한 가지의 곤충을 잡기 위해 그곳에 기어코 간 적이 있다.

□ 15 더 많은 곤충을 보기 위해 해외에 다녀오거나 갈 생각 이 있다.

□ 16 고가의 곤충 도감을 세 권 이상 갖고 있다.

□ 17 《파브르 곤충기》를 읽었고 아직도 갖고 있다.

□ 18 곤충이 나오는 우표나 크리스마스실을 갖고 있다.

□ 19 손으로 직접 잠자리채를 만들어 사용한 적이 있다.

□ 20 직접 만든 곤충표본의 부러진 다리나 더듬이를 풀로 붙인 적이 있다.

□ 21 직접 그린 곤충 그림이나 곤충 일기, 혹은 곤충 사진이 있다.

□ 22 겨울에도 곤충을 잡으러 다닌 적이 있다.

□ 23 곤충 다큐멘터리는 미리 방송 시각을 확인하고 꼭 시 청한다.

□ 24 잠자려고 누웠다가도 곤충을 보기 위해 다시 일어난 적이 있다.

□ 25 하루에 한 군데 이상의 인터넷 곤충 사이트와 게시판 을 방문한다.

2장

관찰 노트
어떤 생명체든 비밀이 있다

첫 반려곤충 집게벌레의
뜨거운 모성

집게벌레는 보통 인가의 어둡고 습한 장소에서 쉽게 발견되는 곤충이다. 이들은 낮에 숨어 있다가 밤이 되면 기어 나와 여러 가지 동식물을 섭취한다. 물론 야외에 사는 종류도 있지만, 민집게벌레나 끝마디통통집게벌레, 애흰수염집게벌레 등은 집 안에 서식하는 특성을 가진 대표적인 가주성 집게벌레로, 흔히 집에서 발견된다. 내가 맨 처음 길러 본 곤충으로 기억하는 것이 바로 집게벌레다. 중학교 2학년 시절 쓴 일기장을 들춰 보니, 집 안을 샅샅이 뒤져 온갖 벌레를 한 유리병에 집어넣고 어떤 일이 벌어지는지 살펴본 것이 적혀 있었다. 그중 강한 생명력으로 끝까지 버티며 생존력을 보여 준 집게벌레는 인공적 공간에서 알도 낳고 애벌레까지 길러 내 곤충의 모성애를 깨닫게 해 주었다.

- **1985년 6월 23일.** 오늘은 큰 유리병에 여러 마리의 벌레를 잡아넣어 길러 보려고 화분이나 습기 찬 곳의 벌레를 찾았다. 먼저 유리병에 흙을 좀 담고 돌멩이와 나뭇잎, 나뭇가지 등을 놓은 후 분무기로 물을 뿌렸다. 그 후 여러 마리의 집게벌레와 애벌레, 먼지벌레, 늑대거미, 꼽등이, 개미 등의 벌레를 집어넣었다. 개미는 돌아다니다 집게벌레에게 물렸는지 금방 죽고 집게벌레들은 땅을 여러 군데 파서 굴을 만들었다. 그리고 바퀴벌레를 죽여서 먹이로 주었더니 맨 먼저 집게벌레가, 차례로 먼지벌레, 꼽등이가 와서 시체를 뜯어먹었다. 내가 집어넣은 벌레는 다 육식성 곤충인 것 같다.

- **1985년 6월 24일.** 집에 오니 바퀴벌레는 날개만 남고 사라졌고 먼지벌레도 죽고 말았다. 아마 집게벌레의 무서운 집게 공격이 있었으리라. 집게벌레들은 이제 안정되었는지 나뭇잎이나 돌 밑 등에 숨어 있었다. 늑대거미는 아직도 안정을 못 찾아 줄도 안 치고 이리저리 헤매었다. 그리고 꼽등이 유충을 많이 넣었는데, 숫자가 줄어든 것 같다.

- **1985년 7월 1일.** 오늘은 드디어 집게벌레가 알을 낳았다. 며칠 살펴보지 않은 사이 몸집이 가장 큰 집게벌레가 다른 집

게벌레도 잡아먹더니 드디어 알을 깐 것이다. 집게벌레의 알은 약 1.5밀리미터의 크기로 윤기 나는 흰색인데, 20~25개 정도의 알이 뭉쳐져 있었다. 여기에 거미 세 마리와 집게벌레를 보충해서 넣었다. 거미들은 모두 뿌옇게 가는 줄로 많은 집을 지었는데 잘 놀라서 달아난다. 앞으로 어떻게 될 것인지 매우 궁금하다.

- **1985년 7월 2일.** 길에 밟혀 죽은 풍뎅이를 주워 병 속에 넣었는데 오늘 보니 거미가 그것을 집으로 끌고 와 거미줄로 싼 후 먹고 있었다. 거미는 살아 있는 것만 사냥하는 줄 알았는데 죽은 곤충의 체액을 먹기도 하는 모양이다. 집게벌레는 여전히 자기 알을 사랑스럽게 옮겨 주고 보살피는데, 이전보다 몸 크기가 작아진 것 같다. 알은 약간 노랗게 보이는데 어미는 그것을 이곳저곳에 옮겨 놓았다. 가장 안전한 곳에 숨기려는 모양이다.

- **1985년 7월 4일.** 집에 오니 병 속에 넣어 둔 풍뎅이가 껍질만 남아 있었다. 꼽등이가 먹은 모양이다. 그런데 꼽등이의 몸이 작아진 것이 이상하다. 꼽등이는 멍하니 밖을 보거나 가만히 있었다. 집게벌레는 은신처를 흙으로 다 덮어 버려

서 알이 어떻게 되었는지는 알 수 없다.

- **1985년 7월 11일.** 오늘은 집게벌레가 살고 있는 유리병에 가지각색의 거미를 잡아넣었다. 어떤 것은 다리가 연한 파란색이고 어떤 것은 몸이 검다. 제일 큰 거미는 배 지름이 5밀리미터 정도 된다. 그 외에 다리가 가늘고 몸놀림이 빠른 거미, 작은 깡충거미도 넣었는데, 이리저리 돌아다니다가 줄을 치기 시작하였다. 그런데 서로의 줄이 얽혀서 어느 것이 자기 집인지 모르는 것 같다.

- **1985년 7월 14일.** 보름 만에 집게벌레 애벌레들이 모두 부화해 바닥을 돌아다녔다. 거미가 집게벌레 유충을 잡아 거미줄에 달아 놓았다. 거미에게 체액을 빨린 집게벌레는 검은 몸이 허옇게 변해 버렸다. 거미는 무서운 집게벌레의 집게도 쉽게 물리칠 수 있었다.

- **1985년 7월 15일.** 큰 집게벌레가 거미줄에 달려 있었다. 무서운 일이다. 거미들이 줄을 치지 않고 돌아다닐 때는 집게벌레에게 물려 다리가 잘려 죽었는데, 줄을 이용하더니 큰 집게벌레도 곧잘 잡아먹는다. 집게벌레에게 귀뚜라미, 꼽등

이, 바퀴벌레를 넣어 주었더니 다 잡아먹고 찌꺼기만 남아 있다. 수컷 집게벌레를 한 마리 넣어 주었는데, 그전에 살던 암컷과 같은 굴에 들어가 살고 있다.

해가 바뀐 이듬해 여름에도 집게벌레를 계속 길렀다.

- **1986년 7월 31일.** 벌레 세계에는 잔인함이 가득하다. 개미는 죽은 동료를 끌고 가고 사마귀는 물론 귀뚜라미, 거미, 집게벌레도 같은 족속 죽이기가 일쑤다. 특히 내가 좋아하는 커다란 민집게벌레는 너무나 호전성이 강하고 힘도 세서 병 속의 왕으로 군림하고 있다. 내가 잡은 집게벌레 중 가장 거대한 놈은 어떤 때 5센티미터나 돼 보여 깜짝 놀랐다. 그놈은 첫날부터 자기 몸 두 배나 되는 꼽등이를 사냥하여 나를 깜짝 놀라게 했다. 더욱이 급소인 첫째와 둘째 다리 가운데 가슴을 예리한 집게로 깊숙이 찔러 중추신경계를 마비시켰다. 꼽등이는 물려서도 놀라운 힘으로 펄쩍거리며 뛰었는데, 그래도 집게벌레는 집게를 놓지 않고 끝끝내 다 잡아먹고 말았다. 지금까지 그놈 손에, 아니 집게에 사라져 간 벌레가 얼마나 많은지 헤아릴 수가 없다. 다른 집게벌레는 밥풀도 먹는 잡식인데, 이 녀석은 순전히 육

식성으로 종류를 가리지 않고 다 포식했다. 그래서 나는 이 집게벌레에게 흑투사라는 별명을 붙였다. 검게 빛나는 늘씬한 몸에 붉은 다리는 집게벌레의 아름다움을 대표하는 것 같다. 흑투사는 물에서 수영도 아주 잘했다.

며칠간 사육병을 관리하지 못해 어떻게 되었나 살펴보니 온갖 벌레 부스러기와 곰팡이가 피어 있었고 흑투사는 종적을 감추어 버렸다. 병 청소를 하는 도중 갑자기 흙 속에서 흑투사가 기어 나왔는데, 소중한 알들이 함께 있었다. 깜짝 놀라 흙을 도로 덮었지만, 흑투사는 이 상황을 재난으로 인식하고 알을 포기하고 말았다. 혹시 몰라 며칠을 두고 보았지만 결국 흑투사는 그대로 알을 방치한 채 사냥을 다시 시작했다. 많은 알을 낳느라고 소모한 에너지로 몸길이가 1센티미터는 줄었는데, 이것을 보충하려는지 부지런히 닥치는 대로 벌레를 잡아먹었다. 마치 자기 알을 잃은 슬픔 같기도 했다. 아무튼 나는 흙을 다 쏟고 새 흙과 깨끗한 환경을 흑투사에게 선사했다. 그런데 흑투사는 뭔가 낯선지 멍하니 가만있기만 했다. 전에 살던 흙에서는 특이한 냄새가 났는데, 아마도 집게벌레가 뿌린 향일 것이다. 그러니 자기 냄새가 나지 않는 환경이 수상했던 것 같다. 예상대로 하루가 지나니 새 집에도 곧 같은 냄새가 풍겼고 흑투사는 이곳저곳 마구 굴을 뚫어 은신처를 확보해 놓았다. 지금 흑투사는 새 환경에 완전히 적응하여 자기 집인 줄 알고 있으며 벌레를 줄 때마다 사냥을 잘하고 있다. 다시 한번 알을 낳아 훌륭한 모성애를 보여 주었으면 하는 것이 지금 내 소망이다.

- **1986년 8월 5일.** 내가 집을 비운 사이에 흑투사가 좀 작은 알들을 낳았다. 지난번 경험 때문인지 알은 땅 위에 그냥 낳아 두었고 철저한 감시하에 알을 정성껏 돌보고 있다.

- **1986년 8월 16일.** 집에 오니 쥐며느리와 꼽등이가 한 마리씩 죽어 있었다. 요즘 들어 흑투사는 크기가 조금씩 줄어들고 잘 먹지 않았다. 굴속에 숨었지만 크고 예리한 집게가 굴 밖에 나와 있어서 모습을 좀 보려고 집게를 건드렸는데, 뜻밖의 무반응에 핀셋으로 끄집어내니 놀랍게도 죽어 있었다! 천하무적이던 흑투사가 이렇게 세상을 휑하게 떠나다니 정말 기분이 이상하다. 그 거대한 몸집과 집게는 죽기 전 최후의 웅장한 모습이었나 보다. 마지막 산란을 내가 방해한 바람에 이렇게 끝나버려 너무 안타까웠다. 흑투사의 자손이 태어났다면 아마도 혈통을 이어받아 장대한 집게벌레가 태어날지도 모를 일이었는데……. 모든 야생동물이 그렇듯 흑

투사도 최후의 모습을 보이지 않으려고 굴속에 숨어 조용히 숨진 모양이다. 화려했던 과거는 사라졌지만, 나는 그 모습을 계속 보고 싶어 표본으로 만들었다. 유연했던 허리는 빳빳이 굳었고 몸길이도 3센티미터밖에 안 되었다. 검고 빛나는 갑옷은 윤기를 잃고 힘센 다리는 힘을 다했지만, 놀라운 집게의 위력은 내 기억 속에 영원하리라.

빠지면 헤어 나올 수 없는
개미귀신의 늪

책에서만 보던 개미귀신을 자연에서 처음 발견한 것은 1989년 5월 중순이다. 늘 다니는 동네 야산에서 여기저기를 뒤지며 살피다가 우연히 산비탈이 무너져 나무뿌리가 드러난 흙더미에서 개미귀신의 함정, 개미지옥을 발견한 것이다. 처음에는 단순히 무슨 자국인가 했는데, 그 모양이 너무 규칙적이어서 저절로 생긴 것이 아니라는 느낌이 들었다. 그래서 나뭇가지를 살살 찔러 넣어 흙을 뒤집어 보았다. 그런데 흙을 완전히 다 뒤집었는데도 도무지 아무것도 보이지 않는 것이다. 그도 그럴 것이 녀석은 꼼짝하지 않고 죽은 척하기 선수인 데다가, 온몸에 가득 난 잔털에 흙을 잔뜩 바르고서 완벽하게 위장하고 있었던 것이었다. 그러나 날카로운 내 눈은 피하지 못하고 모습을 결국 드러냈다. 게다가 이 함정 주위에는 조그만 곤충들, 특히 개미의 껍질이 널려 있어 비로소 개미귀신을 발견한 것이 맞음을 깨달았다. 맨 먼저 찾은 것은 크기가 5밀리미터 정도였는데, 주위의 다른 큰 개미지옥을 파 보니 15밀리미터짜리도 나왔다. 모래 함정의 규모와 개미귀신의 크기는 비례하는 것을 알 수 있었다.

크기가 서로 다른 몇 마리를 채집해 집에 데려와 어항에 살 곳을 마련해 주었다. 어항에는 체로 친 고운 흙을 깔았다. 녀석들은 처음에 죽은 척하며 딴전을 피웠는데, 뒤집어진 놈은 순식간에 홀딱 몸을 뒤틀어 바른 자세를 잡았다. 개미귀신의 동작은 도무지 부드러움이 없어 마치 꺾기 춤을 보는 듯했다. 움직이기 시작한 것들은 꽁무니부터 흙을 파고 들어가 나중에는 완전히 모습을 감추었는데, 깊숙이 파고들지는 않고 흙으로 제 몸의 위만 가릴 정도로 덮고 지나간 흔적을 흙 위에 남겼다.

우선 가장 바깥에서 개미지옥의 규모를 짐작하게 하는 둥근 흔적을 만들고 점차 반시계 방향으로 돌면서 안쪽으로 들어오는데, 제 몸 위로 쏟아지는 흙을 큰턱(mandible)으로 휙휙 삽질하듯 밖으로 던져 버렸다. 점점 중심으로 들어오자 가운데에 흙더미가 많이 쌓였는데, 그 흙더미 가운데를 태극무늬 그리듯 가로질러 무너뜨리고 쏟아진 몸 위의 흙을 밖으로 날렸다. 그 힘이 굉장해서 큰 돌멩이도 곧잘 날려 버렸다. 다 파낸 함정은 원뿔을 뒤집어 놓은 형태가 되었다. 개미귀신은 그중 한 곳에 몸을 숨기고 날카로운 큰턱을 180도로 벌린 채 사냥감을 기다리며 가만히 휴식에 들어갔다. 밖에서는 숨어 있는 모습이 도무지 보이지 않았다. 하루가 지나자 개미귀신 들은 각자 자기 집을 마련했다.

이 녀석들의 식성이 까다롭지 않음을 이미 알고 있어 집 안에 날아다니던 화랑곡나방 한 마리를 잡아 시험 삼아 개미 지옥에 던졌다. 그런데 던진 순간부터 나방은 꼼짝도 하지 않 았다. 무슨 사태가 벌어졌나 싶어 핀셋으로 나방의 날개를 살 짝 당겨 보니 놀랍게도 개미귀신이 먹이를 놓치지 않으려고 큰턱으로 꽉 물고는 끌려 나오지 않으려고 나와 실랑이를 했 다. 나방은 함정에 떨어지자마자 바로 개미귀신에게 물렸고, 독이 몸에 퍼져 꼼짝하지 못한 것이다. 며칠을 굶었는지 조그 만 나방은 금세 바싹 마른 껍데기만 남아 개미귀신의 집 밖 으로 휙 던져졌다. 그리고 배를 채운 녀석은 허물어진 집을 곧바로 수리하기 시작했다. 먹이가 함정에 빠졌을 때 단번에 개미귀신에게 물리면 큰 사태가 일어나지 않는데, 용케 피한 놈은 밖으로 달아나려고 마구 발버둥을 치면서 함정을 망가 뜨린다. 이때 개미귀신은 무너져 내리는 흙을 큰턱으로 날려 먹이가 다시 미끄러지게 만든다. 하지만 이것은 먹잇감의 정확한 위치를 알고 하는 행동은 아니라서 오히려 엉뚱한 곳으로 흙을 날리는 경우가 많았다. 크기가 작은 먹잇감은 함정 가운데로 미끄러졌다가 먹잇감이 온 줄 몰랐던 개미귀신의 실수로 흙과 함께 휙 집어 던져진 바람에 운 좋게 탈출한 때도 있었다.

먹이로 화랑곡나방과 개미, 거미, 바퀴, 쌀바구미 등을 주었다. 동작이 빠른 바퀴나 힘이 강한 개미는 여간해서 쉽게 걸려들지 않았다. 또 5밀리미터 크기의 어린 개미귀신의 함정은 규모가 작아 빠졌다가도 쉽게 탈출해 버렸다. 강한 상대일 때는 큰 개미귀신도 단번에 물지 못하고, 물었더라도 치명적이지 못하면 달아나는 수가 있었다. 어느 개미는 10초 이상 붙잡혀 있다가 탈출했는데, 결국 멀리 가지 못하고 바깥에서 서성거리다 독이 퍼져 몸이 비틀리면서 죽고 말았다.

개미귀신이라는 이름은 개미사냥을 잘해서 붙었겠지만 사실 일본왕개미나 곰개미 같은 대형 개미는 개미귀신이 감당하기 쉽지 않다. 큰 먹이를 붙잡은 개미귀신은 애써 만든 집을 다 망가뜨리면서까지 놓치지 않으려고 먹이를 아예 흙 속으로 끌고 들어가 버렸다. 저항하는 개미는 때때로 사납게 개미귀신을 물어뜯으려고 했지만 흙 속으로 끌려 들어가면 큰

턱에 흙만 잔뜩 묻을 뿐 개미귀신의 상대가 되지 못했다. 바퀴는 완전히 흙 속에 파묻힌 채 체액을 빨렸고, 조그만 꼬마거미는 함정도 망가뜨리지 않고 제자리에서 먹어 치웠다.

한편 개미지옥을 만들기 전이라도 먹이가 근처를 지나가면 그 상태에서 바로 먹이를 사냥했다. 배가 부른 녀석은 굳이 커다란 함정을 파지 않고 제자리에서 큰턱 위의 흙만 조금 가볍게 집어 던진 후 기다리기도 했다. 동족포식(共食)하는 일도 있었는데, 평소에 흙을 기어 다닐 때 움푹 파진 동료의 개미지옥 근처에 오면 이를 감지하고 방향을 슬쩍 바꾼다. 그러나 가끔 부주의한 녀석이 함정에 빠지면 꼼짝 못 하고 잡아먹힌다. 가끔 개미귀신은 큰턱을 머리 위로 젖혀 자기 꽁무니를 슬슬 긁기도 했는데, 흙먼지가 묻어 가려운 모양이다. 집주인 아줌마의 말로는 개미귀신을 서생원이라고 부르며 애들이 갖고 놀기도 많이 했다는데, 요즘은 시멘트가 깔린 포장도로가 대부분이라 쉽게 볼 수 없다. 개미귀신이 흙 위를 지나가며 남긴 자국은 바닷가 모래 작품처럼 아름답기까지 하다.

개미귀신은 6월 중순과 하순 사이에 고치를 만든다. 얼마 전부터 함정은 만들지 않고 수없이 기어 다닌 흔적만을 남기더니 마침내 변화의 시기가 다가온 듯하다. 개미귀신은 꽁무니에서 실을 내어 흙을 이어 붙여 지름 15밀리미터 정도의 동그란 경단 모양 고치를 만들었다. 4~5일 후에 그 안을 절개해 보니 온통 흙투성이던 개미귀신이 말끔하고 깨끗한 형태로 들어 있었다. 아직은 용화(번데기로 변하기)하지 않은 상태로 단단한 머리와 큰턱은 더 이상 움직임이 없고, 몸 안쪽으로 접은 채 꿈틀거렸다. 고치의 내벽은 풀을 발라 말린 것처럼 여러 겹의 얇은 껍질이 있어서 흙으로 만든 것치고 제법 단단하면서 내부는 아주 깨끗했다.

고치가 생긴 지 보름 후에 다시 안을 살펴보니 확연히 다른 모습의 번데기가 들어 있었다. 유충 시절의 큰턱과 몸의 껍질은 한쪽 구석에 놓여 있고 온통 하얀 번데기인데, 양쪽 겹눈만 검었다. 납작하고 퉁퉁한 배는 길고 날씬해졌으며 새로 생길 날개와 새로운 다리가 형태를 갖추고 있었다. 또한 개미귀신의 얼굴이라고는 전혀 상상할 수 없는 새로운 형태의 큰 잠자리 머리가 나타났고 굵은 더듬이도 새롭게 등장했다. 살짝 건드려 보니 성질만은 여전해서 큰턱을 가위질하며 물려고 덤벼 댔다.

마침내 고치에 들어간 지 20일 만에 성충인 명주잠자리가 탄생했다. 우선 모래 경단의 상단부에 구멍을 뚫고 번데기가 몸을 밖으로 반쯤 내밀었다. 그 상태로 우화가 진행됐는데, 모래 경단에 몸을 끼운 채 껍질을 벗어 버렸다. 가위 같은 큰턱이 두꺼운 고치를 찢어 내고 까만 눈에 이미 얼룩덜룩한 회색빛을 갖춘 성충이 기어 나왔다. 성충은 배가 최대한 길어져 유충 때보다 무려 4~5배 정도 몸이 길어진 명주잠자리의 모습으로 변해 있었다. 허물을 뱀 껍질처럼 모래 경단에 걸쳐 놓은 뒤 녀석은 재빨리 주변에 있던 수직으로 솟은 풀줄기에 기어올랐다. 그리고 서서히 날개를 펼치며 몸을 말렸다. 흙먼지 속에서 작은 벌레의 체액을 빨아먹던 통통하고 흉한 몰골의 개미귀신이 크고 날씬하며 공중을 펄펄 날아다니는 명주잠자리가 된 것이다.

마지막으로 몸이 어느 정도 단단하게 굳으면 번데기 시절의 대사산물인 배설물을 꽁무니에서 내버린다. 이것은 쌀알 크기의 연한 갈색 덩어리인데 매우 딱딱했다. 깨 보니 속이 꺼멓고 지독한 냄새가 났다. 번데기 상태에서 노폐물을 밖으로 내보내지 못해 체내에 농축시켰다가 우화 직후 바로 한 개의 덩어리 형태로 배설하는 것이다.

7월의 낮은 동네 야산, 우리 시선을 벗어난 계곡 주변 잡목림에는 이렇게 날개를 단 명주잠자리들이 그늘 속을 나풀거리며 조용히 날아다닌다. 짝을 찾고 산란하는 한살이가 되풀이되는 것이다.

아찔한
줄연두게거미의 사랑

1993년 5월 27일. 동네 인근 야산에서 채집한 줄연두게거미 (*Oxytate striatipes*) 한 쌍의 교미 장면을 관찰하였다. 이 게거미는 일반적인 게거미류의 생김새와 달리 복부가 가늘고 길다. 몸 전체가 녹색의 보호색을 띠고 있어서 나뭇잎에 붙어 먹이 사냥하기에 알맞고 다리마다 잔털이 드문드문 나 있다. 암컷은 온통 녹색이지만, 성숙한 수컷은 앞쪽 제1, 2 다리의 넓적다리마디가 붉고 복부 가장자리도 붉은빛을 띠며 더듬이 다리 한 쌍 역시 붉은색이다.

처음 통에 가둬 두었을 때는 서로 도망 다니기 바빠서 아무 일도 일어나지 않았는데, 화분의 앵두나무 잎 위에 풀어주었을 때 사건이 일어났다. 먼저 수컷이 나뭇잎 위에 착 내려앉아 자세를 잡고 있었는데 멋모르고 암컷이 근처를 기어

가다 수컷에게 발각되었다. 순식간에 먹이를 덮치듯 암컷에게 달려든 수컷은 암컷의 몸을 완전히 사로잡았는데 그 달려든 충격으로 둘은 같이 나뭇잎에서 떨어졌다. 그리고 거미줄에 의지해 매달린 채 공중에서 한 몸처럼 붙어 있었다. 그러다가 체중을 못 이긴 거미줄이 늘어나면서 한 쌍의 줄연두게거미는 땅바닥으로 추락하고 말았다.

　암컷은 마치 붙잡힌 먹이처럼 죽은 듯이 사지를 쭉 펴고 꼼짝도 하지 않은 채 수컷이 하는 대로 몸을 맡기고 있었다. 수컷은 완력으로 암컷을 제압한 후 누워 있는 암컷의 몸을 더듬어 생식공을 찾았다. 이윽고 암컷의 복부 안쪽에 위치한 생식공을 발견한 수컷의 한쪽 더듬이 다리가 갑자기 부풀더니 정액 한 방울이 나오면서 자연스럽게 암컷의 생식공으로 흡수되었다. 이 사건은 불과 몇 초 사이 순식간에 벌어진 일이었지만, 너무나 생생하고 자세하게 보였다. 교미가 끝나기 무섭게 수컷은 부리나케 줄달음질을 쳤다. 한참 동안 정신 못 차리고 있던 암컷은 자기한테 무슨 일이 있었는지, 아는지 모르는지 정신을 뒤늦게 수습하고 나뭇잎으로 되돌아갔다. 며칠 뒤 수컷은 자연사한 시체로 발견되어 표본으로 만들었다.

참새도 무덤의 의미를
아는 걸까

1993년 7월 1일. 우리 집에는 해가 잘 드는 옥상이 있었다. 그래서 화분 다섯 개를 갖다 두었는데 기르던 식물이 다 죽고 앵두나무 화분 하나만 남았다. 심은 것은 아니었고 우연히 앵두를 먹고 버린 씨앗이 저절로 싹이 터 자란 것으로 나머지 네 개는 흙모래뿐인 빈 화분이었다. 그런데 거름기 거의 없는 모래뿐인 빈 화분에 동네 참새들이 매일 날아와 흙 목욕을 즐기는 듯했다. 화분의 흙모래는 마구 파헤쳐져 늘 화분 밖으로 어질러져 있었고, 왔다 갔다 하는 참새들의 푸드덕 찍찍 소리는 옥상 화분 바로 아래에 있는 내 방 창문을 통해 들어와 항상 시끄러웠다.

앵두나무 화분에 빨간 열매가 열리고 잘 익을 날만 기다리고 있던 어느 날, 때가 된 것 같아 올라가 보니 웬걸, 앵두가 모두 땅에 떨어져 있거나 달린 앵두에는 저마다 폭폭 찍힌 새의 부리 자국이 나 있는 게 아닌가?

'아, 열 받아! 내가 먹으려고 했는데……. 분명 참새 짓일 거야!'

그러던 어느 날, 집에 오는 길에 떨어져 있는 참새 사체를 하나 주웠다. 금방 죽었는지 몸이 부드럽고 냄새도 나지 않았다. 조금 살펴보던 중 번쩍 생각이 스쳤다.

'그래! 으흐흐.'

앵두를 빼앗긴 복수를 하기 위해 놈들이 모래 목욕을 하는 빈 화분에 죽은 참새를 고이 뉘어 놓았다.

'아주 기겁할 테지!'

아니나 다를까, 그 후로 화분 주변에 흙이 어질러진 자국이 생겨나지 않았고 옥상이 아주 조용해졌다.

'효과 만점이구나!'

참새 사체는 곧 청소부 곤충들이 나타나 물질로 분해했고 깃털은 빠져서 날아다니고 냄새가 나기 시작했다. 다시는 다른 참새들이 접근하지 않을 그런 몰골이 되었다.

그런데 오늘 옥상에 올라가 보니 참새도 완전히 분해되어 흙 속에 파묻혀 있는데, 뭔가 이상한 물체가 눈에 띄었다. 화분이 놓인 옥상 난간 앞에 하얗고 조그만 것이 버려져 있었다. 자세히 살펴보니 그것은 새끼 새의 사체였다! 금방 죽은 듯 아주 깨끗했고 죽은 원인은 모르겠지만, 태어난 지 얼마 안 된 손가락보다도 작은 새끼였다. 옥상 주변은 완전히 탁 트여 새 둥지가 될 만한 곳이 주변에 전혀 안 보였는데, 도대체 어디에서? 하늘에서 떨어졌단 말인가? 추측하건대 제 새끼가 잘 크지 못하고 죽자 어미 새가 아무래도 여기 갖다 버린 듯했다. 얼마 전 동료 참새가 죽어서 버려진 곳(내가 갖다 놓았지만)과 같은 장소에 어미 새가 죽은 새끼를 가져다 두는 모습이 상상되었다. 참새도 무덤의 의미를 안다는 말인가? 지금 되돌아보면 그 사체가 꼭 참새 새끼라는 것은 불확실하지만, 내 느낌은 지금도 확실하다. 정말 수수께끼 같은 사건이다.

죽음은
또 다른 생명의 시작

1999년 5월 22일. 불광동 시외버스터미널에서 버스로 가장 멀리 갈 수 있는 경기도 파주시 적성면 일대. 팔뚝이 따갑다. 모처럼 쏟아지는 봄 햇살에 몸을 씻었다. 그곳에서 그물을 들고 가는 한 무리의 아이들을 만났는데 아이들은 고기를 잡겠다고 신이 나 있었다. 움직이는 동물을 사냥한다는 것은 인간의 아주 오래된 원초적인 흥밋거리다. 여기저기 붙어 있는 접근금지 팻말과 철조망, 군부대가 있기에 우리의 자연은 그나마 보존되고 있다.

산길을 따라 삽사리와 애메뚜기의 유충들이 후다닥 뛴다. 오늘 목격한 놀라운 광경! 딱정벌레 두 마리가 겹쳐 있어 처음에는 평범한 짝짓기 장면인 줄 알았다. 그러나 매크로렌즈로 가까이 들여다보자 의병벌레가 하늘소붙이를 감싸 안고 딱딱한 등딱지부터 뜯어 먹고 있는 것이 아닌가! 의병벌레는 몸이 부드럽고 체구는 조그맣지만, 다른 딱정벌레를 잡아먹을 만큼 사나운 육식성 곤충이다. 어느 한 그루의 나뭇잎 뒷면에는 온통 병대벌레 천지였다. 녀석들은 새싹에 낀 진딧물로 실컷 포식을 만끽하고 있었다. 풀밭에는 다리 긴 여치 유충들이 부화하여 나를 즐겁게 하였다. 이제 머지않아 여름을 달굴 메뚜기들의 울음소리가 여기저기서 들릴 것이다.

일순간 하늘을 뒤덮는 소름 돋는 날갯짓 소리에 어디 가까이 벌집이 있나 하고 잠시 의아해했지만, 그것은 착각이었다. 잠시 후 한 무리의 벌 떼가 바로 머리 위 하늘에서 공중을 마구 가로지르며 날아가고 있었다. 공포감이 엄습하여 몸을 낮추고 기다렸더니 곧 녀석들은 어디론가 일제히 날아가 버렸다. 분봉 행렬이었다.

등빨간거위벌레를 잡다가 한 방 물렸다. 벌레가 사람을 순간적으로 무는 행동은 일반적인 동물의 회피 반응을 기대하기 때문이다. 즉 무조건 반사적으로 자신을 재빨리 뿌리치도록 하여 그 찰나를 탈출의 기회로 삼으려는 것이다. 그러나 나는 일반적인 동물이 아니다. 우스갯소리로 나름 곤충의 심리학을 연구 중인 나는, 손을 물고 있는 녀석을 물끄러미 계속 마주 바라보았다. 녀석은 민망한지 슬그머니 물고 있던 큰턱을 풀어 버렸다. 그래도 사진 모델은 죽어도 하기 싫은지 휭하니 날아가 버렸다.

산길을 걷다 죽은 꽃뱀(유혈목이)을 발견했다. 뱀에 대한 인간의 공포는 에덴동산 이전으로 거슬러 올라간다. 그러나 공포란 무지로부터 출발한다. 뱀 사체를 두고 쉬파리들이 경쟁을 한다. 여기저기다 머리를 디밀어 핥고 알을 낳는다. 어디선가 넓적배허리노린재도 기어와 죽은 뱀 사체에서 즙을 빨고 있다. 사체 아랫면에는 송장벌레 대신 조그만 풍뎅이붙이류가 모여 있었다. 한 생명이 죽음으로써 또 다른 생명이 산다는 것은 굳이 부처의 설법이 아니더라도 계속해서 이어지는 자연의 섭리이다.

큰멋쟁이나비의
현란한 춤사위

2000년 5월 21일. 해가 뉘엿한 저녁 무렵, 아카시아 향기가 가득한 동네 뒷산에 올랐다. 나무딸기와 흰 찔레꽃도 만발하여 하늘소붙이를 비롯한 작은 곤충들을 불러 모으고 있었다. 발바닥이 좋아하는 흙과 낙엽을 밟으며 작은 등산로를 향해 걷고 있는데, 사람들 머리 위로 후다닥 지나가는 날갯짓이 보였다.

'저 날갯짓은?'

연이어 어디선가 다른 날갯짓이 날아와 접근하더니 두 날개 그림자는 중간에서 서로 마주 보고 급하게 빙그르르 회전하며 밑으로 내려갔다. 그러더니 확 흩어지며 어디론가 사라졌다.

눈을 어지럽힌 지점으로 달려가 보니 지극히 평범한 길이었다. 잠시 후 녀석이 다시 날아왔다. 잠시도 가만히 있지 않고 바쁜 날갯짓을 이리저리 휘저으며 사람들 머리 위로, 또 참나무들 사이로 날아갔다 날아왔다 하는 씩씩한 날개의 장본인은 바로 큰멋쟁이나비(*Vanessa indica*)였다. 그러고 보니 이 공간이 녀석의 영토였다. 참나무가 머리 위로 서서 그늘이 있고 약간 트여서 하늘이 보이는 10미터 남짓한 곳. 사람들이 이 길을 자주 왔다 갔다 하지만, 인적에 아랑곳없이 일정 공간을 연이어 날아갔다 날아오는 순찰 비행을 반복했다. 그러다가 암컷으로 보이는 다른 나비와 마주치면 내 눈을 현란하게 만드는 춤을 보여 주었다. 마치 불꽃이 튀기듯 중간에서 만난 두 마리의 나비는 단풍나무의 날개 달린 씨앗이 빙글빙글 돌며 낙하하듯 서로 마주 보고 공중에서 땅으로 급하게 내려앉는 춤을 추었다가 다시 흩어졌다.

　나는 이 놀라운 광경을 필름에 담아 보려고 30분 이상 한 자리에서 계속 지키고 있었지만, 큰멋쟁이나비의 안무는 너무도 빨리 진행됐다가 끝나 버려 사진으로는 도저히 그 장면을 찍을 수 없었다. 거의 쉬지 않고 몇 십 분을 계속 날아다니던 녀석도 마침내 지쳤는지 바로 내 앞의 나뭇등걸에 살짝 내려앉았다. 날개를 접은 큰멋쟁이나비의 색깔은 나무껍질과 무척 잘 어울렸다. 과연 이 녀석은 수컷이 맞을까? 그리고 춤을 추던 상대는 진짜 암컷일까? 아니면 경쟁자 수컷일까? 혹시 춤을 추다 영토의 주인이 뒤바뀌는 것은 아닐까? 짝짓기로는 어떻게 이어지는 걸까? 지켜본 것만 해도 한 시간 가까이였는데, 언제부터 시작되었고 얼마 동안 계속되는 것일까? 나는 녀석의 눈을 들여다보고 자꾸 질문을 던졌지만, 녀석은 아무 대꾸도 하지 않았다. 숨을 헐떡이느라 답하지 못하는 것일까? 누군가의 발걸음이 다가오자 녀석은 겁을 먹고 또 훌쩍 날아올랐다. 이제 큰멋쟁이나비는 참나무 위로 높이 솟아올랐고 해가 져서 더 이상 날아다니거나 춤추지는 않았다.

여기는
한강 시민 공원입니다

2001년 10월 14일. 곤충 관찰에 더없이 좋은 화창한 가을 날씨였다. 어린 시절부터 유난히 메뚜기를 좋아했다던 R의 제안으로 용산구 한강 시민 공원을 찾아갔다. 지하철을 이용해서 쉽게 갈 수 있는 이곳은 온갖 메뚜기들의 천국이었다. 그중 단연코 으뜸은 풀무치(*Locusta migratoria*)다. 강가 풀밭에 다가가자마자 콘크리트 경사면에 해를 쬐고 있는 녀석들을 쉽게 볼 수 있었다. 단단하게 뻗은 몸매와 영특하게 번쩍이는 눈빛은 가히 메뚜기의 제왕다운 풍채라고 할 수 있다. 한참 짝짓기 중인 풀무치 한 쌍은 천천히 다가가면 손으로도 쉽게 잡을 수 있는데, 갈색의 수컷과 녹색의 암컷이 짝짓기 하는 모습을 많이 보았다. 간혹 제 색을 잃고 계절의 영향으로 어중간한 빛깔을 내는 개체도 있었다. 어쨌든 서울 시내 한복판에서 당당히 살고 있는 풀무치가 신기해 유심히 관찰하고 사진도 찍었다.

공원에 놀러 온 꼬마가 우리가 풀무치를 관찰하는 광경을 보고 쫓아왔다. 꼬마의 손에도 풀무치 한 마리가 들려 있었다. 이름을 가르쳐 주며 꼬마가 잡은 풀무치를 보니 뒷다리 한 쌍이 모두 떨어진 안타까운 모습이었다. 세게 잘못 잡아 다리가 몽땅 끊어진 것이다. 그런데 다음 순간, 풀무치는 우리 손아귀를 벗어나 뒷날개의 노란빛을 남기며 힘차게 저편으로 날아가는 것이 아닌가? 메뚜기가 비상하는 능력은 보통 뒷다리의 도약력이 발단이 되어야 가능할 줄 알았는데, 전혀 생각지도 못한 일이었다. 풀무치는 순전히 날개의 힘만으로도 넓은 공간을 날 수 있었다! 다른 메뚜기들도 이것이 가능할지 궁금해졌다.

이외에도 청분홍메뚜기, 섬서구메뚜기, 벼메뚜기, 등검은메뚜기, 쌕쌔기, 실베짱이가 살고 있었다. 청분홍메뚜기는 날개 싹이 두툼한 종령 유충과 금방 우화해 몸빛이 하얀 성충을 발견했다. 날개 경맥부에 밝은 색이 뚜렷해 알아볼 수 있었다. 풀무치 다음으로는 벼메뚜기가 많이 관찰되었는데, 날개가 조금 가늘고 날씬한 편으로 곧잘 앞으로 툭툭 날아다녔다. 역시 녹색의 수컷과 갈색의 암컷이 짝짓기 하는 장면을 보았다. 쌕쌔기는 가는 풀줄기에 몸을 숨기고 여기저기서 분명한 소리를 내고 있었다. 가끔 들리는 "드르르륵" 하는 또다른 소리는 풀무치의 거친 신호음이었다. 소리가 나는 곳에는 여러 마리의 풀무치가 모여 있는 때가 많았는데, 직접적인 구애 행동이라기보다는 암수 간의 미묘한 경쟁 음으로 사용되는 것 같았다. 그런데 어디서나 흔한 팥중이가 여기서는 보이지 않는 것이 신기했다.

나나니가 밤나방 애벌레를 사냥해 땅 구멍 속에 집어넣는 장면도 관찰했다. 사람의 접근을 눈치 채고 달아났다가 멀리서 배회하였는데, 조용히 지켜보고 있으니 결국 자기 사냥감을 발견해서 안전한 둥지 속으로 집어넣었다. 그런데 나나니가 사냥감을 버려두고 방황하는 동안 유심히 지켜보니 어느새 기생파리 종류가 날아와 대신 알을 낳으려고 집적거렸다. 아마도 《파브르 곤충기》에 등장하는 벌 기생충인 것 같았다. 곤충의 행동을 연구하기 위해서는 꾸준한 인내력을 가지고 오랜 시간 관찰하는 노력이 뒷받침되어야 한다.

메뚜기를 관찰하고 R과 곤충에 대한 이야기를 나누는 동안 금방 시간이 흘렀다. R은 메뚜기를 전문적으로 연구하고 싶다고 했다. (지금 R은 독일에서 박사 과정 유학 중이다.) 그와 이야기를 나누던 도중 사람들이 북적거리는 공원을 휘휘 둘러보왔다. 언뜻 보기에는 수많은 인파 속에 곤충들의 설 곳이 없어 보였지만, 가만히 살펴보니 인적과 상관없이 사람 눈길이 닿지 않는 곳이면 어김없이 곤충이 날아들었다. 아무리 대도시라 하더라도 최소한의 풀밭과 숨을 만한 공간이 보장된다면 곤충이 살아가는 데 큰 문제가 없을 것이다. 풀이 무성한 공터의 잡초밭을 보고 어떤 이는 지저분하니 어서 개발되면 좋겠다고 생각할 수 있겠지만, 그런 작은 공간이라도 풀이 자라고 꽃이 피고 열매가 맺고 곤충이 자유롭게 살도록 놔둔다면 평화로운 상생이 가능하지 않을까?

절름발이 개의
비애

2004년 여름. 지하철을 타기 위해 늘 지나다니는 동네 길에서 자주 마주치는 존재가 있다. 그 녀석은 절름발이 개로, 색깔은 까맣고 얼룩덜룩한 데다가 지저분한 털과 작은 체구를 가졌다. 별로 예쁘거나 귀엽지도 않은 인상인데, 뒷다리 한쪽을 다쳐 보기에도 흉한 다친 다리를 옆으로 번쩍 치켜들고는 깡충 걸음으로 동네를 걸어 다녔다. 언제부터인가 녀석은 내가 다니는 길 위에서 자주 마주쳤는데 그때마다 불쌍한 다리를 절뚝거리며 동네의 시장 거리에서 음식물 쓰레기 따위를 찾아 헤매고 있었다.

나는 그 개를 보면서 참 안쓰러운 생각이 들었다. 몸이 성치 않아 땅바닥에 흘린 부스러기를 주워 먹을 능력도 별로 없었고 누군가에게 귀엽게 보여 새 주인을 만날 가능성도 전혀 없어 보였다. 그리고 동네에는 그처럼 떠돌아다니는 주인 없는 개들이 꽤 많았기 때문에 아무래도 패거리들에게 견제 당하기 십상일 것이었다.

절름발이 개는 학교 가는 길에 어김없이 마주쳤다. 그럴 때면 그 개는 이미 세상을 달관한 듯한 표정으로 나를 한 번 흘 깃 쳐다보고 만다. 내 눈에 절름발이 개의 목숨은 바람 앞의 촛불 같아 보여 하루하루를 어떻게 버텨 낼까 생각하며 걱정 했다. 그러나 녀석은 언제나 씩씩한 모습으로 나와 마주쳤다. 가끔은 친구 개들과 장난치며 어울릴 때도 있었지만, 불편한 다리로는 쉽게 장난에 응하거나 쫓아가지 못하고 늘 친구들 에게 치이는 입장이었다. 그래도 열심히 살려는 녀석의 몸짓 에서 생의 의지를 느낄 수 있었다. 모든 생명체에게 최고의 숙 명은 산다는 것이기에 절름발이 개의 자세에 마음이 숙연해 졌다. 그리고 어느 날인가부터 녀석은 보이지 않았다.

| 덧쓰기 | 1970년 개띠인 나는 길에서 마주치는 개를 유심 히 관찰하는 편이다. 절름발이 개 말고도 등굣길 위에서 마주 치는 또 다른 개가 있었다. 세탁소 앞 해가 잘 비치는 곳에 앉 아 일광욕하면서 꾸벅꾸벅 졸고 있던 늙은 개 한 마리…… 그 표정은 참으로 행복해 보였다.

내 친구
책상 위 사마귀

어린 시절 내가 가장 많이 키운 곤충은 사마귀이다. 책상 위에는 항상 사마귀가 함께 살고 있었다. 사마귀가 내 관심을 끈 이유는 흔들흔들 동작은 귀여운데 생김새는 카리스마가 있고, 무엇보다 사냥 솜씨가 놀라웠기 때문이다. 사실 사마귀처럼 우리와 눈을 맞추고 고개를 자유롭게 움직일 수 있는 곤충은 별로 없다. 사마귀도 키워 보면 개나 고양이처럼 개체별로 성격이 다름을 알 수 있다.

사마귀 알집 하나에는 수백 마리의 애벌레가 태어난다. 어린 사마귀는 연한 갈색이며 길이는 1센티미터가 조금 못 되는데, 눈에 가는 줄무늬가 있고 메뚜기처럼 잘 뛰거나 뒤로 숨는다. 생명체의 삶은 태어나면서부터 고난의 연속이다. 처음부터 몸이 꺾이거나 배가 휘어지는 등 불구로 태어나는 녀석도 많다. 늦게 태어나면 개미의 공격을 받거나 주변을 배회하는 깡충거미, 게거미의 먹이가 되기 쉽다. 다행히 건강한 새끼 사마귀는 작은 움직임에도 민감하여 느리게 움직이는 대상도 잘 알아챈다. 태어난 지 하루가 채 안 된 놈이 벌써 진딧물을 사냥하기도 한다. 몸이 약간 투명해 배 속에 먹이를 얼마나 먹었는지 알 수 있을 정도다.

새끼 사마귀는 형제를 알아볼 수 있을까? 좁은 공간에서 두 마리가 마주치면 갑자기 전율을 띠면서 화가 난 듯 상체와 하체를 모두 위로 치켜 올리고 서로 노려본다. 앞다리는 완전히 몸 가까이 접어 붙이고 가슴을 드러낸다. 그러다 한 놈이 선제공격을 한다. 곧 큰 싸움이 일어날 것 같지만 공격한 놈이 제풀에 놀라 헐레벌떡 도망간다. 후속타가 두려워서일까?

허물 벗을 때가 된 새끼 사마귀는 식탐을 멈추고 자꾸 위로 오르려고 한다. 허물을 벗을 때 만약 잘못해 떨어지면 그대로 몸이 굳거나 기형이 되어 살아남기 어렵다. 고비의 순간이다. 허물을 잘 벗는다면 어릴 때 약간 다친 더듬이나 발끝 마디 부분은 재생하기도 한다.

어린 사마귀는 방랑벽이 강하지만, 자라면서 점차 정착성을 나타낸다. 사마귀의 암수 구별은 애벌레 때는 어렵지만,

성충이 되면 수컷의 마지막 배마디는 아생식판을 형성하고 암컷은 산란관이 있어 차이가 생긴다.

사마귀의 앞다리는 무척 정교하다. 종아리마디와 넓적다리마디 가시가 잘 맞물리도록 설계되었다. 특히 종아리마디 끝의 큰 가시가 맞물리는 넓적다리마디 안쪽 부분은 송곳니 자리처럼 움푹 홈이 파였다. 작은 발목마디는 걸어 다닐 때 쓰고 사냥 시에는 뒤로 접힌다. 사마귀의 앞다리는 메뚜기의 뒷다리 근육처럼 빠르고 신속하다. 타고난 사냥꾼은 필사의 무기와 집중력을 갖고 태어난다.

사마귀는 뛰어난 시각으로 사냥하므로 시야가 가려지지 않는 넓은 공간에서 살기를 좋아한다. 그래서 시골에 가면 커다란 호박잎 위나 해가 잘 드는 담벼락에 사마귀가 영락없이 앉아 있다. 특히 해가 잘 드는 양지에는 가을 늦게까지 파리나 벌 같은 곤충이 일광욕을 위해 잘 모여드는데, 이것은 사마귀의 마지막 일용할 양식이 된다. 가을이 깊어 갈수록 수명이 짧은 수컷은 눈에 띄지 않고 커다란 암컷들만 남는다.

사마귀가 시각만으로 사냥하는 것은 아니다. 주변의 풀이 흔들리는 움직임, 촉감까지 감지해 벌레가 옆에 착지하면 재빨리 그 방향으로 몸을 비튼다. 배고픈 사마귀는 적당한 흔들림에 망설임 없이 바로 앞다리를 뻗쳐 먹이를 덮치는데, 시험

삼아 버들강아지를 따서 던졌을 때에도 녀석은 몇 번 우적우적 씹어본 후에야 먹을 게 아닌 줄 깨닫고 내버렸다. 그런데 약한 자극이면 재차 움직임이 있어야 사냥 대상이라고 판단하는지 사마귀 바로 옆에 자나방이 한 마리 날아와 앉았는데, 움직이지 않으니 쳐다만 보고 먹이로 인식하지 못했다. 나방은 미동도 없이 앉아 있다가 재빨리 다른 곳으로 날아가 버렸다.

먹잇감의 반응이 강할수록 사마귀의 공격력도 강해진다. 먹이를 빨리 죽여 움직임을 멈추려는 것이다. 사마귀는 본능적으로 보통 머리부터 물어뜯는데, 날개를 펄럭거리는 나방은 날개 근육을, 박차는 힘이 강한 메뚜기는 뒷다리를 먼저 물어뜯는다. 어느 날인가엔 식사 시간을 한번 재 보았다. 귀뚜라미 한 마리를 먹어 치우는 데 20분, 잠자리는 40분이 걸렸다. 사마귀의 역삼각형 얼굴을 보면 입이 작을 것 같지만, 사실 상당히 크다. 조용히 귀 기울이면 먹이를 씹을 때 와삭와삭하는 소리가 들린다. 사마귀는 먹이로부터 수분을 섭취하지만 비가 오면 비로도 수분을 섭취한다. 분무기로 물을 뿌리면 비가 오는 줄 알고 재빨리 입을 갖다 대면서 물을 핥는다.

식후에는 사냥도구인 앞다리와 겹눈, 지저분해진 부위를 입으로 깨끗이 청소한다. 이때 턱수염에 뭔가를 갖다 대면 그것도 핥아서 청소하려 한다. 아랫입술수염의 움직임은 무조건 반사적으로 거의 자동으로 움직인다. 사마귀는 원래 흘린 것을 다시 주워 먹지 않지만, 핀셋으로 주워 아랫입술에 갖다 대면 다시 먹기도 한다. 사마귀도 학습이 가능해 매번 먹이 주는 핀셋을 보면 먹이가 없어도 공격한다. 먹지 않을 때에는 몸을 청소하거나 꼼짝하지 않고 쉰다. 밤이 되면 겹눈이 까맣게 변해 야간 활동도 가능하다.

사마귀의 식성은 그리 까다롭지 않지만, 매번 같은 먹이를 주면 질려한다. 사람도 그렇지 않은가? 보통 단단하고 물기 없는 날개와 다리 끝은 남기는데, 배가 부르면 다 먹지 않고 살점만 먹거나 많은 부분을 버린다. 벼메뚜기 암컷의 배 속에 든 알은 먹지 않았는데, 아마 맛이 없는 모양이다. 한번은 하루살이를 먹이로 주었는데, 한입 물어 보고 무슨 쓴 약이라도 맛본 듯 갑자기 획 내버렸다. 그리고 입맛을 버렸다는 듯 앞다리로 입을 쓱쓱 닦는 모습이 무척 우스웠다. 먼지벌레는 단단한 껍질마저 먹어 치웠는데, 먼지벌레의 역한 냄새가 큰 영향을 주지 못하는 것 같다. 꿀벌은 아예 사마귀의 상대가 되지 못했다. 커다란 방아깨비, 강력하게 차는 풀무치, 청개구리도 사마귀의 먹이가 되었는데, 장수말벌만은 건드리지 못했다. 붕붕거리는 장수말벌의 위협적인 날갯짓 소리가 사마귀를 압도하고 말았다.

　사마귀는 걸을 때 바람에 흔들리는 풀처럼 몸을 흔드는 습성이 있다. 그런데 일종의 가사 상태에 빠지는 순간이 있다. 이때 입김을 불거나 인공적으로 바람을 일으키면 다시 걷기 시작한다. 야외에서 사마귀는 이렇게 풀숲 사이에 흔들리는 풀처럼 움직이거나 가만히 위장하는 것이 기본적인 방어 수단이다. 그러다 놀라면 풀줄기나 나뭇가지처럼 보이게 앞다리를 앞으로 쭉 뻗어 위장 태세를 취하는데, 그래도 통하지 않으면 재빨리 죽은 척하며 툭 떨어져 깊은 덤불 속으로 숨어 들어간다.

　사마귀의 유명한 당랑권 자세를 처음 목격한 것은 기르던 십자매 새장에 녀석을 넣은 때였다. 왕사마귀가 새를 감지한 순간, 배를 구부리고 앞날개를 쳐들어 얼룩덜룩한 뒷날개를 활짝 펼쳐 올렸다. 동시에 앞다리를 활짝 벌려 가슴의 노란 점을 새를 향해 드러냈다. 노란 점과 연결된 앞다리 밑마디에는 검은색 반점이 있어 명확한 경계신호로 작용했다. 그래도 십자매가 겁을 먹지 않고 용감하게 사마귀 다리 한쪽을 살짝 물자 앞다리를 확 접고 공격 태세를 갖추었다. 그리고 앞다리를 휙 날려 공격하기 시작했다. 사마귀 앞다리 끝에는 날카로운 가시가 있어 만약 새의 눈을 찌른다면 심하게 다칠 수 있을 것이다. 야생에서 이런 공격을 받았다면 새는 아마 벌써 달아났을 것인데, 십자매는 새장 구석으로 물러나 더 이상 접근하지 않았다. 이때 내가 손가락으로 십자매 대신 공격하자 사마귀는 결국 줄행랑을 쳤다. 사마귀는 어떤 단계에서는 더 이상 사물을 명확히 구별하지 못하고 대체된 사물에도 같은 행동을 보였다.

좀사마귀는 앞다리에 더 현란한 색깔 무늬가 있어 허풍과 위협 행동이 정말 대단했다. 앞날개를 들면 화려한 보라색 뒷날개가 부챗살처럼 펼쳐지고 앞다리 안쪽의 적–청–백–흑색의 무늬가 어울려 눈에 확 띈다. 그리고 쉭쉭 하는 위협음까지 낸다. 이것은 배를 구부릴 때 뒷날개와 복부 옆면을 마찰시켜 내는 소리인데, 위협 행동과 결합하여 새에게 효과적으로 겁을 준다. 처음에 나는 이 소리의 원리를 몰랐는데, 뒷날개에 물을 뿌려 적시니 소리가 나지 않음을 알았다. 그리고 소리 낼 때마다 배가 같이 움직이는 것을 알 수 있었다.

사마귀의 짝짓기 광경을 직접 목격한 것은 중학생 때 숙제하느라 밤 열두 시까지 잠을 못 잔 덕분이었다. 처음에 사육 상자에서 요란한 소리가 나서 큰 싸움이 벌어졌나 했는데, 수컷이 암컷을 올라타려고 소동을 벌인 것이었다. 수컷이 먼저 암컷을 주시하다가 기회를 봐서 뒤로 몰래 올라탔는데, 암컷은 발길질로 수컷을 떨어뜨리려고 했지만 수컷은 가슴과 배를 단단히 붙들고 오직 한 가지 목적을 완수하기 위해 절대 떨어지지 않았다. 수컷의 배는 섬세하게 움직이며 암컷의 생식기를 찾았는데, 반드시 오른쪽으로 휘어지는 모습이 메뚜기의 교미 자세와 같았다.

흔히 수컷은 잡아먹히는 것으로 알려져 있지만 그런 일은 야생에서 암컷이 매우 배가 고프거나 또는 암컷이 수컷을 먼저 발견했을 때 일어난다. 일반적으로는 수컷이 암컷을 먼저 발견하고 뒤에서 몰래 암컷 등에 올라탄다. 사실 유능한 수컷은 그렇게 쉽게 당하지 않는다. 내가 기른 수컷 사마귀는 짝짓기를 몇 번이나 했지만 잡아먹히지 않았다. 암컷도 교미를 몇 번씩 했다. 암컷은 무겁고 수동적이지만 수컷은 적극적으로 돌아다니며 암컷을 찾았다. 짝짓기를 마친 수컷은 슬그머니 날아서 도망쳐 버린다.

수컷이 암컷에게 잡아먹히는 사건은 좁은 공간에 가까이 있을 때 잘 일어났다. 한번은 금방 우화해 성충이 된 수컷이 암컷에게 먼저 발각되고 말았다. 암컷의 우악스러운 앞다리가 대번에 수컷을 덥석 붙잡아 몸통이 구겨졌고, 가슴을 물어뜯는 바람에 수컷의 상체와 하체가 분리되고 말았다. 그런데 잠시 후 상체가 없어진 수컷의 하체가 마구 움직이며 암컷에 올라타 교미 행동을 하기에 깜짝 놀랐다. 보통 성충이 되어도 어느 정도 시일이 지나야 생식기관이 발달해 정상적인 짝짓기가 가능하기 때문이다. 정상적인 짝짓기 과정에서 수컷이 허점을 보여 암컷에게 잡아먹히기도 하지만, 이렇듯 먼저 잡아먹히면서 교미 반사 행동이 일어나기도 한다. 과연 제대로 정자가 전달되었는지는 의심스럽지만, 죽어가면서도 종족 번식을 마치려는 최후의 본능은 대단했다. 오늘날 인간의 박해에도 곤충이 이 땅의 일원으로 꿋꿋이 살아갈 수 있는 것은 이처럼 종족을 남기려는 대단한 본능이 있기 때문일 것이다.

암컷은 배만 살아 있는 수컷을 등에 태운 채 또다시 메뚜기를 사냥했다. 사마귀는 교미하면서 식사도 하고 동시에 배설도 가능했다. 사마귀의 똥은 작은 흑색 타원형인데, 마치 봉숭아씨처럼 생겼으며 바싹 말라 단단했다. 한번은 먹이를 먹는 도중에 슬쩍 날개 밑으로 배를 쳐들더니 물총 쏘듯 소변을 발사하는 장면을 보았다. 수컷의 정포는 나중에 암컷의 배에서 은색 덩어리 형태로 배설되었다.

산란을 앞둔 암컷은 사냥도 잊은 채 산란장소를 찾아 돌아다녔다. 바위 아래나 나뭇가지 등 적당한 장소를 찾으면 이윽고 배 끝을 실룩거리며 산란하는데, 암컷은 온통 산란에 집중하느라 더듬이도 부동자세이고 상체는 마비된 듯 꼼짝하지 않았다. 먼저 배 끝에서 거품을 일으켜 알 덩어리의 틀을 잡고 그 속에 차근차근 알을 낳는다. 산란 중인 암컷의 복부 움직임은 무척이나 섬세하다. 산란관 아래에서는 거품이 만들어지고 위쪽에서 알이 나온다. 왕사마귀의 알은 길쭉한 노란색 타원형으로 길이 3밀리미터 정도다.

산란을 마친 암컷의 배는 홀쭉하게 줄어들고 다시 먹이를 줘도 잘 먹지 않았다. 잘 먹고 배가 많이 부른 암컷일수록 큰 알집을 만들며 거품도 풍성하고 전체적으로 윤기가 흐른다. 어떤 암컷은 알집을 세 개나 만들어 냈다. 그런데 산란 도중 알집의 거품이 흘러내려 암컷의 뒷다리에 들러붙는 사건이 생겼다. 굳으면 그대로 덫이 되어 버리는데, 만약 야생에서 이런 일이 벌어졌다면 암컷은 옴짝달싹하지 못하고 제 자리에 묶여 있을 수밖에 없을 것이다. 불쌍한 마음에 그 부분을 잘라 풀어 주었다.

내가 무척 공들여 키운 사마귀 중 하나는 우화 후의 모습을 보려고 처음으로 사육 상자 밖으로 꺼냈는데, 꺼내자마자 열린 창밖으로 훌쩍 날아올라 저 멀리 사라졌다. 수컷은 잘 난다는 사실을 깜박한 것이다. 순간 아쉬운 마음도 들었지만, 녀석이 자유를 찾아 새처럼 날아간 용기에 멀리서 박수를 보냈다.

| 덧적기 | 시대가 많이 바뀌었다. 책상 위 사마귀가 벗이 되었던 내 학창 시절에는 곤충 기르는 사람도 없었고 사고판다는 개념도 없었다. 곤충은 그저 주변의 자연물이었다. 1990년대 들어 일본의 장수풍뎅이, 사슴벌레 사육 문화가 우리나라에 상륙해 애완곤충이란 이름으로 상거래가 처음 시작되었고 현재는 거미, 지네, 사마귀, 여치 등 풀벌레를 포함해 사육 문화의 저변이 다양해지고 있다. 애완곤충 사육을 통해 대중의 관심이 증가하고 경제 활동에도 도움을 주는 것은 긍정적이다. 다만, 곤충에 대한 인식이 기존의 미물(벌레)에 머물러 있어 단순 생명 소비 활동으로 끝날까 봐 우려스러운 점도 있다. 희귀한 야생 개체군을 계속 채집하면 자연이 훼손되고 키우던 곤충을 무분별하게 방생한다면 생태계 질서를 어지럽힐 수 있다. 애완동물이 반려동물로 바뀌고 동물 복지라는 인식 확산으로 나아간 것처럼 곤충도 생명체로서 자연 보전의 대상임을 잊지 않았으면 한다. 관심 있는 생명체가 책상 가까이 있어도 좋지만, 야생에서 직접 만난다면 더 황홀하지 않을까? 가까운 자연에서 우연히 멋진 곤충을 만날 날을 꿈꾼다.

3장

이름의 유래

습성을 담고 있는 너의 이름

짠 물가에 살아서
소금쟁이라고?

봄부터 가을까지 물가 주변에서 쉽게 관찰할 수 있는 곤충으로 소금쟁이가 있다. 소금쟁이는 빨대 같은 주둥이로 다른 곤충의 체액을 빨아먹으며 불완전변태를 하는 대표적인 노린재목의 곤충이기도 하다. 이 녀석은 워낙 우리에게 익숙하고 낯익은 곤충이라 소금쟁이라고 부르는 이유에 대해 의문을 가져 본 사람은 드물 것이다. 그러나 가만 생각하면 소금쟁이라는 이름과 소금이라는 물질 사이에 무슨 상관관계가 있는지 궁금증이 생긴다. 아무 관련 없는 사물의 이름이 붙지는 않았을 것이다.

일반적으로 소금쟁이는 짠 물가에 떼로 사는 습성 때문에 소금쟁이라 부른다는 설이 있다. 하지만 소금쟁이는 계곡이나 강가, 호수, 연못 등 주변 물가에서 흔히 발견된다. 물론 바닷가나 특수하게 대양에 사는 소금쟁이도 있긴 하지만, 쉽게 관찰되는 곳은 보통 민물 주변이다. 흔한 곤충의 평범한 이름이 보통 사람들의 주거와 멀리 떨어진 바닷가 특성에서 유래했다고 보기에는 아무래도 의문이 들어 자료를 찾아보았다.

소금쟁이는 간단히 소금+쟁이로 분해할 수 있는 조합어다. 여기서 쟁이는 관상쟁이, 그림쟁이, 욕심쟁이, 말썽쟁이처럼 사람의 직업, 성질, 행동, 습관 등을 나타내는 말에 붙어 그 사람을 낮추는 의미를 갖는다. 소금쟁이를 영어로는 워터 스트라이더(water strider), 또는 폰드 스케이터(pond skater)라고 하는데, 이 이름은 물에 빠지지 않고 스케이트 타듯 미끄러져 돌아다니는 소금쟁이 모습을 잘 떠올리게 한다. 소금쟁이가 얇은 표면 장력을 이용하여 물에 떠서 돌아다닐 수 있다는 것은 잘 알려진 사실이다. 발끝의 기름샘과 방수 털로 가라앉지 않고 다리를 활짝 벌림으로써 체중을 분산시킬 수 있다. 한자에서 소금쟁이는 水黽이라 하는데, 여기서 黽은 두 가지 의미로 해석된다. '맹'으로 읽으면 맹꽁이라는 뜻으로, '민'으로 읽으면 물에서 힘을 쓴다는 의미가 된다.

한편 소금쟁이의 방언을 살펴보면 소금장사, 소곰재이, 엿장사, 엿장수 등이 있다. 여기서 엿장사는 손으로 잡았을 때

마치 달콤한 엿 냄새와 비슷한 향기를 피운다고 해서 불리는 이름이다. 실제로 소금쟁이는 수서 노린재의 일종이라 냄새를 풍기는 능력이 있는데, 소금쟁이를 잡아 직접 냄새를 맡아보니 친척인 육서 노린재와 달리 불쾌하지 않은 달콤한 향기가 났다. 수서 노린재인 커다란 물장군 역시 바나나 향을 낸다고 한다.

위의 단서에서 미루어 보면 소금쟁이는 결국 소금장수의 다른 이름이고 여기서 쟁이는 직업을 의미한다. 그러므로 직업으로서 소금장수의 특성을 생각해 볼 필요가 있다. 소금을 지금처럼 쉽게 얻을 수 없었던 시절, 산간벽지로 커다란 소금 가마니를 지고 나르던 소금장수가 있었다. 기운이 천하장사인 소금장수가 호랑이를 물리친 옛날이야기도 전해진다. 그러고 보니 소금장수가 지게에 한가득 소금을 싣고 짊어지기 위해 다리를 벌리고 힘껏 용쓰는 모습과 물 위에서 자신의 체중을 분산시켜 떠 있는 소금쟁이가 다리를 멀리 벌리고 서 있는 형상이 무척 흡사하다.

조복성(1905~1971년) 교수의 1955년 논문 〈곤충상으로 본 한국〉을 보면 소금쟁이의 다른 이름으로 똥방지, 소금장사가 등장한다. 여기서 똥방지는 정확한 어휘는 아니지만, 똥바지 지게꾼이라는 의미다. 1970년대만 해도 가정의 정화조 시설이 잘 갖추어지지 않은 동네마다 기다란 막대 끝에 양쪽으로 커다란 똥바가지를 매달아 나르던 이의 모습을 실제로 볼 수 있었다. 인분을 밭에 채소를 키우는 거름으로 쓰던 시절이야기다. 똥바가지 지게꾼 역시 힘을 쓰는 직업이라 어깨에 무거운 짐을 지고 일어서기 위해서는 역도 선수가 무거운 역기를 들고 일어날 때처럼 다리를 양쪽으로 단단히 벌리고 힘을 최대한 쓸 수 있게 디디는 자세를 취해야 한다. 어깨에 긴 막대와 짐을 짊어지고 다리를 벌린 사람의 모습은 정말 소금쟁이를 닮았다.

소금쟁이가 물에 뜨는 원리에 대한 해설은 없었지만, 우리 조상들은 이 벌레가 물 위에서 다리를 활짝 벌린 모습을 보고 물에 빠지지 않기 위해 힘을 쓴다고 생각하지 않았을까? 소금기 많은 곳에 살아서 소금쟁이라고 부른다는 설보다 실제 소금쟁이의 행동을 관찰하고 당시 문화에서 어울리는 이름을 재미있게 붙인 것은 아닐까?

베짱이를 보는
동양과 서양의 시선

베짱이는 어릴 때 《개미와 베짱이》 이야기에서 이름을 많이 들어 보았지만, 어떤 곤충인지 알게 된 것은 스무 살이 넘어서다. 자주 가는 북한산에서 처음 보는 작은 풀벌레 몇 마리를 채집했다. 평범한 초록색의 메뚜기 종류였는데, 유충이라 잘 알지 못했다. 모기장과 마분지로 만든 사육 상자 안에 먹다 남은 과일을 잘라 주며 키우니 마침내 마지막 허물을 벗고 잘생긴 베짱이가 되었다. 책에서 사진으로만 보던 베짱이 (*Hexacentrus japonicus*)를 이전에 만난 적이 없어 우리 동네에는 살지 않나 생각했는데 이렇게 가까이 있을 줄이야.

　며칠 후 상자 바닥에 떨어진 날개와 다리 조각을 발견하고 깜짝 놀랐다. 비슷한 시기에 함께 우화한 녀석들은 무사히 성충이 되었지만, 발육이 늦어 나중에 허물을 벗은 동생들이 탈피 도중 형들에게 잡아먹힌 것이다. 여름철 한가로이 노래나 부르는 평화주의자로 알았는데 이렇게 육식성이 강하다니! 사실 베짱이를 맨손으로 잘못 잡으면 큰턱에 물릴 수도 있다. 이후 다른 벌레를 먹잇감으로 넣어 주어 영양분을 충분히 섭취하게 했다. 그렇게 며칠이 지난 밤, 드디어 베짱이가 울기 시작했다.

"스익- 쩍, 스익- 쩍"

어린이들을 교육하던 중에 베짱이라는 이름이 무슨 뜻인지 물어본 적이 있다.

"배짱이 좋아서요!"

아이들의 배짱 좋은 대답을 듣고 한참 웃었다. 베를 짜는 소리를 낸다고 해서 베짱이인데 요즘 아이들이 베 짜기가 무엇인지 잘 모르는 것은 당연하다. 농경 사회에서 농부들은 낮에는 들에서 일하고 저녁에는 베틀을 돌려 옷감을 짜며 바쁘게 살았다. 베틀을 돌리는 "찌그덕, 찌그덕" 소리가 들릴 때쯤 울기 시작하는 베짱이의 울음소리가 서로 묘하게 닮은 점이 있다.

조선 후기의 초충도에는 베짱이가 자주 등장한다. 초충도 화가로 잘 알려진 심사정의 〈괴석과 나리꽃〉을 감상한 적이 있다. 돌 위에 자리 잡은 한 마리의 베짱이가 당당히 주인공으로 등장한다. 동양화에는 보통 작가의 숨은 의도가 담겨 있다. 여기서 돌은 든든한 집을, 나리꽃은 근심을 잊고 득남을 기원한다는 의미가 있다. 특히 베짱이는 종사(螽斯)라고 불렀는데, 종묘사직의 종사(宗社), 어떤 일을 직업으로 삼는다는 뜻의 종사(從事)와 모두 발음이 같다. 즉 집안이 화목하고 자손을 얻고 관직으로 나가 벼슬하기를 축원하는 그림이다. 그러기 위해 베짱이 울음소리가 "베 짜시오, 베 짜시오"를 의미하듯 근면 성실해야 한다는 뜻까지 담고 있다.

서양에서 베짱이의 노래는 한가로움이나 즐거움을 뜻하지만, 동양에서는 오히려 부지런히 글을 읽거나 베 짜기를 재촉한다고 해석해 왔다. 《동국이상국집》에 실린 고려 시대 문인 이규보의 〈촉직탄(促織歎)〉이 좋은 사례이다.

—— 지난해는 뽕 이파리 무성하여

　　去年園中桑葉沃

　　누에마다 지은 고치 크기도 했지

　　神蠶作繭大於屋

　　오색의 구름 비단을 짜는 데 성공하여

　　織成伍色雲錦羅

추울 때까지 베짱이의 재촉을 기다리지 않았다

不待寒蟲苦相促

올해는 뽕나무가 마르고 시들어

今年桑老枯且萎

굶주린 누에 모두 죽어 실을 내지 못하네

飢蠶僵臥未生絲

온 집안 팔짱 끼고 겨울을 기다리더니

渾家拱手待天寒

베짱이 소리 듣곤 마음 먼저 슬프네

一聞促織先酸悲

수만 번 울어도 베 한 자 없으니

千聲萬聲無一尺

네 아무리 슬피 운들 무슨 도움이 있을까

爾吟雖苦終何益

달 아래 이슬 잎에 추위를 못 이기어

月叢露葉不耐寒

자리에 들어와 부질없이 울어라

入我床前空喞喞

그대는 베짱이 울음소리 저리 바쁜 것을 보지 못했나

君不見促織之號何太忙

상자에 실오라기 없고 베 짜는 소리도 들리지 않는다

箱無寸線機無聲

다만 병든 이 사람의 귀밑털이

唯有病夫雙鬢髮

소리 한 번 울 적마다 털 한 올이 희어지네

一聲促得一絲生

얽힌 심사를 가눌 수 없는데

縈紆心緒亂莫斷

한밤을 지새우며 온갖 시름 짜낸다

一夜織得愁萬段

베짱이 소리 나에게 아무 쓸데 없으니

蟲聲於予已不費

부디 이제부터 울음을 그쳐라

勸汝從今啼少緩

서양의 우화《개미와 베짱이》를 지은 이솝은 그리스의 노예
로, 이야기꾼이었다. 구전으로 전해지던 이야기를 프랑스의

우화 작가 라퐁텐이 처음으로 문학 작품으로 소개했는데, 원래 이솝의 이야기에서 베짱이는 매미였다. 그리스에서 울음소리를 내는 곤충은 매미가 대표적이었기 때문이다. 하지만 프랑스어 매미(cigale)가 영어권에서 메뚜기(grasshopper)로 잘못 번역되었고, 이를 다시 한국어로 옮기면서 매미는 결국 베짱이가 되었다.

베짱이나 매미의 생활사를 안다면 그들이 빈둥거리는 악사로 놀기만 한다고 이야기하지 못할 것이다. 만약 수컷이 노래를 잘 못 불러 암컷의 간택을 받지 못한다면 후손을 못 남길 것이므로 노래 솜씨를 뽐내기 위해 치열히 경쟁해야 한다. 만약 수컷의 노래를 도청하는 천적 기생파리가 베짱이 몸에 알을 낳으면 꼼짝없이 파리 구더기에게 속을 파 먹혀 죽고 만다. 노래하지 않는 암컷도 안전한 곳에 알을 숨기기 위해 땅을 파고 산란관을 꽂아 출산에 해당하는 힘든 노동을 해야 한다. 한해살이 베짱이는 겨울이 되기 전에 숙명처럼 모두 죽고 알만 남는다.

그렇다면 개미는 정말 부지런할까? 개미 집단의 20퍼센트만 일하고 나머지 대부분인 80퍼센트는 할 일 없이 빈둥거린다는 것이 최근의 학설이다. 심지어 자신은 일하지 않고 남의 집에서 번데기를 납치해 일개미가 태어나면 노예로 부리는 사무라이개미도 있다. 인문학적 상상의 시대에 만들어진 우화도 재미있지만, 과학이 밝혀낸 사실도 무척 흥미롭다.

섬서구는 대체
무슨 뜻일까

우리나라 어디에나 흔한 섬서구메뚜기는 방아깨비와 닮아 많은 사람이 혼동하기도 한다. 그렇지만 섬서구메뚜기가 상대적으로 크기가 작고 더 흔하다. 그만큼 이름의 뜻도 잘 알려져 있을 법한데 도무지 섬서구가 무엇인지 설명하기는 쉽지 않다. 《곤충의 사생활 엿보기》의 저자인 고려곤충연구소 김정환 소장님은 내 질문에 대해 섬서구는 추수가 끝난 논에 낫가리를 삼각형으로 세워 놓은 것이라고 말한 적이 있다. 머리가 뾰족한 섬서구메뚜기의 특징을 나름대로 잘 살린 우리말 같아서 《메뚜기 생태 도감》에도 그렇게 설명하였다. 그렇다면 우리말 섬서구에 대한 설명이 어딘가 다른 곳에 나와야 하는데 일단 국어사전에는 나오지 않았다.

섬서구메뚜기라는 이름의 등장을 거슬러 올라가면 조복성

교수의 1959년 〈한국산 메뚜기목 곤충〉 논문이 아마도 처음일 것이다. 그러나 섬서구에 대한 설명은 전혀 나와 있지 않다. 북한에서 부르는 장단메뚜기라는 이름은 방아깨비와 비슷하게 끄덕끄덕 장단 맞추는 놀이에서 나온 이름으로 추측할 수 있다. 정말 섬서구가 세워 놓은 볏 짚단을 가리키는 말인지 의구심을 갖던 중, 우연히 '한국전통지식포탈'에서 섬서구가 아닌 섬서, 섬소가 검색되는 것을 발견했다.

—— 섬서(蟾蜍): 섬여, 두꺼비. 5월 5일에 잡아서 말린다. 동쪽으로 가는 놈이 좋다. 껍질과 발톱을 제거하고 술에 하룻밤 담갔다가 그늘에 말려서 술로 볶거나 술에 구워 뼈를 발라내어 소존성(燒存性, 물건을 태우되 형체를 알아볼 수 있도록 검게 태운 것)이 되게 태워 쓴다(《증류본초》). 섬소(蟾酥)를 내는 법은 5월 5일 살아 있는 두꺼비를 잡은 다음에 바늘로 눈썹 사이를 찔러 갈라놓고서 물건으로 가볍게 그 등을 치면 흰 즙이 저절로 나오는데, 대칼로 긁어서 기름종이 위에 바른 다음 그늘에서 말려 쓴다(《본초강목》).

두꺼비라? 그래서 다시 《표준국어대사전》에서 연관어로 섬소를 찾으니 이렇게 나온다.

—— 섬소(蟾酥):「명사」『한의학』 두꺼비의 고막 뒤의 이선(耳腺)
에서 분비되는 흰색의 액체를 말린 약. 해독(解毒), 강심(強
心), 지통(止痛) 작용이 있다.

섬서고(蟾蜍膏)는 섬서(두꺼비)+고(기름), 즉 두꺼비 기름이다.
뜻을 알게 되자 갑자기 어린 시절 두꺼비 기름 연고를 발랐
던 기억이 되살아났다. 어린 시절 나는 잘 안 먹어서 그랬는
지 얼굴에 마른버짐이 자주 펴 그때마다 두꺼비 기름을 발랐
다. 당시 두꺼비 연고는 무좀이나 습진, 버짐 같은 피부병 치
료에 많이 사용되었던 가정상비약이었다. 두꺼비 기름인 섬
서고는 섬서구라는 말과 상당히 흡사하다.

두꺼비와 메뚜기는 풀벌레를 소재로 한 초충도에도 자주
등장한다. 조선 시대의 대표적인 화가 정선은 〈하마가자(蝦蟆
茄子)〉, 〈하마초충(蝦蟆草蟲)〉 같은 작품을 남겼는데, 자손 번
창을 기원하기 위해 두꺼비나 개구리를 그려 넣었다. 메뚜기
역시 알을 많이 낳아 다산, 혹은 입신양명을 상징한다. 하마
와 섬서는 개구리와 두꺼비를 가리키는 한자어로 중국에서
는 두꺼비과를 섬서과라고 한다.

결국 쓰는 한자와 발음이 약간씩 달라도 섬서, 섬소, 섬수,
섬여 모두 두꺼비, 두꺼비의 독, 또는 그 약재를 가리킨다는

것을 알 수 있다. 아마도 한자 섬서고가 모음 변화를 일으켜 섬서구가 된 것은 아닐까? 비슷한 예로 다리가 굵은 곤충 이름에 붙는 접두어 수종(水腫)다리를 흔히 수중다리라고 부르는 것을 볼 수 있다. 두꺼비와 메뚜기의 비슷한 점은 또 있는데 풀밭에 사는 생명체이자, 펄쩍펄쩍 뛴다는 공통점이 있다.

중국 자료를 더 찾아보았다. 섬서구메뚜기가 속한 섬서구메뚜기과를 중국에서는 첨황과(尖蝗科), 또는 추두황과(錐頭蝗科)라고 하는데 머리가 뾰족한 특징에서 붙은 이름이다. 우리는 날개 특징으로 종을 구분하지만, 중국은 얼굴 길이로 구분하여 이름을 짓는다. 그래서 섬서구메뚜기는 장액부황(長額負蝗), 분홍날개섬서구메뚜기는 단액부황(短額負蝗)이라고 부른다. 부황(負蝗)은 섬서구메뚜기의 암수가 서로 자주 붙어 있는 모습에서 나온 말로 짊어지고 다니는 메뚜기라는 뜻이다. 이이름은 일본명 온부밧타(オンブバッタ)와 뜻이 같은데 직역하면 어부바 메뚜기로, 큰 암컷이 작은 수컷을 새끼처럼 등에 업고 다니는 특징에서 유래했다. 이처럼 여러 나라의 여러 이름을 많이 알수록 종의 특징을 이해하는 데 도움이 된다.

일제 강점기 조선생물학회에서 우리나라 대부분의 곤충이름을 처음 정리할 때 책임을 맡은 조복성 교수가 섬서구메뚜기라는 이름을 썼던 것에는 나름의 사유가 있었을 것이다.

당시에 통용되는 의미가 담긴 이름이었겠지만, 문화가 바뀌어 오늘날 우리 세대가 이해하지 못하는 이름이 되었을 가능성이 크다. 이 시대에 우리 생물 이름의 뜻을 조명하는 것은 급변하는 시대에 우리 문화를 기록해 후대에 전달하는 의미가 있다. 이 자리를 빌려 이 한마디를 꼭 남기고 싶다.

"누구든 의미를 제대로 안다면 제보해 주시기 바랍니다."

희시무르, 희스무레, 희끄무레의
기록을 찾아서

녀석을 처음 만난 건 중학교 겨울방학, 대전에 살고 계신 외할머니 댁에 갔을 때의 일이다. 정월의 연례행사로 때를 벗기기 위해 동네 공중목욕탕에 갔는데 목욕을 마치고 몸을 말리던 중에 한구석에서 너무나 선명하게 귀뚜라미 울음소리가 들렸다.

"찌리찌리찌리……."

이 겨울에 벌레 소리라니! 너무나 의아해 조심조심 소리를 쫓아가니 기둥과 맞닿은 바닥의 벽이 갈라진 틈에서 소리가 들려왔다. 깨진 시멘트 조각을 살짝 들추자 놀랍게도 성충 귀뚜라미가 날개를 비비며 울고 있는 것이 아닌가! 날개가 짧고 색깔이 희멀겋게 밝은 편이라 뇌리 속에 녀석의 인상이 깊게 자리 잡게 되었다.

까맣게 잊었던 녀석을 다시 만난 건 20년 가까이 세월이 흐른 뒤였다. 대학교 표본실에서 귀뚜라미 표본을 정리하다가 기억 속 그 귀뚜라미와 재회하게 되었다. 이름은 희시무르귀뚜라미(*Gryllodes sigillatus*). 전 세계 어디에나 분포하는 범세계종으로 특히 더운 열대지방이나 실내에 사는 귀뚜라미로 유명하다. 아니나 다를까, 표본의 라벨을 보니 모두 1970~1980년대 도시에서 채집된 것이었다. 그런데 한 가지 흥미로운 점은 그때 이후로 최근까지는 채집된 표본이 도대체 없다는 것이다. 오히려 요즘처럼 연구 활동이나 채집 조사가 많아졌으면 표본이 더 많아야만 할 것 같은데 말이다.

지금 떠오르는 나의 두 가지 가설은 첫째, 주거 환경이 급변해 아파트 형태의 요즘 집에서는 살 수 없게 된 것이 아닐까 하는 것과 둘째, 희시무르귀뚜라미가 최근 유명세를 타고 있는 꽃매미나 미국선녀벌레처럼 과거에 일시적으로 침입한 외래종으로 위세를 떨치다가 차츰 저절로 소멸한 것이 아닐까 하는 생각이다.

그렇다면 희시무르귀뚜라미의 희시무르는 도대체 무슨 뜻일까? 이에 대해 지금은 작고하신 《한국의 거미》 저자인 남궁준 선생님께 여쭌 적이 있다. 남궁 선생님은 거미학자지만, 과학관에 근무하신 적이 있고 연세가 많아 옛말 뜻을 잘 알고 계실 것 같았다. 이에 대해 남궁 선생님은 희시무르는 아무르(Amur)의 다른 말 같다는 의견을 주셨다. 아무르는 아무르강이 흐르는 극동 러시아 지방 이름이다. 국경이 맞닿은 중국에서는 아무르강을 흑룡강이라 하고 그 일대를 헤이룽장성이라 발음한다. 희시무르가 붙은 다른 동물 이름을 찾아보니 희시무르고슴도치(*Erinaceus amurensis*)가 대표적인데, 학명을 고려해 아무르고슴도치라고도 부른다는 것을 알 수 있었다.

희시무르귀뚜라미의 우리나라 최초 기록은 1930년 일본의 곤충학자 시라키 도쿠이치가 서울에서 보고한 것이 처음이다. 이후 1933년 소련과학원의 곤충학자 그리고리 베이비엔코는 극동 러시아에서 이 종을 처음 보고하면서 블라디보스토크 남부의 한국인 집에 이 귀뚜라미가 많이 살고 있다고 기록한 바 있다. 아무르, 극동 러시아, 블라디보스토크 등이 같은 연상을 일으켰기 때문에 《메뚜기 생태 도감》에도 희시무르는 아무르 지방을 가리키는 다른 이름이라고 설명하였다.

어느 날 자료를 찾던 중, 대구에서 오랫동안 귀뚜라미를 사육하다 퇴직하신 초등학교 교사 이길우 선생님의 인터뷰 기사를 발견했다.

—— 귀뚜라미는 옛날부터 우리나라 사람과 인연을 맺어 왔습니다. 색깔이 희미하다고 해 이름 붙여진 히스무르 귀뚜라미는 가장 늦게까지 울어 대는 종입니다. 날이 추워지면 이 귀뚜라미는 전통 가옥의 미닫이문을 통해 방으로 들어와 방 안에서 사람과 함께 겨울을 보냈습니다. 방 한쪽에서는 책 읽는 소리가, 다른 한쪽에서는 귀뚜라미 울음소리가 들려오던 것이 예사였습니다.

〈영남일보〉, 1999년 10월 29일

히스무르? 내가 알던 내용과는 전혀 다른 해석이었다. 의문은 원점으로 돌아와 희시무르가 과연 아무르인지 다시 조사하게 되었다. 우선 희시무르, 히스무르라는 단어는 국어사전에 나오지 않는다. 희시무르가 붙은 다른 곤충 이름을 찾아보았다. 희시무르거위벌레, 희시무르뾰족맵시벌, 희시무르밑빠진벌레, 희시무르뿔벌레 등 서로 다른 곤충에게 붙은 접두어로 학명에서 특별히 아무르와 연관성은 없어 보였다. 러시아에서 희시무르귀뚜라미를 무어라 부르는지 찾아보니 인디스키다마보이스베르초크(Индийскийдомовойсверчок), 즉 인도 집 귀뚜라미라는 뜻으로 아무르 지방이나 한국인과는 상관이 없었다. 잘 모르는 러시아 알파벳으로 희시무르라는 단어를 비슷하게 조합해 여러 번 검색해 보았지만, 적합한 해설이나 아무르와의 연관성은 전혀 나타나지 않았다.

그렇다면 혹시 일본에서 아무르를 예전에 희시무르라고 했던 것은 아닐까? 일본에서 희시무르귀뚜라미는 가마도고오로기(カマドコオロギ)라고 하는데, 뜻은 부뚜막 귀뚜라미이고 북한 이름인 부엌 귀뚜라미와 일맥상통한다. 중국어로는 단시조실솔(短翅灶蟋蟀), 즉 부엌에 사는 날개가 짧은 귀뚜라미라는 뜻으로 역시 비슷하다. 혹시 아무르와 비슷하게 사용하는 우수리(Ussuriisk)와 연관이 있을까 싶어 아무르(アムール), 우수리(ウスリー) 등으로도 검색해 보았지만 아무 성과가 없었다.

더 이상 단서를 찾지 못해 포기할 무렵, 연변 인민출판사에서 나온 《조선말사전》이 눈에 들어왔다. 천천히 비슷한 단어를 찾다가 다음의 단어를 발견했다.

—— 희스무레(해스무레)하다: 좀 옅게 희슥희슥하다.

이길우 선생님의 해석과 가장 비슷한 뜻이 나왔다. 일본에서 희시무르귀뚜라미를 우스이로고오로기(ウスイロコオロギ)라고도 불렀는데, 이는 옅은 색 귀뚜라미라는 뜻이다. 녀석을 처

음 만났을 때 느낀 인상과 매우 일치함을 깨달았다.《표준국어대사전》으로 돌아와 희스무레를 다시 찾아보았다.

— 희스무레: 「부사」『북한어』 색깔이 조금 옅게 드문드문 허연 모양.

북한어라? 희시무르귀뚜라미의 작명자는 역시 당대 곤충학자인 조복성 교수로 원래 고향이 이북 출신이다. 남북이 사상으로 대립하던 당시 분위기 속에서 생물 이름에 북한 색이 배제되었다 하더라도 역시 북한어의 흔적은 남아 있었다. 결국 모음의 표기 방식 차이 때문에 찾지 못했을 뿐, 요즘 말로 하면 희스무레귀뚜라미, 또는 내게 익숙한 말로 하라면 희끄무레귀뚜라미, 모두 희시무르귀뚜라미라는 결론에 이르렀다.

— 희끄무레: 「부사」『북한어』 옅게 조금 허연 모양.

생물명이 아무리 고유명사라 하더라도 국어 맞춤법에 따랐으면 후대 사람들이 이해하기 편했을 텐데 하는 생각이 들었다. 지금 희끄무레귀뚜라미는 우리나라 어디에 남아 있을까? 동남아시아 여행을 갔을 때 타이완, 필리핀, 베트남 등지에서 녀석을 직접 채집해 보았다. 더운 열대지방에는 여전히 매우 흔한 보통종이지만 우리나라에서 사라진 이유는 과연 무엇일까? 남은 질문을 떠올려 본다.

땅강아지의
다섯 가지 재주

한문학에 땅강아지의 다섯 가지 재주라는 말이 있다. 다재다
능한 팔방미인이지만, 어느 한 가지 특출한 재주는 없다는 의
미로 쓰이는데, 날다람쥐의 다섯 가지(날고 기고 뛰고 숨고 달아
나는) 재주와 같은 뜻이라고 한다. 그렇다면 땅강아지의 다섯
가지 재주는 무엇일까? 인문학에는 더 이상 자세히 나오지
않아 곤충 전공자로서 부연 설명을 제시해 보려고 한다.

첫째, 땅을 잘 판다. 땅강아지의 앞다리에는 넓적한 삽날이
있다. 튼튼한 앞다리로 흙을 파헤치고 둥글넓적한 앞가슴등
판으로 굴 벽을 다듬는다. 다른 다리들은 짧아서 좁은 굴속을
이동하기에 알맞다. 2002년 서울에서 열린 세계생태학회에
서 일본 교토대학의 여성 곤충학자가 땅강아지 굴을 연구한
포스터 발표를 본 적이 있다. 어떻게 저렇게 작은 곤충이 수

미터가 넘는 수평 수직의 복잡한 굴을 팔 수 있을까 무척 흥미로워 발표자와 잠깐 대화를 나눈 기억이 있다. 땅강아지가 영어로 몰 크리켓(mole cricket)인 것은 두더지가 땅을 파는 습성과 같기 때문이다.

둘째, 하늘을 날아다닌다. 땅강아지의 등에는 두 쌍의 날개가 있다. 그중 길게 삐져나온 뒷날개는 날아갈 때 부챗살처럼 넓게 펼쳐져 잘 날 수 있다. 시골 부엌에서는 땅강아지가 야간 불빛에 날아와 형광등 주변을 맴도는 모습을 종종 볼 수 있다. 땅강아지의 별명이 하늘밥도둑, 꿀도둑인 것은 부엌으로 들어온 땅강아지가 뭔가 훔쳐 먹으러 왔을 것이라는 생각에 붙인 이름이다.

셋째, 헤엄을 잘 친다. 봄철에 논이랑을 삽으로 뒤집으면 흙과 함께 숨어 있던 땅강아지가 물에 빠져 헤엄치는 장면을 종종 볼 수 있다. 땅강아지는 마치 수륙양용의 전천후 장갑차처럼 공중, 땅속, 물을 자유자재로 누빌 수 있는 능력이 있다.

넷째, 노래를 잘 부른다. 수컷 땅강아지는 늦봄부터 가을 사이 굴속에서 사랑의 세레나데를 부른다. 땅강아지는 본래 귀뚜라미의 친척으로 수컷 앞날개에는 귀뚜라미처럼 울음판이 갖추어져 있다. 비 오는 날 땅속에서 소리가 나면 지렁이가 운다는 옛말이 있는데, 실제로는 지렁이가 아닌 땅강아지가 우는 소리다. 도루래, 돌도래미라는 땅강아지 별명도 울음 소리에서 유래했는데, 실제 소리는 "비이-" 하면서 단조롭지만 뚜렷한 특징이 있다.

다섯째, 아무거나 잘 먹는다. 땅강아지는 생육 조건이 까다롭지 않다. 잡식성으로 유기질이 풍부한 땅속에서 각종 식물, 뿌리, 죽은 벌레, 지렁이 등을 먹고 살며 가끔 땅 위로 올라와 어린싹을 갉아먹기도 한다. 그래서 인삼 농가에서는 땅강아지를 해충으로 여기고 있으며 세계적으로도 잔디밭이나 골프장, 묘목 재배지에서 주요 관리 대상으로 방제하고 있다.

땅강아지의 재주는 이렇게나 많지만, 무엇 하나 아주 뛰어난 것 같지는 않다. 가령 헤엄치는 모습은 처음엔 잘하는 것 같은데 얼마 못 가 지쳐서 처음 제자리로 되돌아오고 만다. 그리고 다섯 가지 재주를 하나하나 따지면 더 잘하는 동물들이 있기 마련이다. 땅은 두더지가 더 잘 파고 비행은 나비나 잠자리가 더 잘 날 것이다. 물에서는 물방개나 물땡땡이가 더 잘 헤엄치고 노래 역시 귀뚜라미가 더 잘 부른다. 먹는 것도 사마귀나 여치가 더 잘 먹으니, 결국 어느 재주 하나 이렇다 할 것 없이 다 고만고만하다. 다방면에 재주가 많은데도 삶이 고달프다면, 땅강아지 이야기를 참고삼아 웃고 넘어가자.

이와 반대의 의미로 쓰이는 곤충 속담도 있다. 누구나 아는 '굼벵이도 구르는 재주가 있다'라는 말이다. 나는 이 말을 참 좋아하는데, 바로 나에게 해당하는 말이기 때문이다. 남들보다 특별히 뛰어난 재주는 없지만, 시각 기억력이 좋아 한 번 본 곤충을 잘 기억하는 편이다. (분류학은 눈으로 하는 과학이라는 말도 있다.) 학창 시절 특별히 공부를 잘하진 않았지만, 은근과 끈기가 있었던 것 같다. 군 복무를 마치고 재수하면서 남들보다 늦었지만, 그런대로 학위 과정을 마치고 직장에 다니며 한 사회인의 역할을 하고 있다. 남들과 비교하면 끝도 없이 힘들지만 한 가지 재주를 갈고닦아 '생활의 달인'처럼 살 수는 없을까? 사회가 급변하여 카멜레온 같은 능력, 다방면의 지식을 융합할 수 있는 창의적 인재를 선호한다지만, 조금 늦더라도 한 분야에서 성실히 노력한다면 누구나 충분히 먹고살 것을 보장해 주는 그런 사회가 되었으면 좋겠다.

4장

티키타카
뭐든지 쿵짝이 맞아야 재미있지

누에 잠자와
꿀벌 붕붕의 티타임

누에 거기 멋지게 차려입은 분은 꿀벌 붕붕 님?

꿀벌 오? 안녕하셔요? 누에 잠자(어원인 '누워 있는 벌레'에서 따온 이름) 님?

누에 한눈에 척 보고 알아보시는군요. 하긴 나를 모를 리가 없지요. 꿀벌 붕붕 님과 저는 곤충계의 연예인과 마찬가지니까요.

꿀벌 사실 우리만큼 인기 많은 곤충은 없지요. 하하하, 귀엽고 통통한데 복슬복슬하고 화려한 털 의상까지……. 내 엉덩이 보고 귀엽다고 하는 사람들이 많답니다. 그리고 달콤한 꿀까지 만들어 주니 누가 싫어하겠어요? 그런데 누에 잠자 님은 털이 없지요?

누에 지금은 애벌레라 털이 없는데, 나방으로 변하면 따뜻하고 멋진 융단 의상으로 갈아입을 거예요. 내 엉덩이에도 작고 매력적인 뿔이 나 있는데 사람들이 잘 모르는 것 같아 아쉬워요.

꿀벌 사람들이 처다볼 때 엉덩이에 힘을 주는 것은 어때요? 하하하.

누에 사람들이 다가오면 조금 꿈틀거리는 춤으로 매력을 발산하는데, 귀엽게 봐주는 것 같아서 다행이에요. 야생에 사는 우리 친척들이 그러면 깜짝 놀라 소스라칠 텐데, 요즘 자연 학습용으로 우리를 많이 키우다 보니 좋아하게 된 것 같아요.

꿀벌 우리도 도시 양봉가들이 생기면서 가까이 관찰하는 분들이 생겨서 좋아요.

누에 역사적으로 살펴보면 우리만큼 사람들에게 큰 영향을 준 곤충이 없을 거예요. 의식주 가운데 가장 먼저 나오는 '의(衣)'를 우리가 제공해 주었지요.

꿀벌 그렇다면 우리는 '식(食)'을 제공해 준 셈이군요. 우리가 모아 놓은 벌꿀은 탐내는 이들이 많아요. 꽃마다 작은 방울로 있는 꿀을 우리가 일일이 방문해서 한곳에 잘 모아 두었으니 얼마나 먹기 좋아요? 그래서 어쩔 수 없이 우리 재산을 지키기 위해 벌침을 개발했지요.

누에	헉, 설마 그걸로 저를 쏘려는 것은 아니지요?
꿀벌	하하, 걱정하지 마세요. 아무에게나 막 쏘는 것은 아니니. 그리고 침을 쏘면 우리도 죽기 때문에 마지막 수단으로 어쩔 수 없을 때 사용하는 거예요.
누에	휴, 다행이다. 사실 사람들도 꿀을 얻으려고 꿀벌 붕붕 님을 돌봐 주는 것인데, 야생에서 자유롭게 사는 것이 낫지 않나요?
꿀벌	어려운 질문이군요. 자유냐, 안정된 삶이냐. 자유로우면 대신 어려운 상황에서 모든 것을 스스로 헤쳐 나가야 하지요. 사람들이 살 집도 만들어 주고 천적으로부터 지켜 주어 안정된 삶을 누릴 수 있기에 우리는 전 세계로 퍼져나갈 수 있었어요.
누에	우리도 마찬가지인데, 원래 야생 멧누에가 우리 조상이에요. 그런데 사람들이 오천 년을 길러 오는 동안 너무 길들어져서 이제 날개가 있어도 나는 법을 잊어버렸지 뭐예요. 가끔 자유롭던 멧누에 시절이 그립기도 해요. 이제 사람들의 관심도 예전 같지 않고…….
꿀벌	그게 무슨 말이에요?
누에	처음 우리 고치에서 사람들이 비단실 뽑기를 알았을 때 얼마나 인기가 좋았는데요. 동서양에서 서로 키우

겠다고 난리였는데, 이제는 사람들이 화학물질로 신섬유를 개발해 온갖 옷감을 만드니 예전 같은 호황은 없어졌어요. 뽕나무밭이 바다로 변했다는 뜻의 상전 벽해(桑田碧海)가 이런 경우를 두고 하는 말이지요. 우리를 키우려고 심었던 많은 뽕나무가 이제 필요 없어졌어요.

꿀벌　너무 실망하지 말아요. 우리도 꿀보다 더 맛있는 먹을거리가 나와 인기가 시들해졌지만, 사람들이 로열젤리나 프로폴리스 같은 각종 영양물질을 개발해 다시 인기가 올라갔어요. 더구나 우리가 식물의 꽃가루받이에 절대적으로 중요하다는 사실이 널리 알려지면서 도시 양봉까지 퍼지게 되었어요.

누에　야생에서 꽃가루받이하는 곤충은 꿀벌 붕붕 님 말고도 많잖아요?

꿀벌　쉿! 비밀인데, 사실 우리 말고 야생벌, 나비, 꽃등에, 파리 그리고 작은 딱정벌레까지 여러 곤충이 꽃가루받이를 돕는 것은 사실이에요. 그래도 좀 조용히 해주시겠어요?

누에　앗, 죄송해요. 영업 비밀을 지켜드려야 하는데…….
참, 요새 듣기론 집에 잘 들어가지 않는다면서요? 하

하하.

꿀벌 참 나, 너무 잘못 알고 계시네요. 어디 좋은 데 있어서 안 들어가는 게 아니에요. 그런 헛소문까지 퍼지다니…… 일하러 밖에 나갔다 길을 잃고 집에 못 돌아가는 친구들이 많다고 해요. 안 들어가는 게 아니라 못 돌아가는 거라고요.

누에 앗, 그것도 죄송해요. 무슨 일이 생긴 건가요?

꿀벌 사연이 긴데, 간단히 말하자면 생태계 이상에 따른 스트레스 누적 때문이라고 할 수 있어요. 이상 기후, 살충제, 질병, 기생충까지 우리를 못살게 구는 요인이 너무너무 많아요. 최근 사람들이 이 문제를 많이 고민하고 있고 꿀벌이 살 수 있는 환경까지 살피고 있어 다행이지만요. 그런데 누에 잠자 님은 인기를 어떻게 관리하세요?

누에 꿀벌 붕붕 님처럼 사람들이 알아서 관심을 가져 주면 좋은데, 그게 고민이에요. 뭐 우리도 여러 재주가 있으면 좋으련만 뽕잎 먹기, 실뽑기 이런 것밖에 할 줄 모르네요. 이참에 '먹방'에나 출연해 볼까요? 그것도 요즘 사마귀와 여치 같은 경쟁 상대가 많아져서 고민이군요.

꿀벌   식용 곤충 번데기로 다시 도전해 보는 것은 어때요?

누에   그것도 식용 메뚜기가 만만찮은 경쟁 상대예요. 독점

적인 인기를 이제 물려줘야 할까 봐요.

꿀벌   맞아요, 인기는 물거품이라고요. 우리 말고 어떤 곤충

들이 뒤를 이을지 자못 궁금하네요.

사랑꾼 털파리와
아마조네스 대벌레

털파리 안녕? 먼저 내 소개를 하도록 하지. 사람들이 나를 보
면 러브버그(love bug)라는 이름으로 사랑스럽게 부르
곤 해. 검은색 몸에 빨간색 무늬가 하트처럼 보일 수
도 있는데, 실은 그게 아니라 서로 짝짓기하면서 날아
다닌다고 남사스럽지만 그렇게 불러. 푸하하. 내 정식
이름은 털파리야. 몸에 털이 좀 많긴 하지.

대벌레 러브버그라, 털파리라는 이름보다 어쩜 별명이 더 나
은 것 같은데? 어쨌든 만나서 반가워. 내 이름은 간단
히 대벌레라고 해. 보시다시피 내 몸은 막대기처럼 길
쭉하게 생겼지.

털파리 하하하, 정말 그러네? 어디가 머리고 어디가 꽁지일
까? 가만히 있으면 나뭇가지인지 곤충인지 알지도 못

하겠다.

대벌레 그게 내가 자연 속에서 살아가는 비법이야. 감쪽같이 눈을 속여야 천적에게 잡아먹히지 않거든. 그런데 털파리 너는 왜 그렇게 짝과 계속 붙어 있어? 부끄럽지 않아?

털파리 설명하려면 긴데, 끝까지 잘 들어볼래? 지금 짝짓기를 해야 또 1년을 살아갈 수 있거든. 내가 아니라 내 후손들이 말이야. 짝짓기는 모든 생명체의 본능이잖아? 우리는 1년에 아주 잠깐 1~2주 반짝 활동할 뿐이야. 나머지는 알과 애벌레, 번데기 상태인데, 낙엽과 땅속에 모습을 꼭꼭 감추고 있지. 그러다 따뜻해진 계절에 땅 위로 나와 파리 모습으로 날아다니는데, 대를 이으려면 어서 짝짓기 해야 하지 않겠어? 나는 수명이 아주 짧아. 그리고 알 낳기 전까지 계속 붙어 있어야 내 유전자를 안전하게 물려줄 수 있어. 경쟁이 엄청 심하거든.

대벌레 이해가 되네. 나는 3~4개월은 살 수 있는데 그래도 나는 네가 부러워. 왜냐고? 서로 '러브(love)' 하니까…….

털파리 그게 무슨 말이야? 그럼 너희들은 짝짓기 하지 않니?

대벌레 사실 나는 암컷이야. 우리 대벌레는 수컷이 없어. 있어도 아주 희귀해. 5천 마리 중에 1마리쯤 나올까 말까 하지.

털파리 그럼 경쟁이 엄청나겠다.

대벌레 그렇지는 않아. 우리는 보통 짝짓기 하지 않고 알을 낳지. 내가 알을 낳으면 거기서 자란 애벌레는 암컷이고 암컷이 계속해서 암컷을 낳는 셈이지. 사랑 따윈 없다고.

털파리 우리가 부럽다니, 저런……. 우리는 오래 사는 너희가 부러워. 어쩌면 귀찮은 짝짓기를 하지 않고 후손을 이을 수 있다면 편리할 것 같은데?

대벌레 그래도 수컷을 만나는 행운이 있다면 나와 다른, 어쩌면 더 괜찮은 후손을 낳을 수도 있잖아? 우리는 쉽게 말해 똑같은 유전자를 가진 복제 생물(clone)인 셈이야. 유전자가 모두 같으면 질병이나 환경 변화에 취약해.

털파리 그래서 그렇게 쉽게 번식을 할 수 있는 것이구나? 사람들이 너희 대벌레가 너무 많다고 하는 뉴스(2020년)를 나도 봤어.

대벌레 우리만 그런가? 너희 털파리도 뉴스(2022년) 인터뷰에 크게 나왔던데?

털파리 우린 억울해. 무슨 어마어마한 괴물이 나온 것처럼 떠들던데, 사실 우리는 사람에게 해를 주는 것이 없거든? 물지도 않고 쏘지도 않고 아무 해가 없어. 그저 무리 지어 여기저기 날아다닐 뿐이야.

대벌레 사람 입장에서는 너무 수가 많으니까 괜히 공포감을 느낄 것 같아. 혹시 잘못해서 말하다가 입에 들어갈 수도 있고 몸에 닿으면 알레르기가 생길 것 같기도 하잖아.

털파리 우리는 크기라도 작지, 너희 대벌레는 몸이 길쭉하고 커다랗잖아. 그렇게 유령처럼 숲을 점령하듯 여기저기 기어 다니면 기분 좋게 산책 나온 사람들이 깜짝 놀라지 않겠어?

대벌레 내 모습이 뭐가 어때서? 우리도 넓은 숲에서 평화롭게 살고 싶어. 도심의 숲은 따뜻하고 천적도 별로 없어서 좋은데, 면적이 좁아 밀도가 높아질 수밖에 없어. 숲이 다 끊어져 있으니 다른 데 이사 가기도 힘들고, 더구나 사람들이 우리 모습이 싫다고 마구 약을 뿌리는 바람에 살기도 힘들어.

털파리 우리도 마찬가지야. 조금 지나면 언제 그랬냐는 듯이 사라질 텐데 잠시의 불편도 견디지 못하는 인간들이란……

대벌레 털파리 너희들은 그럼 사라지면 어디로 가는 거니?

털파리 비밀인데 말해줄까 말까? 너도 나에게 비밀 하나 먼저 말하면 알려 주지.

대벌레 비밀이라……. 내 다리의 비밀을 알려 줄까? 여기 내 다리 중의 하나가 짧은 게 보이지? 사실 이 다리는 어렸을 때 새의 공격을 받아서 잃어버린 건데, 자라면서 다시 생겨난 거야. 어때? 내 능력이 부럽지?

털파리 대단한걸? 나도 갖지 못한 능력인데……. 사실 우리는 짝짓기가 끝나면 축축한 곳을 찾아가 알을 낳아. 무더기로 낳은 알에서는 애벌레, 쉽게 말해 구더기가 생기지. 우리 애벌레는 몸에 긴 털이 많아. 내 이름이 털파리인 것은 털 많은 애벌레 특징 때문이기도 해. 애벌레들은 땅을 기어 다니며 낙엽이나 부식물을 갉아먹고 자라지. 그런 면에서 숲의 청소부라고 할 수 있지만, 나쁜 벌레로만 취급받는 것 같아 기분이 안 좋아.

대벌레 나도 그래. 잎사귀 좀 갉아먹는다고 산림해충이라 매도당하기도 해. 그래도 우리가 있어서 다른 동물들도 먹고 살잖아? 새나 다람쥐, 사마귀, 거미, 말벌까지 우리를 많이 잡아먹고 산다니까. 사실 무서운 게 너무 많아서 우리는 잘 숨어 있지. 울창하고 건강한 숲에는 우리를 찾아도 잘 보이지 않아. 워낙 나뭇가지와 비슷하니까.

털파리 비밀 하나 더 가르쳐 줄까? 사실 우리가 갑자기 너무 많이 생겨서 외래종이라고 오해하는 사람들도 있어. 원래부터 이 땅에 살아왔는데 말이야. 뉴스에 많이 나오니까 그제야 자료를 찾아보고 알려지지 않은 종이라는 것을 알게 된 거지. 아마 조만간 누군가 연구해서 내 이름을 알리겠지? 쉿! 우리 이야기는 여기까지

[털파리는 2022년 논문이 출판되어 미기록종 붉은등우단털파리(*Plecia longiforceps*)라는 이름을 갖게 되었다].

초충도의 대가
신사임당과 메리안

신사임당 처음 뵙겠습니다. 저는 조선의 초충도 화가로 성은 신, 호는 사임당입니다. 사람들이 보통 신사임당(1504~1551년)이라고 불러요.

메리안 안녕하세요? 제 이름은 마리아 지빌라 메리안(1647~1717년)이라고 해요. 이름이 조금 길지요? 서양식으로 편하게 마리아라고 부르세요. 그런데 호라는 것은 무엇인가요?

신사임당 호는 글을 짓거나 그림 그리는 사람들이 쓰는 별명이에요. 유교 사회에서는 사람 이름을 직접 부르는 것이 예의에 어긋난다고 해서 호를 부르곤 했어요. 이제부터 사임이라고 부르세요.

메리안 아, 사임 님, 그런데 당은 무슨 뜻인가요?

신사임당   당은 여성임을 나타내려고 후대 사람들이 집이란 의미를 추가로 붙인 거예요.

메리안   실례가 아니면 혹시 본명은 뭔지 살짝 귀띔해 줄 수 있으세요?

신사임당   조선에서 여자의 이름은 그리 중요한 게 아니라서 그냥 신 아무개라고만 알고 계세요. 어디에도 내 본명이 밝혀진 게 없답니다.

메리안   저런, 내 이름은 작품에 분명하게 남아 있는데……. 조선이라는 곳은 가 보지 않았지만, 여성의 인권을 존중하지 않았나 봐요.

신사임당   나는 그림을 남겨서 그나마 성과 호가 전해지지만, 그 시절 대부분의 여성이 남편의 아내이자 자녀의 어머니로 이름 없이 살다 갔어요. 마리아 님을 만났으니 그림 이야기를 나눠 봐요. 《수리남 곤충의 변태》라는 작품을 보았는데, 어떻게 여자의 몸으로 그렇게 바다 건너 먼 곳으로 여행을 가고 또 초충도를 그렸는지 정말 대단하다고 생각해요.

메리안   감사해요. 나는 남편과 사이가 그리 좋지 않았어요. 좋아하는 곤충을 마음껏 관찰하고 그림으로 남기고 싶었을 뿐이에요. 그래도 딸과 같이 갈 수 있어서 좋았어요.

신사임당 마리아 님 초충도를 보니 정말 남아메리카 곤충은 조선과 완전히 다르더군요. 화려한 날개를 가진 나비와 덩굴식물들이 얼마나 휘황찬란한지, 조선에 그런 그림이 들어왔다면 사람들이 도저히 믿지 못했을 거 같아요.

메리안 사임 님의 초충도도 서양인 눈에 낯설긴 마찬가지였을 거예요. 어쩌면 저보다 100년이나 앞서 그런 그림을 그릴 생각을 했는지 신기해요.

신사임당 나는 어릴 때부터 주변의 작은 생물을 관찰하고 그리는 것을 좋아했어요. 내 자랑 같지만, 그림을 말리려고 마당에 널어 두었더니 닭들이 쪼아 먹었다는 전설도 있지요. 호호.

메리안 어머, 저도 마찬가지예요. 13살에 누에를 처음 키웠는데 꿈틀거리던 애벌레가 예쁜 나방이 된다는 게 너무나 신기했어요. 그래서 여러 가지 곤충을 키워 보고 관찰하고 사실대로 그려서 다른 사람들에게 보여 주고 싶었어요. 애벌레를 특히 많이 그려 애벌레 부인이라는 별명도 있지요.

신사임당 그래서 마리아 님 그림에는 그렇게 모습이 바뀌는 애벌레와 성충의 그림이 서로 연결되어 있군요? 나는 주변의 소소한 벌레를 꽃과 함께 그려 좋은 의미를 담으려고 했어요. 남편이 잘됐으면 해서 맨드라미를 그렸고 아들이 잘됐으면 해서 여치도 그렸어요. 덕분에 셋째 아들(율곡 이이)이 이조판서까지 된 것 같아요.

메리안 축하해요. 나는 그림으로 명성을 얻었지만, 어쩌면 가족과의 행복이 더 축복받을 일인 것 같아요. 그리고 동양화는 화려하지 않아도 붓 선만으로 생명체의 아름다움을 잘 표현하는 것 같아요.

신사임당 동양에서는 원래 벼루에 먹을 갈아서 그림과 글을 함께 쓰는 문화가 있어요. 보통 흑백이라 수묵담채화라고 하지요. 색깔을 내기 위해서는 광물이나 조개껍질, 꽃잎이나 식물 뿌리에서 추출한 안료를 사용하기도 하고요.

메리안 그 당시 독일에서는 동판화 기법이 개발되었어요. 미세한 그림도 표현할 수 있을 뿐만 아니라 인쇄로 여러 장 찍어 낼 수 있는 장점이 있어요.

신사임당 수리남에서 가장 어려웠던 점은 무엇이었어요? 나라면 가족과 함께라도 도저히 못 갔을 거 같아요.

메리안 아무래도 혹독한 기후와 열병이 가장 큰 난관이었어요. 온화한 기후의 유럽에서 살다가 대서양 건너 열대

지방에 가 보니 어찌나 무덥고 습하던지……. 그만 말라리아에 걸리고 말았답니다. 안 그랬다면 좀 더 오랫동안 곤충을 관찰하고 더 많이 그릴 수 있었을 텐데, 아쉽게도 2년 만에 돌아오고 말았어요.

신사임당　마리아 님 그림에는 유독 완전변태를 하는 곤충 그림이 많은 것 같아요. 그건 아마도 변화를 보여 주는 극적인 효과도 있고 마리아 님의 삶도 그렇게 화려하게 변했으면 하는 소망도 있던 것이지요?

메리안　어쩜, 그렇게 내 맘을 잘 아세요? 프로파일러 같아요. 사임 언니, 언니라고 불러도 될까요? 참, 언니는 아이가 몇이에요? 난 딸만 둘.

신사임당　서양에는 그런 거 없다고 하던데, 호호. 그냥 편한 대로 불러요. 난 사남삼녀를 두었어요.

메리안　언니가 오래 살았으면 더 좋은 작품을 남겼을 것 같아요. 고작 47세에 돌아가셨으니 안타까워요.

신사임당　조선 시대 평균 수명이 47세이니 나는 보통 사람으로 천수를 다한 셈이지요.

메리안　참, 언니와 나는 공통점이 있어요. 내 초상화와 초충도가 독일 오백 마르크 지폐에 등장하는데, 사임 언니도 한국 지폐에 등장한다면서요?

신사임당　내 아들 이이는 오천 원 지폐에, 나는 오만 원권에 등장해요. 가문의 영광이라고나 할까요?

메리안　곤충과 식물은 도안이나 그림 소재로 무척 아름다운 생명체인 것 같아요. 흔한 것도 자세히 보면 아름답고 자주 볼수록 그 가치가 빛난다고 하잖아요? 경제적 가치를 떠나 그 자체로 몰두할 수 있고 소중한 존재임을 많은 이가 알면 좋겠어요. 오늘 이렇게 초대해 주셔서 감사해요.

신사임당　이렇게 같은 분야에 관심을 가졌던 분을 만나니, 외국인이라도 친한 여동생을 만난 것 같이 정말 즐거웠어요. 다음에 더 깊은 이야기 나눠요.

조복성 교수와
석주명 선생의 대담

조복성 석주명(1908~1950년) 선생 오랜만이요. 벌써 선생이 타
계한 지 70년도 더 지났소.

석주명 조복성 관장님은 어떻게 지내셨소? 이렇게 만나 정말
반갑습니다. 국립과학관에 계시다 고려대학교 교수로
퇴직하셨지요? 타계한 지 50년쯤 되었나요?

조복성 그쯤 되었지요. 대학 교수 일을 마치고 나니 마음도
헛헛하고 소임을 다 했다는 생각도 들고…… 그나저
나 석 선생이 한국전쟁 중 갑작스레 사고사하는 바람
에 우리 학계에서는 정말 충격이었소. 한창 일할 나이
인 40대에 가셨으니 매우 애석했지요.

석주명 사람 인생을 누가 알겠소? 날 때는 순서가 있지만 갈
때는 순서가 없으니…… 다만 조선의 나비 연구를 더

진행하지 못해 아쉬울 뿐이오.

조복성 석 선생, 이제 한국의 나비는 당신이 초석을 잘 닦아서 거의 다 정리가 되었고 후배들이 당신을 쫓아 계속 연구하고 있으니 너무 걱정 마세요.

석주명 그런가요? 그때는 정말 곤충이 뭔지, 나비가 뭔지, 그걸 알아서 어디다 써먹는지 이해하는 사람도 없었어요. 식민지 조선인의 애환이라고 할까? 조 관장이나 나나 정말 어려웠지요.

조복성 그때까지 우리 선배들은 그저 벌레라는 인식밖에 없었으니……. 그리고 어쩌면 일본에 배우는 처지로 지낼 수밖에 다른 도리가 없었잖아요? 그래도 석 선생이 출판한 영문판 저서《조선산 접류 총목록(A Synonymic List of Butterflies of Korea)》으로 우리 민족의 기개를 세계에 알릴 수 있어 무척 자랑스러웠습니다.

석주명 세계인들은 진작부터 작은 생명체에 눈을 떴었죠. 서양 과학에 비해 늦었지만 우리도 연구에 집중한다면 세계적인 수준으로 못 할 것은 없지요. 조 관장님도 〈울릉도산 인시목(나비목)〉 논문을 한국인으로서 처음 썼잖소?

조복성 그래요. 어린 시절부터 관심도 있었고 내 재주를 발견해 준 은사도 있어 곤충학자의 길로 들어섰으니, 우리 땅의 곤충을 연구해 널리 알리는 것이 우리 몫 아니겠습니까? 석 선생과 둘이서 조선생물학회에 모여 우리나라 곤충 이름을 처음으로 정리하던 때가 생각나는 군요.

석주명 나는 제자를 거의 키우지 못했는데, 조 관장님은 대학에서 후학을 많이 양성했다는 이야기를 들었어요.

조복성 고려대학교에서 한국곤충연구소도 만들고 내 강의를 들은 졸업생들이 학풍을 이어 여러 대학에서 교수를 하고 있으니 보람됩니다. 이제 한국 곤충학은 우리 세대가 역할을 다 마치고 3세대쯤 지나고 있겠군요.

석주명 나는 나비 연구에 몰입했지만, 조 교수님은 하늘소에 관심이 많았지요?

조복성 소싯적에 우리 집 앞마당에서 하늘소를 처음 보고 관심이 생겨 연구해 보고 싶었어요. 장수하늘소 같은 희귀종도 있고요. 그것참, 내가 1934년 처음 기록한 장수하늘소는 1968년에 우리나라 천연기념물로 지정됐어요. 나무를 파먹는 하늘소 해충도 여럿 있으니 연구해 볼 만한 가치가 컸지요.

석주명 나도 학생들을 가르칠 때, 남이 하지 않은 분야의 연구를 10년만 꾸준히 하면 누구나 세계적인 학자가 될 수 있다는 말을 항상 했어요. 요즘 말로 하면 블루오션을 개척한다고나 할까.

조복성 일제 강점기에는 우리나라에서 활동하는 곤충학자가 석 선생과 나밖에 없었는데, 이제 우리 후학들은 수백 명 이상 된다고 합니다. 우리 시대에는 그저 박물학 활동에 가까웠지만, 생물학이 도입되고 진화론의 원리가 수용되어 곤충에 관한 여러 분야가 많이 나눠지고 있답니다.

석주명 세대가 바뀌었으니 그만큼 발전해야겠지요? 그런데 참으로 아쉬운 것은 전쟁 통에 남북이 갈라졌다는 사실이오. 내 발로 백두에서 한라까지 안 오른 산이 없는데 우리 후배들은 절반의 땅에서 기개를 제대로 펼치지 못한다는 현실이 안타깝소. 《한국산 접류 분포도》를 보면 내가 얼마나 많은 지역에서 나비를 직접 확인했는지 알 수 있을 텐데요.

조복성 석 선생 그거 아시오? 지금 한반도가 얼마나 많이 바뀌었는지? 기후변화가 심각하다오. 심지어 멸종한 곤충도 있어요.

석주명 뭐라고요? 그게 사실인가요?

조복성 저런, 석 선생이 나보다 일찍 죽어서 소식이 좀 늦구려. 지금 남한에는 소똥구리도 사라졌고 내가 발견한 주홍길앞잡이, 석 선생이 분포도에 기록한 큰수리팔랑나비도 완전히 사라졌다오.

석주명 참으로 천지가 개벽할 노릇이군요. 우리 시절엔 지천에 널린 게 곤충이었는데……. 그래서 나비 수십만 마리를 채집해 일일이 측정하기도 했었는데, 격세지감이군요. 도대체 무슨 일이 일어난 겁니까?

조복성 우리나라는 전쟁이 끝나고 새마을운동과 경제부흥을 통해 선진국으로 도약했어요. 그런데 자연환경은 오히려 더 나빠졌단 말이오. 우리 때는 기차를 타거나 걸어 다녔지만 요새 젊은이들은 편리하게 자가용을 타거나 케이블카를 타고 산꼭대기까지 앉아서 올라가는 세상이오. 개발의 편리함에 대한 반작용으로 물이며 공기며 토양이며 환경이 열악해져서 우리가 알던 금수강산은 이제 더 이상 같지 않을 것이오.

석주명 후, 곤충학자가 많아졌다고 하지만 곤충 연구하는 환경은 더욱 나빠졌군요. 이제는 곤충을 보전하는 방안을 연구해야만 할 것 같습니다.

조복성 그러게나 말이오. 그리고 기후 온난화로 한반도에 없던 나비와 외래종 곤충들이 계속 발견되고 있다오. 점점 지구가 더워지고 있어요.

석주명 이거 갑자기 호기심이 당기는데요? 내가 못 잡아 본 조선 나비가 없는데, 또 다른 남방계 나비가 나타난다는 말이지요? 우선 내 눈으로 직접 확인해 보고 싶소이다. 출장 좀 보내 주세요, 조 관장님. 그리고 나비 분포도 개정판도 내야 할 것 같고…….

조복성 하하, 석 선생, 예나 지금이나 변한 게 없는 건 석 선생의 열정이군요. 이제 하늘소며 잠자리며 메뚜기며 모든 분야에서 후배들이 열심히 하고 있으니 좀 편히 쉬는 게 어때요? 그럼 나도 미완성인 곤충기를 마무리해 볼까나?

곤충학계를 빛낸
충인들을 소개합니다

레디 　사회자가 왜 이렇게 늦을까요? 세상에 곤충을 널리 알
　　　린 사람들을 초대하는 중요한 자리인데요. 누가 모일
　　　지 정말 궁금합니다. 오, 저기 오신 분은 호다르트 선
　　　생님인가요?

호다르트 　반갑습니다. 네덜란드의 화가 안 호다르트(1617~1668
　　　년, 곤충학자이자 화가. 곤충의 성장과 변태를 그린 삽화로 유명)
　　　요. 이런 자리에는 선배들이 먼저 와야지요. 나는 곤
　　　충이 허물을 벗고 변태한다는 것을 처음으로 관찰하
　　　고 그림으로 남겼어요. 구더기와 번데기, 파리 이렇게
　　　서로 연결되어 있어요. 내 작품에 감명을 받아 나중에
　　　메리안이라는 화가도 등장했다고 합니다. 나는 직접
　　　관찰한 것만 책에 실었어요. 자연사 연구에서 오직 믿

을 수 있는 방법은 관찰이라고 생각합니다.

레디 전적으로 동의합니다. 나는 이탈리아의 프란체스코 레디(1626~1697년, 의사. 실험을 통해 생물의 자연발생설을 부정)입니다. 우리 시대에만 해도 사체나 풀이 썩으면 저절로 벌레가 된다고 믿었어요(자연발생설). 사실 곤충도 알에서 태어나는 생명체인데 말이지요. 자랑 같지만, 썩은 고기를 밀봉하면 파리가 생기지 않는다는 것을 제가 처음 실험으로 증명했어요(그런데 흥미롭게도 레디 역시 벌레혹은 자연 발생한다고 믿었다). 저기 사회자가 오는군요.

윌슨 앗, 죄송합니다. 이렇게 일찍 오실 줄 몰랐어요. 오늘 이렇게 곤충의 다양성을 밝히는 데 일조한 여러분을 소환하게 되어 반갑습니다. 저는 이번 모임을 주관한 미국 하버드 대학의 에드워드 윌슨(1929~2021년, 생물학자. 생물학으로 사회성동물의 사회현상을 설명)입니다. 생물 다양성의 아버지, 사회생물학의 창시자로 알려져 있지만, 원래 저는 개미학자입니다. 아무래도 분류학의 토대를 닦은 린네 선생님을 먼저 소개해야 할 것 같군요. 선생님?

린네 안녕하시오? 스웨덴의 칼 폰 린네(1707~1778년, 식물학자. 생물 분류학의 기초에 크게 기여함)입니다. 식물 분류학자인 내가 이 자리에 나와도 되나 싶지만, 아무래도 생물 명명법을 처음 제안했기 때문에 초대해 준 것 같아 감사합니다. 사실 내가 이름을 붙인 곤충만 해도 2천 종이 넘어요. 당시에는 뭐든 처음 이름 붙이면 됐었지요. 하하하. [1758년 출판된 《자연의 체계(Systema Naturae)》 제10판부터 린네가 붙인 동물 이름이 국제명명규약에 따라 공인되고 있다. 다만 1757년 스웨덴의 거미학자 클러크가 명명한 거미만 예외적으로 인정되어 알파벳순으로 할 때 최초로 학명이 붙은 동물은 모서리왕거미(*Araneus angulatus*)이다.]

레이 린네 선생이 참 훌륭한 일을 했어요. 나는 영국의 박물학자 존 레이(1627~1705년, 박물학의 아버지로 불리며, 종의 개념을 명확히 함)요. 우리 때만 해도 나비를 서로 구별하려면 Papilio media, alis pronis, praefertim interioribus, maculis oblongis argenteis perbelle depictis(날개는 기울어져 있으며 안쪽에 직사각형의 은색 반점이 아름답게 칠해진 중간 크기의 나비), 이렇게 라틴어로 길게 적어야 했다오. 그런데 린네 선생이 앞의 두 단어만 간단히 쓰자고 제안했기에 무척 간단해졌어요. 지금은 밝혀진 곤충이 90만 종이 넘는다면서요? 나는 고작

1만 종쯤 있을 것으로 예상했는데 도대체 몇 배가 늘어났는지, 참으로 세상에 곤충은 다양한가 봅니다.

파브리시우스 린네의 제자 요한 크리스티안 파브리시우스(1745~1808년, 덴마크의 동물학자. 현대 곤충 분류의 기초를 확립)입니다. 교수님의 지도로 곤충을 집중적으로 연구해 보니 100년이 가기 전에 1만 종은 금방 넘어가더군요. 저는 곤충을 관찰할 때 날개뿐만 아니라, 입의 구조와 수컷 생식기의 특징도 중요한 분류 형질인 것을 처음 발견했어요.

라트레유 파브리시우스 박사님 나오셨군요? 박사님이 명명한 곤충 덕분에 제가 목숨을 구할 수 있었어요. 저는 프랑스 자연사박물관의 피에르 앙드레 라트레유(1762~1833년, 절지동물을 전문으로 하는 동물학자)입니다. 프랑스 혁명 때 성직자의 시민헌법에 대한 맹세를 거부한 죄목으로 붙잡혀 꼼짝없이 사형 집행을 기다리고 있었지요. 감옥에서 의사의 검진을 기다릴 때 특이한 곤충이 바닥을 기어가는 것을 발견하고 바로 채집했어요. 그건 틀림없이 박사님이 발표한 개미붙이(*Necrobia ruficollis*)였어요. 그 모습이 의사 눈에 띄어 제가 유명한 곤충학자임이 윗선에 보고되어 사면을 받게 되었지요.

곤충에 대한 지식이 당신을 살렸군요. 내 이야기를 들려드리지요. 난 프랑스의 오귀스트 드장(1780~1845년, 군인이자 박물학자. 딱정벌레 전문가로 유명)이요. 원래 직업이 군인이라 나폴레옹을 따라 워털루 전투에도 참가했어요. 나는 특별히 딱정벌레에 꽂혀서 전쟁 중에도 틈만 나면 채집을 했지요. 꽃에서 희귀한 방아벌레(Cebrio)를 채집해 헬멧 속 코르크에 꽂아 두었는데, 그만 총탄에 맞아 헬멧이 박살 나 버렸죠. 그런데 표본은 부서지지 않고 그대로 남아 있어 얼마나 다행이던지……. 내가 무사한 것보다 딱정벌레를 더 걱정하고 있었으니 진정한 수집광이 아닐까요? 하하하.

러시아의 빅터 모출스키(1810~1871년, 곤충학자이자 군인. 시베리아와 알래스카, 미국과 유럽, 아시아의 많은 딱정벌레를 연구함)요. 나 역시 군인 출신으로 전 세계 곤충을 많이 모았어요. 첩보 활동을 할 때 딱정벌레가 내 목숨을 구한 이야기를 들려드리지요. 벙어리, 귀머거리로 위장하고 코카서스 지방에서 정보를 수집하고 있었어요. 그런데 두건의 재질이 다른 점이 현지인 눈에 띄어 의심을 받고 정체가 탄로 날 위험에 놓였어요. 집에 갇혔을 때 가사를 돕는 척하며 펜을 불에 던져 버렸고, 밖으로 끌려갔을 때는 돌멩이를 주워 삼키는 척하며 메모지를 삼켜서 의심할 만한 물증을 모두 없앴지요. 마침내 그들이 내 호주머니를 뒤졌을 때 길에서 채집한 딱정벌레 몇 마리가 나왔는데, 그걸 보고 낄낄거리더니 바로 풀어 주더군요.

월슨 하하하, 곤충 덕분에 목숨을 부지할 수 있었다니 흥미진진합니다. 선배들의 수집 열정이 오늘날 곤충 다양성을 밝히는 원동력이 되었을 것 같습니다. 앨프리드 러셀 월리스(1823~1913년, 영국의 탐험가이자 생물학자. 찰스 다윈의 《종의 기원》의 출판을 앞당기는 데 공헌함) 선생님은 영국으로 돌아오던 배에 화재가 나는 바람에 아마존에서 3년간 애써 모은 수집품과 그림, 글을 모두 잃어버렸다고 합니다. 구명선으로 옮겨 탔을 때 얼마나 허망했을지……. 이제 누구보다 많은 종을 발표하신 분을 소개하겠습니다.

워커 영국 자연사박물관의 프란시스 워커(1809~1874년, 곤충학자. 1848년부터 1873년까지 박물관에서 곤충을 목록화 함)입니다. 곤충 기재를 전문적으로 시도했지요. 전 세계를 탐사한 탐험가와 박물학자들이 표본을 가져와서 린네 선생이 제시한 체계대로 정리하다 보니 나비, 파리, 메뚜기, 노린재 등 2만 종을 발표해 세계에서 곤충을 가장 많이 발표한 사람으로 알려져 있어요. 물론 나중에 많은 종이 동종이명 처리되어 전문성이 떨어진다고 비판하는 후학들도 있다고 들었어요. 사실 한 종(species)에 1실링, 한 속(genus)에 1파운드의 급여를 박물관으로부터 받고 업무적으로 일했어요.

알렉산더 미국 매사추세츠대학의 찰스 폴 알렉산더(1889~1981년, 곤충학 교수. 그의 이름을 딴 상도 제정됨)입니다. 선배님의 성과에는 못 미치지만, 저는 파리목 각다귀과(Tipulidae)만 전문적으로 연구했어요. 평생 1만 5천 종을 발표했는데, 이는 제가 곤충학자로 연구하는 동안 하루에 한 종의 신종을 발표한 셈이라고 누가 그러더군요. 특히 아내가 저를 이해하고 옆에서 일을 많이 도와줬습니다.

셀리스-롱샴 지금은 곤충을 연구하는 학문이나 직업이 체계적인 것 같아 무척 부럽군요. 벨기에의 정치인(상원의원) 에드몽드 드 셀리스-롱샴(1813~1900년, 잠자리학의 창시자. 그의 곤충 표본은 벨기에 왕립자연과학연구소에 보관되어 있음)이요. 나는 학교를 다닌 적이 없어요. 우리 시대에는 과학이 그저 취미 생활의 일부였어요. 여가 중에

새를 관찰하기도 했지만, 특별히 잠자리에 관심이 많
아서 전 세계 표본을 수집하고 1천 종을 발표했지요.

윌슨 다들 정말 엄청난 열정이군요. 제가 개미를 연구하게
된 계기를 말씀드려야겠군요. 저는 어린 시절 낚싯바
늘에 찔려 한쪽 시력을 잃었지만, 작은 개미를 관찰하
는 데에는 아무 문제가 없었어요. 그리고 곤충표본을
만들려면 곤충 핀과 상자가 많아야 하는데, 개미는 작
은 병에 담아 두어도 괜찮았지요. 제가 발견한 개미도
400종이 넘어요. 다른 에피소드를 말씀해 주실 분 있
을까요? 혹시 찰스 다윈(1809~1882년) 선생님 나오셨
나요?

다윈 여기 있습니다. 나를 진화론으로만 기억하는 분이 많
을 텐데 사실 청년 시절 나는 열정적인 아마추어 딱정
벌레 수집가였어요. 어느 날 나무껍질을 벗기다가 처
음 보는 딱정벌레가 두 마리나 나왔어요. 너무 신기해
서 양손으로 붙잡았는데 한 마리가 더 나오는 거예요.
붙잡을 손이 없어 딱정벌레 한 마리를 그만 입에 넣어
버렸지 뭐요. 이것 참……. 더 이상 자세한 이야기는
하지 않겠소.

아이스너 하하하, 하버드 대학의 토마스 아이스너(1929~2011년,

곤충학자이자 생태학자. 화학생태학의 아버지로 불림)입니다.
다윈 선생님의 일화는 워낙 유명하지요. 그 곤충을 지
금은 폭탄먼지벌레라고 부르고 있어요. 일명 저격수
딱정벌레라고도 하고요. 그 이야기를 너무 재미있게
듣고 제가 폭탄먼지벌레의 방어 행동을 연구했어요.
위협을 받으면 꽁무니에서 초당 수백 번의 뜨거운 가
스를 자유자재로 발사하지요. 저는 폭탄먼지벌레의
행동을 영상으로 촬영해서 과학영화제에서 상까지 받
았답니다.

스노드그래스 나는 미국의 로버트 에반스 스노드그래스(1875~
1962년, 곤충형태학과 해부학, 진화 및 변태 분야에 큰 공헌을 한
곤충학자)입니다. 제가 쓴 곤충형태학 책은 지금도 학생
들의 중요한 교과서로 쓰이고 있어요. 어린 시절 아버
지가 잔디 깎는 기계를 돌릴 때 이 기계에 부딪혀 메
뚜기의 한쪽 다리가 떨어진 것을 봤어요. 그런데 길 위
에 떨어진 다리가 펄쩍거리며 움직이는 것이 아니겠
어요? 너무 신기해서 한참 쳐다보았어요. 그 후 곤충에
대한 호기심이 커져 이 길로 들어서게 되었답니다.

맨슨 스코틀랜드의 의사 패트릭 맨슨(1844~1922년, 기생충
학자. 폐디스토마와 말라리아, 주혈흡충 연구에 크게 기여함)이

요. 중국에 오랫동안 근무했는데, 모기가 질병을 매개한다는 것을 처음으로 밝혀 열대의학의 아버지로 불립니다. 이전 사람들은 곤충이 질병을 옮길 수 있다고 막연히 추측은 했지만, 내가 처음 모기가 사상충증을 옮긴다는 것을 직접 실험으로 증명했어요. 사람 피를 빤 모기 내장에서 우글거리는 사상충을 발견했거든요. 이후 말라리아와 황열병을 매개하는 모기도 밝혀졌어요.

슈미트 미국의 저스틴 슈미트(1947~2023년, 곤충학자. 직접 곤충에게 쏘여가며 0~4등급으로 분류한 슈미트 통증 지수로 유명)입니다. 맨슨 박사님의 시대에는 환자를 대상으로 직접 감염 실험을 했기 때문에 현대 과학의 기준으로 보면 무척 위험한 부분이 있어요. 저는 다른 사람이 아니라 직접 내 몸에 곤충 독침을 맞아보고 나서 슈미트 통증 지수를 개발했어요. 150종의 곤충에게 1천 번 이상 직접 독침을 맞아본 결과 가장 아픈 부분은 콧구멍, 가장 아픈 곤충은 타란툴라 대모벌과 총알개미로 나타났어요. 덕분에 이그노벨상(노벨상을 패러디하여 만들어진 상)을 수상했지요.

윌슨 이런, 정말 대단하십니다. 여러분의 지난 이야기를 들으니 시간 가는 줄 모르겠습니다. 저마다의 사연과 노력으로 오늘 이 자리에 와 계시지만, 한 가지 공통점은 모두가 곤충의 매력에 사로잡힌 분들이라는 것 같습니다. 곤충의 신비를 밝혀 온 여러분께 감사드리며 앞으로도 계속 새로운 연구자들이 뒤를 이어 생명체의 비밀을 밝혀 주길 기원합니다.

5장

곤충과 인간의 연결 고리
더불어 산다는 것

갓생러 하루살이에게 배우는
삶의 지혜

메뚜기와 하루살이가 놀다가 저녁이 되었다. 메뚜기가 오늘은 그만 놀고 내일 다시 만나자고 했다. 그러자 하루살이가 내일이 뭐냐고 되물었다. 내일이 무엇인지 모르는 하루살이는 도대체 얼마나 작고 보잘것없는 생명체란 말인가? 이것은 하루살이를 잘 모르던 시절의 내 생각이기도 했다.

어스름해질 무렵, 물가나 공터에서 작은 날벌레들이 우르르 떼 지어 날아다니는 것을 보고 우리는 보통 하루살이라고 말한다. 만약 이 곤충을 직접 잡아서 관찰한다면 어떨까? 나는 흔히 사람들이 하루살이라고 부르는 이 곤충의 진짜 정체가 궁금했다. 그래서 곤충학에 입문하고 나서는 떼 지은 곤충 무리가 보일 때마다 포충망을 휘둘러 잡아 살펴보았다. 막상 잡고 보니 그것은 하루살이가 아니라 깔따구나 진딧물, 혹은 기생벌 같은 다른 곤충이었다.

사실 하루살이는 그렇게 작은 곤충이 아니다. 뚜렷한 삼각형 날개와 긴 꼬리털이 있고 몸길이도 5~20밀리미터 이상, 심지어 30밀리미터가 넘는 종류도 있다. 곤충의 90퍼센트 이상이 1센티미터 미만이라 1센티미터가 넘는 하루살이는 나름대로 대형 곤충인 셈이다. 하루살이보다 작고 떼 지어 날아다니는 벌레는 우리 주변에 많다.

그렇다면 하루살이의 진짜 수명은 얼마나 될까? 곤충 기네스북에서 가장 오래 산 곤충은 51년 만에 고가구에서 탈출한 유럽산 비단벌레(*Buprestis aurulenta*)가 유명하다. 가장 짧게 사는 곤충은 한 세대가 5일에 불과한 진딧물(*Aphis gossipii*)이 있다. 미국산 하루살이의 일종(*Dolania americana*)은 물속에서 나온 후 성충으로는 단 5분만 살기 때문에 하루보다도 짧게 사는데, 실제로는 물속에서 애벌레 상태로 1년 이상을 보내기에 총 수명은 짧지 않다. 물 밖으로 나온 성충 하루살이는 입이 퇴화해 먹지 못하고 대개 하루 이틀 살게 되므로 그런 의미에서 본다면 하루살이라는 이름도 적절하다.

물가의 돌을 뒤집어 보면 수많은 하루살이 유충이 바닥에 찰싹 붙어 있는 것을 쉽게 볼 수 있다. 하루살이 유충은 물속에서 각종 유기물을 갉아먹어 1차 소비자와 분해자 역할도 하고 잠자리, 물고기 등 상위 포식자의 중요한 먹이원도 된다. 오염물질에 민감한 하루살이는 수질을 나타내는 지표종으로 여겨져 상류에는 뿔하루살이(*Drunella aculea*)가, 중하류에는 동양하루살이(*Ephemera orientalis*)가 대표적으로 나타난다.

브래드 피트 주연의 영화 〈흐르는 강물처럼〉에는 석양을 배경으로 물가의 하루살이가 군무하는 인상적인 장면이 등장한다. 해질 때 집단으로 우화하는 하루살이의 모습은 장관이다. 짝짓기 역시 이때 이루어진다. 수컷들은 함께 모여 이른바 하루살이 군무를 춘다. 그 사이로 암컷이 지나갈 때 날쌘 수컷이 암컷을 차지해 짝짓기가 이루어진다. 수컷은 겹눈이 더 크고 앞다리가 더 길어 암컷을 발견하고 붙잡기 좋게 생겼다. 암컷은 배 끝에 알 덩어리를 한동안 매달고 날아다니다가 상류로 이동해 알 덩어리를 물에 떨어뜨리면서 자신의 삶을 마감한다.

하루살이의 집단 대발생에 대해 진화학자들은 유전자의 이기적인 생존 전략으로 해석한다. 즉 많은 수가 집단으로 동시에 출현하면 그만큼 자기 자신은 포식자로부터 잡아먹힐 가능성이 낮아진다는 설이다. '설마 나는 괜찮겠지?' 하는 전략이다. 하루살이의 집단 대발생은 불과 몇 주 동안 일어나는 현상이다. 물가에 사는 사람들은 불편하고 싫겠지만, 날아다니는 하루살이는 교미와 산란 과정만 남은 곤충 한살이의 최종 단계를 보는 것이다. 사람 입장에서는 귀찮은 벌레의 대발생이지만, 하루살이 입장에서는 일생일대 마지막 생의 최선을 다하는 역동적 시간이다.

우리는 하루살이를 한갓 미물로 취급하지만, 모든 생명체의 공통 목적은 종족 번식이다. 태어나서 자라고 번식하고 죽고 세대가 바뀌어 끝없이 신구 교체가 이루어진다. 참으로 훌륭한 영구 존속 시스템이 아닌가? 개체는 영원하지 않지만 유전자는 불멸의 존재로 이어진다. 생명체의 번식 전략에서 사람은 적게 낳는 대신 개체가 오래 사는 방식을 추구했지만, 하루살이는 짧고 굵게 많이 낳는 것을 종족의 성공적인 방식으로 선택했다. 누가 알겠는가? 인류가 사라진 미래에 하루살이들만이 살아남아 지구의 곳곳을 무리 지어 휘젓고 다니는지…….

하루살이의 삶을 우리 시선으로 비참하게 볼 이유는 하나도 없다. 오히려 하루살이처럼 살려는 사람이 문제가 아닐까? 곤충의 삶은 짧지만 농축되어 있다. 특수 상대성 원리에 의하면 빨리 지나가는 대상에게 시간은 상대적으로 천천히 흐른다. 수명이 짧은 생명체도 실제로는 생로병사를 다 겪는다. 우리의 삶은 어떤가? 별일 없으면 하루가 지루하기도 하고 오늘이 어제 같고 내일도 오늘 같은 평범한 일상이 반복될 때가 있다. 지구 역사에서 본다면 장수하는 사람의 수명도, 단명하는 하루살이의 수명도 찰나에 불과하다. 오히려 지구상에 존재한 역사는 하루살이가 사람보다 훨씬 더 오래되었는데, 과학자들은 2억 년 전 쥐라기에 하루살이의 집단 대발생 화석을 발견하기도 했다. 무한한 생명 연장의 꿈……. 수명이 길면 정말 좋을까? 내일은 무슨 다른 일이 생길지 기대와 희망을 품을 수 있을까? 만약 오래 산다면 좋은 일뿐만 아니라 온갖 시련과 고통, 못 볼 꼴까지 다 견뎌야만 할 것이다. 오히려 짧게 사는 생명체는 빨리 사그라지기 때문에 그런 일이 없지 않을까? 오래 산다면 육체적으로나 정신적으로 몇 번의 생애 전환을 겪어야 하지 않을까? 이런저런 상념 속에 오늘 하루도 무탈함에 감사한다.

동굴에도 무수한
생명체가 있다

대학 4학년 때 한참 곤충에 대한 열정이 불타올랐다. 생물학과가 속한 이과대 말고 다른 단과대학에 관심 과목이 있는지 찾아보았다. 마침 농과대학에 일반선택 과목으로 〈농업 해충 방제학 및 실험〉 과목이 개설된 것을 발견했다. 농업 해충을 다루는 과목인데, 당연히 곤충에 대해 배울 수 있었다. 담당 교수님이 마침 연구실에서 농업 해충의 천적인 거미를 전공한 김승태(《열려라 거미나라》 저자) 박사님을 소개해 주셨다. 김 박사님은 다시 은사로 모시고 있는 남궁준(1920~2013년) 선생님을 소개해 주셨는데, 마침 남궁 선생님이 《한국의 거미》 출판을 앞두고 도와줄 인력이 필요하다고 하셨다. 이때 거미 생식기의 현미경 관찰 그림을 그리는 아르바이트를 하면서 야외 채집도 보조했는데 일을 도와드리면서 자연스럽게 거미와 동굴 생물에 대해 많은 호기심을 갖게 되었다. 어쩌면 나는 메뚜기가 아니라 거미나 동굴 생물을 연구하게 됐을지도 모른다.

오랜만에 동굴 생물을 보기 위해 아침 일찍 서울에서 출발했다. 경북 문경이 고향인 곤충 동호인 S와 함께 가기로 했는데, 어느 동굴로 갈까 고민하던 차에 마침 예전에 남궁준 선생님과 갔던 문경의 호계굴이 떠올랐다. 사실 호계굴에 방문한 지 오래되어 환경이 변했을지도 몰라 걱정이 됐는데, 걱정은 현실이 되었다.

도로가 잘 뚫려 있어 도착은 두 시간여 만에 할 수 있었고, 나와 S는 부푼 기대감을 안고 동굴의 입구를 찾기 시작했다. 그러나 호계굴은 이방인을 반기지 않는 듯 우리에게 좀처럼 모습을 드러내지 않았다. 불확실한 기억을 돕고자 동굴생물연구소 최용근(《어둠을 정복한 동굴생물의 세계》저자) 소장님과 통화도 하고 네 시간 가까이 헤매었는데 결국 입구를 찾지 못한 채 겨울 산에서 진이 다 빠지고 말았다. 지리 감각이 없어 길을 잘 못 찾는 나 자신이 원망스러우면서 분명 지척에 있을 입구를 못 찾고 돌아서는 것이 무척 아쉬웠다. 우리는 지도를 보고 호계굴 대신 근거리의 다른 굴을 찾기로 계획을 변경했다.

충북 괴산의 심복굴. 거리상 멀지 않고 비교적 최근에 가본 곳이라 위치를 정확히 떠올릴 수 있었다. 해가 저물어 싸늘한 가운이 감돌 무렵 마음을 추스르고 비로소 동굴에 들어갔다.

동굴 생물은 오직 동굴에만 사는 진(眞)동굴성 생물, 동굴과 비슷한 어둡고 습한 곳을 좋아하는 호(好)동굴성 생물, 밖에서 우연히 동굴에 들어온 외래성 생물 이렇게 세 가지로 크게 구분할 수 있다. 이 중 동굴 환경에 극히 중요한 것은 역시 진동굴성 생물이다. 동굴이 아닌 곳에는 살 수 없기 때문이다. 진동굴성 생물은 빛이 없는 환경에 오랫동안 적응해 색소가 없는 백색이거나 시각 대신 다른 감각들이 발달해 눈이 없는 경우가 많다.

가장 먼저 만난 생물은 굴 벽에 줄을 치고 있던 굴아기거미다. 연한 몸 색깔에 꼬마거미와 닮았지만, 동굴에만 사는 특이한 거미다. 조금 전진하자 동굴 천장 쪽에 뭔가가 이슬방울이 잔뜩 맺힌 채로 매달려 있는 것이 보였다. 수염박쥐였다. 동면에 빠진 박쥐는 열매가 열린 듯 가만히 거꾸로 붙어 있는데, 아무런 움직임도 없이 털에 축축한 물기가 서려 있었다. 갑자기 어릴 때 불렀던 만화영화 〈황금박쥐〉 노래가 떠올랐다. 동굴 속으로 더 전진하자 이번엔 커다란 날개 가죽으로 몸을 뒤집어쓴 관박쥐가 나타났다. 관박쥐는 먼저 본 수염박쥐보다 더 컸다. 날개로 몸을 감싸서인지 이슬은 맺혀 있지 않았다. 날개 틈새로 박쥐의 얼굴이 약간 보였는데, 영화 〈배트맨〉을 연상시켰다. 관박쥐는 다정스럽게도 꼭 두 마리씩 붙어 있어 한겨울에도 왠지 춥지 않을 것 같았다. 흉측한 몰골에 감춰진 따뜻한 마음은 어떨까 잠시 상상에 잠겼다. 박쥐 사진을 몇 장 찍고 동면에 방해될까 봐 조용히 다른 장소로 이동했다. 동면하는 동물은 자신의 에너지를 전체 기간에 맞게 배분하기에 잘못 잠이 깨면 에너지를 소모해 겨울을 나지 못할 수 있다.

동굴 탐사는 탄광에 들어가는 기분과 비슷할 것이다. 땅을 잘 기어야 한다. 천연 동굴의 지형은 불규칙해서 입구에선 서 있을 수 있지만, 진입하면서 곧 오리걸음으로 기거나 천장이 낮은 곳은 바싹 엎드려야 한다. 더구나 바닥은 질척질척한 진흙탕이거나 내부에 흐르는 물이 많다. 무너진 돌이 길을 가로막은 곳은 요가 자세로 빠져나와야 해서 체격이 크거나 유연성이 없으면 동굴 탐사가 쉽지 않을 것이다. 어쩌면 어둡고 좁은 땅굴 속에서 폐소 공포를 느낄 수도 있을 것 같다.

잠시 오그렸던 다리를 펴고 일어서니 월동하고 있는 자나방 무리가 보였다. 역시 날개에 이슬이 서려 있는데, 동굴은 기온 변동이 적어 한겨울에는 오히려 바깥보다 지내기가 수월할 것이다. 어느 나방은 죽어서 몸에 하얀 동충하초가 피어 있었다. 밖을 나가지 못해 죽은 것일까? 아니면 전설 속의 코끼리처럼 죽을 때가 되어 동굴 무덤으로 날아 들어온 것일까?

몸이 새하얀 진동굴성 등줄굴노래기가 많이 돌아다녔다. 이 노래기는 우리나라 고유종으로 다른 나라에는 전혀 없다. 땅바닥에 먹을 것이 있는지 동굴애송장벌레와 함께 여러 마리가 떼로 모여 있었다. 빛이 없는 동굴에는 식물이 자랄 수 없기 때문에 영양물질은 결국 외부에서 유입되어야만 한다. 바깥을 드나드는 외래성 동물, 즉 박쥐의 똥과 사체가 각종 동굴 생물의 기초적인 먹이가 된다. 외부 세계와의 연결고리가 있어야 동굴 생물이 살아갈 수 있다.

두 시간 정도 지나 탐사를 마칠 무렵 갱도의 막다른 곳인 막장에 도착했다. 우리는 때마침 이곳 심복굴에서 신종으로 발표된 심복장님좀먼지벌레를 만났다. 이 소형 갑충은 눈이 퇴화해 흔적처럼 남은 진동굴성 곤충이다. 또 돌 밑에 웅크리고 있던 귀뚜라미붙이(갈로와벌레)도 찾았다. 아직 어린 유충이었지만 야외에서는 좀처럼 보기 힘든 곤충이다. 사실 내가 동굴 탐사에 미련을 갖는 이유는 혹시 우리나라에 눈이 퇴화한 진동굴성 꼽등이가 있지 않을까 하는 추측 때문인데, 아직 발견되지 않았다.

동굴은 깊은 해저만큼이나 알려지지 않은 지구상의 미답지다. 흔히 동굴이라고 하면 종유석과 석순이 매달려 있는 어두운 풍경만 떠올리기 쉬운데, 지질학적 관심과 별도로 그 속에 살아가는 독특한 생물상에 대해서는 무심한 것이 사실이다. 더구나 경관이 멋진 동굴은 서둘러 관광 자원화되어 편의성을 증진하는 여러 가공 설치 작업이 이루어지고 있다. 이것이 오랜 세월 누구의 방해도 없이 조용히 살아온 동굴 생물의 생존에 위협 요인이 되고 있다. 관광 자원으로 동굴이 많이 홍보되어 대중의 관심이 늘어나면 좋겠지만, 동굴에 잠시 머물다 갈 사람들뿐만 아니라 동굴 생물의 보전에도 관심 가진 이가 많이 늘었으면 하는 바람이다.

"아무 흔적 없이 왔다 아무 흔적 없이 가라."

최용근 소장님께 들은 인상적인 말을 나는 아직 기억하고 있다. 이것은 비단 동굴만이 아니라, 우리가 자연을 대하는 태도에서도 마찬가지일 것이다. 아무도 건드리지 않은 태고의 신비를 그대로 간직한 동굴을 탐사하는 날을 꿈꾸어 본다.

시련의 계절을 견디면
언젠가 봄이 온다

나는 12월에 태어났지만, 겨울을 그다지 좋아하지 않는다. 우선은 쌀쌀하게 추운 날씨가 싫고 밖에 나가야 별로 볼 것(곤충) 없는 삭막한 풍경이 재미없기 때문이다. 그래도 가끔 얼굴 시리고 손발이 어는 것을 감수하면서 겨울에 나서는 이유는 미지의 세계에 대한 호기심 탓이라고나 할까? 그래도 되도록 따뜻한 날을 고르는 것이 좋다. 사실 곤충들의 겨우살이에 대해 모르는 부분이 많다. 또 운이 따르면 이때가 아니고선 볼 수 없는 장면들을 만날 때도 있다.

겨울의 자연은 침묵과 휴식의 계절이지만 동물들에게는 죽음과 시련의 계절이다. 겨울 산을 걷다 보면 산토끼며 말똥가리며 유난히 동사한 동물의 사체가 눈에 잘 띈다. 어쩌다 죽었을까, 참 살기 어려웠나 보다 하는 안타까운 마음이 든다. 겨울에는 추위로 인해 사체가 잘 썩지 않아 쉽게 발견되는 것일 수도 있다. 갑자기 코앞에서 꿩이 '푸드덕' 날아올라 심장을 벌떡 뛰게 만든다. 자주 겪는 일이지만 여전히 참 적응이 안 된다. 조용히 걸어도 낙엽 밟는 소리에 놀랐는지 너구리나 고라니 같은 동물의 도망치는 꽁무니를 마주치기도 한다.

'아무런 해도 주지 않을 텐데……'.

사람은 어쩌다 다른 모든 동물에게 기피 대상이 된 것일까? 눈 위에 총총히 난 작은 발자국들을 보면 따라가 보고 싶은 충동이 생긴다.

겨울의 곤충 찾기는 보물찾기와 비슷하다. 어딘가에 각기 다른 모습으로 숨어 있지만, 도무지 찾기가 쉽지 않다. 보물찾기를 잘하는 사람은 아마도 보물을 숨긴 사람의 심리를 잘 아는 사람일 것이다. 여기쯤 숨기면 좋겠다, 그것을 감지하는 사람이 보물을 잘 찾는다. 마찬가지로 곤충의 심정을 잘 안다면 겨울 곤충 찾기가 쉬울 것 같다. 사람과 곤충은 동떨어진 서로 다른 세계에 속한 생명체이지만, 그들의 심정이 되어 볼 수 있는 방법은 없을까?

월동하는 각시메뚜기를 찾아 대구에 다녀온 적이 있다. 각시메뚜기는 한겨울에 메뚜기가 날아다닌다고 사람들이 깜짝 놀라는 종류다. 가을에 채집한 각시메뚜기를 집 베란다에 두고 키웠는데, 결국 몇 번의 심한 한파를 견디지 못하고 모두 죽고 말았다. 그렇다면 각시메뚜기는 야외에서 추운 겨울을 어떻게 보낼까? 아마도 보온 상태가 좋은 곳을 찾아 적극적으로 숨을 것이다. 대구의 날씨는 따뜻했지만 각시메뚜기는 한 마리도 찾지 못했다. 동행한 후배 R이 예전과 환경이 너무 달라졌다고 했다. 일 년만 지나도 확확 변하는 요즘 세상은 정 붙이기가 갈수록 어렵다.

이번엔 가까운 북한산에 올라 잎을 떨어뜨리고 묵묵히 서 있는 고목과 만났다. 오래된 나무 곁에 서면 나도 모르게 저절로 숙연해진다. 무수한 인고의 세월을 이 자리에서 우뚝 견디어 냈음을 느끼기 때문이다. 또한 이처럼 오래된 나무는 곤충에게 있어 아주 중요한 서식처다. 여러 방향으로 가지를 벌리고 당당히 서 있지만, 휘어지고 부스러지고 썩고 틈이 쪼개진 나무의 구석구석은 곤충의 훌륭한 보금자리가 된다. 열대우림의 거대한 나무 한 그루를 샅샅이 조사해 보니 거기서 나온 곤충이 6천 종이 넘었다는 기사가 있다. 고목의 나무 껍질을 살살 벗겨 보면 웅크려 숨어 있는 곤충들의 겨우살이 모습을 쉽게 만날 수 있다.

겨울이 모든 곤충에게 멈춰진 시간만은 아니다. 반대로 한참인 곤충도 있다. 겨울자나방(winter moth) 종류를 알고부터 추운 겨울이면 이들이 생각난다. 번데기나 알로 월동하는 일반적인 나방과 달리 겨울자나방은 특이하게 날씨가 쌀쌀한 늦가을부터 초봄까지 성충으로 활동한다. 수컷은 날개가 있어 날아다니는 보통의 나방 모습이지만, 암컷은 날개가 퇴화해 날지 못하는 흔적 날개거나 아예 날개가 없는 털북숭이 모습을 하고 있어 어리둥절하게 만든다. '이게 정말 나방이란 말인가?' 하는 의구심이 들 만큼 성적 이형이 뚜렷하다. 암컷은 추운 날씨를 견디기 좋은 형태로 몸의 색깔도 낙엽이나 나무껍질과 잘 어울려서 움직이지 않으면 잘 보이지 않는다. 사실 겨울자나방도 변온동물이기에 매서운 추위에는 꼼짝하지 않지만, 초겨울과 겨울이 물러나는 시점의 약간 풀린 날씨에 번식 활동을 시작한다. 조금 따뜻한 겨울밤 숲에 들어가 손전등을 비춰 보자 암컷은 나뭇가지에 가만히 매달려 페로몬을 방출하고 수컷은 그 냄새를 찾아 미약하지만 씩씩하게 날아다녔다. 한참 짝짓기 중인 겨울자나방도 만났다. 이들의 독특한 생태에 매력을 느끼며 나는 잠시 지금이 겨울임을 잊었다.

　겨울은 침묵으로 일관하는 것 같지만, 그 속에서는 조용히 이듬해 봄맞이 준비를 하고 있다. 인생에서도 겨울과 같은 고비를 참고 인내하다 보면 언젠가 봄날은 다시 돌아온다. 나는 이 평범한 진리를 마주했다. 이제 겨울이 점점 좋아지려고 한다.

발밑에 길앞잡이의
보금자리가 있다

봄이 오면 괜히 마음이 들뜬다. 어디에 무슨 곤충이 가장 먼저 나왔을까? 이맘때 산에서 만나면 반가운 곤충이 있다. 길앞잡이라는 곤충이다. 녀석들이 발발거리고 돌아다니는 모습을 발견하면 등산이 전혀 힘들지 않고 이 산의 생태계가 건강성을 유지하고 있다는 안도감이 생긴다. 길앞잡이의 생활공간은 해가 잘 드는 흙길 등산로다. 사람이 다가가면 달리기보다는 휘휘 날아다니는 편인데, 그럴 때면 딱지날개의 광택이 번쩍거려 멋지다. 빨갛고 파란 아름다운 날개는 비단이라는 좀 더 구체적인 접두어가 붙은 비단길앞잡이라는 이름이 잘 어울린다. 사실 길앞잡이는 다가오는 사람이 무서워 그저 앞을 쪼르르 달려 도망가는 것인데, 사람이 갈 길을 앞장서 안내한다는 인간 중심적인 이름을 갖고 있다.

포충망을 휘두르면 길앞잡이를 금방 포획할 수 있지만, 녀석의 자연스러운 삶을 관찰하려면 쭈그리고 앉거나 엉금엉금 살살 기어야 한다. 사람은 길앞잡이에게 거대한 공룡이나 다름없다. 어두운 그림자가 녀석을 가리면 금방 달아나고 만다. 그래서 꼼짝하지 않고 예의 주시하다 보면 점점 사람 눈치를 덜 보게 되고 비로소 먹이를 사냥하거나 같은 종을 찾아 짝짓기하기 위해 바지런히 돌아다니는 길앞잡이를 관찰할 수 있다.

길앞잡이의 겹눈은 양쪽 위로 툭 튀어나와 주변의 작은 움직임을 쉽게 알아챌 수 있다. 낫처럼 휘어진 큰턱은 참 무섭게 보인다. 개미는 물론 여러 애벌레, 무당벌레도 씹어서 짓이길 수 있다. 그래서 어떤 곤충 동호인은 '깡패 곤충이다', '5월의 폭군이다'라고 표현하는 모양이다. 길앞잡이를 손으로 만지면 사람을 깨물 수도 있지만, 생각보다 그렇게 아프지는 않다. 큰턱은 먹이를 사냥하거나 수컷이 암컷과 짝짓기하기 위해 암컷의 몸을 붙잡고 있을 때 요긴하다. 큰턱으로 깨물면서 사랑을 나누는 길앞잡이 한 쌍의 모습은 참으로 그로테스크하다.

길앞잡이가 날아다니는 공간의 주변 땅바닥을 살피면 길앞잡이 애벌레가 파 놓은 구멍을 찾을 수 있다. 반듯하게 뚫린 구멍과 다져진 입구, 앞쪽에 곤충 사체나 구멍 속에서 퍼낸 흙이 약간 볼록하게 쌓여 있다면 분명 살아 있는 애벌레가 들어 있는 구멍이다. 인적 없는 조용한 상황이라면 구멍 입구에 애벌레가 머리를 내밀고 있을 텐데, 발걸음 소리를 냈다면 이미 애벌레는 땅속 아래로 숨은 다음이다.

책에서 길앞잡이 애벌레를 낚시하는 이야기를 읽고 시험해 보기로 했다. 동행한 후배 K와 양지바른 언덕에서 길앞잡이 구멍을 발견했다.

"여기가 맞는 것 같아요."

"지푸라기 좀 잘라 와."

잎사귀를 제거한 길쭉한 풀줄기를 구멍 속으로 살살 밀어넣었다. 한 10센티미터쯤 집어넣고 조용히 기다려 보기로 했다. 5분쯤 기다렸을까?

"올라온다. 쉿!"

풀줄기가 조금씩 조금씩 위로 올라오는 모습이 보였다.

"지금이다!"

풀줄기 끝을 홱 낚아챘다.

"성공이다!"

길앞잡이 애벌레가 마침내 흙 위로 모습을 드러냈다.

애벌레의 모습은 참으로 기괴했다. 머리, 다리, 가슴, 배 모두가 어딘지 모르게 부자연스럽다고나 할까? 머리는 굴 입구를 막는 뚜껑이자 먹잇감을 덮치는 사냥도구이다. 머리 위 반쯤은 진흙이 묻어 있다. 흐릿한 눈이 있지만, 시각보다 머리 주변에 감각모가 덮여 있어 지표면의 진동이나 움직임을 쉽게 알아챌 수 있다. 짧은 다리는 수직 갱도를 위아래로 오르내리게 하는 운송 수단이다. 허옇고 길쭉한 배를 보니 물렁물렁해서 비로소 애벌레가 맞다는 생각이 들었다. 등 쪽에는 또 별난 갈고리가 있다. 짧은 다리만으로 굴 벽을 붙들고 있기 어려우니 등에 보조 갈고리가 있어 붙잡는 것을 돕는 것이다. 순식간에 풀줄기를 당기지 않았다면 큰턱이 풀줄기를 놓아버렸거나, 등 갈고리가 터널 벽을 붙잡고 있어 애벌레 낚시에 실패했을 것이다. 관찰을 마치고 다시 구멍 속으로 애벌레를 돌려보냈다.

길을 걷다 땅바닥에서 이상한 소리가 나서 귀를 기울인 적이 있다. 앵앵거리는 벌레 날갯짓 소리 같은데, 진원지가 어디인가 찾아보니 땅바닥에 파리 한 마리가 눈에 띄었다. 길앞잡이 애벌레가 지나가던 파리를 덮쳤는데, 몸통이 구멍 지름보다 굵어서 끌고 내려가지도 못하고 파리도 힘이 모자라 도망가지도 못하고 버둥거리는 실랑이 장면이었다. 붙잡힌 파리의 날갯짓 소리에서 팽팽한 삶의 긴장이 느껴졌다. 결과를 끝까지 보진 않고 자연에 맡긴 채 돌아섰다.

길앞잡이가 사는 곳은 인위적인 훼손이 적고 토양 환경이 잘 갖추어진 곳이어야 한다. 흙 위를 돌아다니는 다른 곤충들이 있어야 길앞잡이 애벌레나 성충도 먹고 살아갈 수 있다. 곤충 동호인 중에 특히 길앞잡이를 좋아하는 민완기 선생이 계시다. 선생께서는 동호인 모임에서 멸종위기종 닻무늬길앞잡이가 용유도에서 사라진 이유를 들려주셨다. 해변에 놀러 온 사람들이 즐겨 타는 사륜 오토바이가 무심결에 닻무늬길앞잡이의 좁은 서식처를 해치고 있다는 것이다. 보통 사람들의 눈에는 해변에 뚫린 길앞잡이 구멍이 전혀 보이지 않을 것이다.

나는 민 선생님께 길앞잡이의 매력과 관심을 끄는 점은 무엇인지 여쭤보았다.

"애벌레가 땅속에서 생활함으로써 유충이 원하는 흙, 모래, 펄이 없으면 멸종된다는 점, 성충의 무시무시한 턱과 교미 시 목덜미를 무는 행동 등 다른 곤충에게서는 볼 수 없는 특이한 생태가 맘에 듭니다."

봄이 오면 꽃이 피고 새가 울고 곤충이 날아다니는 것이 자연법칙이다. 산에는 길앞잡이가 돌아다니는 것이 정상이다. 그런데 대다수의 등산로 입구는 어떤가? 사람들이 다니기 편리하도록 콘크리트로 잘 다져 놓았다. 나무 바닥 길이나 철재 다리, 야자 매트를 깔아 놓거나 차량도 다닐 수 있도록 산꼭대기까지 관리 도로가 뚫려 있는 경우도 많다. 발로 밟거나 바퀴로 지나다니는 이 땅 위에 작은 생명체의 소중한 보금자리가 있음을 우리는 망각한 채 살아가고 있다.

곤덕들의
즐거운 곤멍 시간

초등학교 시절 동네에는 예고 없이 정전이 자주 일어나곤 했다. 특히 늦은 저녁 식사 때 정전이 되면 성질이 났다. 어디에 초를 두었는지 기억을 되살려 더듬더듬 손으로 짚어 서랍을 찾고, 양초를 찾고, 다시 성냥을 찾아 촉감에 의지해 불을 밝혀야 했다. 요즘은 생일 케이크에 촛불을 밝히려고 일부러 소등하지만, 당시의 전기 상황은 그렇지 않았다. 양초와 성냥은 가정에서 꼭 준비해야 하는 상비품이었고 위치도 잘 기억하고 있어야 했다. 양초는 뻑뻑한 지퍼나 미닫이 창틀을 매끄럽게 여닫는 데에도 요긴했다.

언제 다시 전깃불이 들어올지 몰라 촛불을 밝히고 있으면 괜히 집중이 더 잘 됐다. 인간에게 불을 가져다준 프로메테우스의 신화 때문일까? 또 촛농이 뚝뚝 녹아 흘러내리는 모습을 보며 장난치다 데기도 하고, 불장난하는 재미로 머리카락이나 휴지, 이것저것을 심지에 갖다 대기도 했다. 그러다 자칫 불붙은 종이가 날리기라도 하면 어른들께 야단을 맞았다.

"불장난하면 밤에 오줌 싼다!"

이때 어디선가 불나방(멸종위기종 II급 불나방 *Arctia caja* 는 아니다)이 날아왔다. 심지를 중심으로 빙글빙글 맴돌며 날다가 나방은 저도 모르게 불 가까이 다가와 날개를 태워 먹고 촛농에 빠져 죽고 말았다. 그래서 학교 선생님의 말씀대로 유혹에 이끌린 불나방(부나비)처럼 살면 어떻게 되는지 생생한 교훈을 목격하곤 했다. 나방이 빛에 이끌리는 것은 본능(주광성)이다. 그런데 빛이 없는 밤에 활동하는 나방이 빛을 따르는 것은 어쩌면 상당히 모순된 습성이다. 캄캄한 어둠에 그냥 머물렀다면 불에 타 죽는 일 따위는 없었을 텐데, 순간적인 판단 착오는 삶에 어떤 도움도 되지 않았다. 오히려 취약점으로 작용해 수명을 줄이고 말았다. 움직이는 생명체에게 머물러야 할 곳과 이끌려야 할 자리가 어딘가 판단하기는 늘 쉽지 않은 문제인 것 같다.

신비로운 불 에너지의 느낌이 좋아서인지 요즘 사람들은 '불멍' 하러 다니길 좋아하는 것 같다. 곤충 관찰을 좋아하는 곤충 동호인들은 야간 등화 채집(light trap, 어두운 밤에 인공조명을 밝혀 곤충을 유인하는 채집법)을 그저 좋아한다. 한곳에서 편안하게 많은 곤충을 볼 수 있기 때문이다. 뜻밖에 못 보던 곤충을 만나면 더 신난다. 그래서 불빛에 곤충이 내려앉도록 설치한 흰색 천막도 영화관 화면처럼 스크린이라고 부른다. 주로 나방을 연구하는 사람들이 등화 전문이지만, 나처럼 다른 곤충 전공자들도 옆에서 불빛 덕을 본다. 적당한 장소를 물색해 두었다가 저녁 식사 전에 설치하는데, 어둠이 깔릴 때 발전기를 돌려 전구에 불빛이 들어오면 주변의 곤충들이 서서히 몰려와 영화가 시작된다. 최소 두 시간 이상 상영 예정인 각본 없는 다큐멘터리이다.

불빛 아래 날아온 곤충들은 스크린에 붙어 평화롭게 더듬이를 살랑거리거나 몸을 청소하기도 한다. 시간이 좀 지나면 먹이를 사냥하거나 짝짓기 하는 놈들도 보인다. 시간 가는 줄 모르고 쳐다보고 있기 좋아서인지 요즘 등화 채집을 '불멍'이라고 부르는 동호인들도 있으며, 곤충에 집중하는 시간이라 '곤멍'이라고도 부른다. 곤충 동호인들끼리 서로 배우고 대화의 시간을 갖기도 좋다. 오로지 곤충을 주제로 한 서로의 이야기를 즐겁게 나누며 요즘 새로 본 곤충은 없는지, 누가 어디서 어떤 곤충을 발견했는지 등등 호기심에 귀가 솔깃해지는 순간을 공유한다.

《한국 밤 곤충 도감》의 저자이자 오랜 지인인 백문기 박사님께 질문을 던졌다.

"박사님이 생각하는 곤충의 매력과 등화 채집의 묘미는 무엇일까요?"

"조그만 녀석이 할 것 다 하고 있다는 것도 매력이고 끝도 없이 관찰해야 하는 종 다양성이 높다는 점도 매력이 아닐까 싶습니다. 야간 등화는 낮에 볼 수 없던 곤충을 비교적 쉽게 볼 수 있기도 하고 한 장소에서 수백 종을 만날 수 있으니 저에게는 더없이 좋습니다. 종종 스크린을 천천히 돌며 사람들의 평안을 바라기도 합니다."

늦은 밤, 시간이 깊어질수록 주변이 조용해지면서 곤충에 집중하기가 더 좋다. 세상에 이 많은 곤충은 다 어디서 생겨난 것일까? 어쩌다 불빛에 날아왔을까? 불빛이 꺼지면 또 어디로 날아갈까? 채집하고 사진을 촬영하고 데이터를 정리하다 배가 고파지면 야식으로 라면을 끓여 먹는 재미도 쏠쏠하다. 대학교 곤충학 연구실에는 선배를 따라갔던 야간 채집에 재미를 붙여 결국 연구실로 진학하는 경우가 꽤 있다.

자정이 다가오면 기온도 내려가고 모이는 곤충들도 뜸해져 사람도 퇴근해야 한다. 이때 진정한 모스맨(Mothman, 나방인간)이 되는 방법이 있다. 모스맨이 될 사람은 헤드라이트나

손전등으로 철수 작업을 비추고 있어야 한다. 나방이 잔뜩 앉아 있는 스크린을 털어냄과 동시에 발전기 전원을 내리면 순식간에 나방들이 조명을 비추는 사람에게로 몰려들어 모스맨이 된다. 물론 눈, 코, 입으로 달려드는 작은 벌레나 알레르기를 일으키는 독나방을 조심해야 한다.

다시 현실로 돌아올 시간이다. 곤충들도 사람들도 모두 평화롭길 바라는 나방 박사님의 마음에 공감이 갔다.

낮과 밤은 활동과 휴식을 번갈아 하라는 자연의 섭리이지만, 24시간 환하게 밝혀진 현대 문명은 모두를 쉽게 지치게 한다. 어두운 지구를 배경으로 도시의 불빛이 불야성을 이루며 빛의 궤적을 그린 영상을 본 적 있다. 빛도 지나치면 광해(光害)가 된다. 지구촌 불 끄기 행사 때면 사람의 활동이 다른 생명체의 삶을 얼마나 어지럽히는지 다시금 느낀다. 어둠의 생물들에게 더 이상 밤은 안전지대가 아니다.

최근 연구에 의하면 나방들이 점점 도시의 불빛에 덜 끌리는 방향으로 진화하고 있다고 한다. 본능의 극복이 진화의 시작이라고나 할까? 사람들도 하룻밤 새 불에 잔뜩 모였다가 억울하게 죽는 곤충들의 존재에 좀 더 관심을 기울이게 되었다. 이전에는 도시 미관상 그저 환하고 밝은 불빛만 선호했다면, 이젠 곤충들이 덜 모이게 하는 조명으로 대체하는 방법을 도입하고 있다. 자연의 조화를 깨뜨리지 않으면서 모두가 평화롭게 지낼 방안을 계속 찾아야 한다.

너의 목소리,
아니 날개 소리가 들려

어린 시절 《시턴 동물기》에서 읽은 늑대 왕 로보 이야기와 TV 프로그램 〈동물의 왕국〉에서 본 늑대의 울음소리에 감명받아 한동안 늑대처럼 울부짖는 흉내를 내고 다녔다. (그다음엔 타잔 목소리에 빠졌다.) 뭔지 모르지만, 야성의 울부짖음이라고 할까? 깊숙이 울려 퍼지는 하울링 소리가 무의식 속에 잠들어 있는 야성을 일깨우는 것 같았다. 동물의 울음소리에서 방랑벽을 일으키는 묘한 매력을 느꼈다. 몇 년 전 몽골의 전통 창법 후미(Khoomi)를 처음 들었는데, 사람의 목소리 울림도 대자연의 향수와 대평원을 배경으로 한 기마민족의 야성을 상기시키기에 충분했다.

메뚜기 연구를 하면서 울음소리에 많은 매력을 느꼈다. 메뚜기는 나비처럼 시각적으로 예쁜 곤충은 아니지만 다양한 울음소리가 듣는 재미를 주었다. 연구를 시작하기 전에는 그저 매미, 귀뚜라미 정도의 소리만 구분할 줄 알았는데, 메뚜기 연구를 거듭하며 '메뚜기의 종류가 이렇게 많은데 소리는 또 얼마나 다양할까?' 하는 호기심이 생겼다. 형태 분류학을 전공했지만 메뚜기들이 내는 다양한 소리 구분이 정말 궁금했다. 소리만 듣고도 무슨 곤충인지 안다면 정말 멋지지 않은가? 진정한 자연 관찰자라면 모든 감각에 예민해야 하고 궁금한 것은 해결하려고 시도해야 하리라.

박사학위를 마치고 생물자원관에 입사해 연구과제를 기획할 때 《자생생물 소리도감》 발간 사업을 제안했다. 과제 심사위원들도 흥미롭고 필요한 연구로 평가해 주어 몇 년간 사업을 진행할 수 있었다. 처음에는 여치, 다음에는 귀뚜라미 소리를 수집했는데 주된 관심사는 분류학의 연장선에서 무슨 종이 어떤 소리를 내는가 하는 것이었다. 야외에서 들리는 풀벌레 소리는 합창이거나 잡음이 섞여 있어 구별하기가 쉽지 않았다. 종류별로 산 채로 채집해서 방음실에서 한 종 한 종 따로 키우면서 특징적인 소리를 녹음했다. 녹음된 소리 파일은 음향 분석프로그램에 띄워 헤드폰을 쓰고 일일이 들어 보았다. 그리고 그런 시간을 몇 년간 보냈다. 새로운 종의 울음소리를 찾아 밤새 돌아다니느라 차 안에서 쪽잠을 자고 커피와 도넛으로 아침을 간단히 때운 고생스러운 순간도 있었지만, 지나고 나니 풀벌레 소리에 집중했던 시간은 자연에 온전히 몰입할 수 있었던 즐겁고 소중한 경험이었다.

선명한 곤충 소리를 들으면 그때 그 장소가 저절로 기억난다. 잔날개여치의 간질간질한 울음소리는 지금은 사라져 버린 북한산 자락의 습지를 떠올리게 하고 우렁찬 여치 울음소리는 강원도 영월에서 나비를 모니터링하던 시절을 상기시킨다. 요란한 철써기 소리는 백양사 계곡의 장대비 쏟아지던 밤을 떠올리게 하고 중베짱이의 활기찬 울음소리는 소백산 죽령 고개를 차로 넘던 한밤을 기억나게 한다. 또 방울벌레의 아름다운 소리는 경기도 파주 민통선의 어느 한적한 들판으로, 뚱보귀뚜라미의 느긋한 울음소리는 제주도의 안덕계곡으로, 긴꼬리쌕쌔기의 씩씩한 소리는 석양이 비치는 하늘공원 억새밭으로 나를 인도한다.

자연의 소리는 과거의 기억과 감정을 소환하는 매개체이다. 중학생 시절 늦은 밤 듣던 청개구리의 울음소리는 정말 무성했다. 논은 집에서 꽤 멀리 떨어져 있었지만, 시험공부를 잠깐 미루고 창문 너머로 듣던 꽥꽥 소리는 얼마나 맹렬하던지……. 지금은 모두 사라진 곳에서 울려 퍼진 생명의 찬가였다. 지금도 길을 걷다 귀뚜라미 울음소리가 들리면 한참

귀뚜라미를 많이 키웠을 때 보고 느낀 다양한 감정이 솟아난다. 마치 내가 울고 있는 한 마리 귀뚜라미가 된 것 같은 느낌을 받을 때가 있다. 어떤 녀석은 강렬하고 멋지게 울고 어떤 녀석은 지극히 평범하게, 때로는 맥 빠진 힘없는 소리로 겨우 울기도 한다. 계절이 지나가면서 흥망성쇠와 희로애락의 변화는 더욱 뚜렷이 느껴진다. 풀벌레에게도 감정이 있는 것은 분명하다.

'나 여기 살아 있다.'

학창 시절 《돌리틀 선생 항해기》를 읽고 나도 동물과 대화하는 능력이 있다면 얼마나 좋을까 상상한 적이 있다. 슈퍼맨이나 투명 인간이 되는 것보다 내게 필요한 능력이다. 가끔 교육 중에 여치, 귀뚜라미 울음소리를 말로 전달하기 위해 성대모사를 하는데, 사람의 입으로 내는 소리와 곤충이 날개를 비벼서 내는 소리는 발성 방법이 달라 그다지 비슷하지 않다. 신기하게도 《우리 매미 탐구》의 저자 이영준 박사님은 목소리로 매미 소리를 똑같이 흉내 낸다!

—— 귀뚜라미와 나와

　잔디밭에서 이야기했다.

귀뜰귀뜰

귀뜰귀뜰

아무에게도 알으켜 주지 말고

우리 둘만 알자고 약속했다.

귀뜰귀뜰

귀뜰귀뜰

귀뚜라미와 나와

달 밝은 밤에 이야기했다.

윤동주 시인은 〈귀뚜라미와 나와〉라는 시에서 조그마한 곤충과 비밀 약속을 맺는다. 풀벌레 울음소리를 감상할 수 있는 귀를 가졌다면 이미 시인의 자질을 갖춘 사람이 아닐까? 이 외에도 김소월, 김동리 같은 시인이 귀뚜라미에 관한 시를 남겼는데, 우리나라 옛시조를 분석했을 때 가장 많이 등장하는 곤충이 나비 다음으로 귀뚜라미라고 한다.

생물음향학 관점에서 곤충 소리의 특성을 밝히기 위해 녹음한 소리를 잡음과 분리하고 초 단위 이하로 짧게 쪼개 음절의 특성을 비교해 보았다. 하나의 단위 음절은 소리를 생성하는 마찰 발음기관의 구조와 밀접한 관련이 있으며 특정 종은 특정 주파수대의 소리와 패턴으로 서로의 의사를 주고받음을 알 수 있었다. 그렇지만 내게 가장 기억에 남는 소리를 꼽으라면 주저하지 않고 인적 없는 고요한 자연에서 울려 퍼지는 풀벌레의 합창 소리가 가장 아름다웠다고 말할 것이다. 독주와 합주, 사랑의 세레나데, 교향악까지 세상은 온갖 생명체의 벅찬 화음으로 이루어져 있다. 《월든》의 저자 소로는 다음의 글을 남겼다.

—— 이 흐르는 오후 날씨에 나는 이곳 헛간에 앉아 있다. 마을에서 학교 종소리가 울리고 있다. 당장 해야 할 모든 일이 너무나 사소하게 느껴진다. 이 메뚜기 노래를 듣기 위해서라면 그 모든 일을 미룰 수 있다.

1841년 8월 18일

내게도 아직 미처 다 듣지 못한 메뚜기 노래가 남아 있다. 앞으로 또 나는 시간 나는 대로 메뚜기 노래를 들으러 다닐 것이다. 그들의 노래가 나를 부르는 곳으로 달려갈 것이다.

| 덧적기 | 소리 풍경이 너무 빠르게 바뀌고 있다. 이전에 소리 녹음하러 갔던 곳에 오랜만에 다시 가 보면 당시의 무성한 풀벌레 소리는 어디론가 사라지고 대신 삭막한 도시 불빛과 도로 위 자동차 소리만 들리는 경우가 많았다. 녹색 공원은 얼핏 많아진 것 같지만, 인공적으로 조성된 환경에서 듣는 풀벌레 소리는 단조롭기 짝이 없다. 더 늦기 전에 우리의 자연 소리에도 관심을 기울이고 풍성함을 되살리려는 노력이 필요하다.

네가 왜 거기서
나오는 거니

강서구 마곡동에 있는 서울수목원에 강의가 있어 들렀다. 그런데 근무자 한 분이 "화분에서 까만색 벌레가 자꾸 나오는데, 무슨 곤충인가요?"하고 물었다. 겨울이라 교육실 안에 구상나무 화분을 몇 그루 들여다 놓았는데 거기서 자꾸 벌레가 나온다는 것이다. 화분을 자세히 살펴보니 나뭇가지 안쪽에 통통하고 작은 흑색 곤충이 잔뜩 붙어 있었다. 왕진딧물 종류였다. 진딧물은 알로 겨울을 나지만, 따뜻한 실내에 화분을 들여다 놓으니 가지에 붙어 있던 알들이 부화해 진딧물이 생겨난 것이다.

몇 마리 채집해서 연구실의 진딧물 전공자인 서홍렬 연구관님께 물어보니 전나무왕진딧물(*Cinara longipennis*)이라고 알려 주셨다. 처음 겪은 일이라 이런 일이 흔한지 인터넷 기사를 찾아보았다. 서양에서도 겨울에 크리스마스 트리를 장식한다고 실내에 화분을 들여놓았다가 진딧물이 부화하는 바람에 방 안에 벌레가 돌아다니는 사건이 종종 생긴다는 기사를 찾을 수 있었다.

오래전 일이지만, 나 역시 야외에서 발견한 사마귀 알집을 따온 적이 있다. 깜박하고 방 안에 방치했더니 한겨울에 사마귀 애벌레 수백 마리가 집단으로 부화해 난감했다. 지금 같으면 핀헤드(pinhead, 핀 머리처럼 작은 크기의 귀뚜라미 애벌레) 같은 먹이를 구해 키웠을 것 같은데, 당시에는 이 애벌레들을 어떻게 해야 하나 한참 고민한 적이 있다. 무심코 한 행위가 곤충의 계절을 교란한 것이다.

곤충이 사는 공간의 경계가 허물어지는 사건도 있었다. 수년 전 시민 과학 웹사이트인 '네이처링'에 낯선 메뚜기 사진이 올라왔다. 한 회원이 올린 사진 속 메뚜기는 몸통이 노랗고 뒷다리 무늬가 특이해 한눈에 우리나라 메뚜기가 아님을 직감했다.

'설마?'

묻고 답하기를 이어가 보니 네이버 지식인에 누가 올린 질문을 눈여겨본 시민 과학자가 화면을 캡처해 대신 올린 것이었다.

- 최초 발견자가 얼마 전 울산에서 찍었다고 합니다.
- 사진상으로 보아 미국에 사는 *Melanoplus differentialis* 같은데, 어떻게 이런 커다란 외국 메뚜기가 한국에 나타날 수 있는지 의문입니다.

지도에 좌표가 있어서 마침 여름방학 대학생 인턴들과 직접 현장 실습을 가 보기로 했다. 지도상의 위치는 울산의 어느 아파트 단지 안이었다. 학생들에게 사진을 보여 주고 이렇게 생긴 곤충이 있는지 찾아보자고 했다. 그런데 한 시간 이상 주변을 샅샅이 살펴보았지만, 아무 성과가 없었다.

'분명 여기로 되어 있는데…….'

결국 제보의 신빙성에 의심이 들어 철수하기로 했다. 나중에야 제보자가 최초 발견자가 울산이라고 해서 그냥 울산의 중간 지점을 지도에 대신 찍었다는 해명을 들었다. 허탈했지만 잘 알아보고 움직여야 한다는 교훈을 얻었다. 몇 달 후 최초 발견자가 네이버 카페 '곤충나라 식물나라'에 직접 가입해 '울산 고려아연 비철 2단지 회사 외벽입니다'라고 남긴 댓글을 발견할 수 있었다.

메뚜기 철도 끝나고 해가 바뀌어 한바탕 소동으로 끝날 줄 알았다. 겨울이 끝날 때쯤 검역 해충을 연구하고 있는 후배

강태화 박사로부터 메뚜기 동정(identification, 종명을 결정하는 일) 요청 연락이 왔다. 사진을 보니 대번에 그 미국 메뚜기와 같은 종임을 알 수 있었다.

"이거 어디서 발견한 거냐?"

"울산인데, 호주에서 출항한 외국 선박에서 채집했어요."

순간 어떤 연관성이 퍼뜩 떠오르면서 단순한 문제가 아님을 직감했다. 나는 후배에게 작년의 상황에 대해 설명하고 올해도 잘 살펴보라고 일렀다.

봄이 지나고 7월 초 울산 온산항 주변을 모니터링하던 강박사에게 아니나 다를까 다시 연락이 왔다.

"이 까만 메뚜기는 뭐예요? 공단 주변 수로 갈대밭에 많던데……."

수천 마리 이상의 까만 메뚜기가 무리 지은 사진이 굉장히 낯설어 보였다. 아무래도 외래종 미국 메뚜기의 유충으로 의심되어 한 달 후 성충을 확인하자고 했고 강 박사는 유전자 분석을 해 본다고 했다. 결국 나의 예상이 맞았다. 한 달 후 우리는 온산항 산업단지 주변에 떼로 발생한 미국 메뚜기 성충을 발견할 수 있었다. 화단에 심은 꽃이며 개나리며 칡, 쑥, 대나무 등 주변 식물에 무리 지어 앉아 잎을 갉아 먹고 있는 낯선 메뚜기의 모습에 나도 모르게 소름이 돋았다. 대학원 시절 한참 메뚜기 채집 조사를 다니면서 미지의 종을 발견했을 때 이후로 오랜만에 느껴보는 감정이었다.

강 박사는 이 내용을 방역 당국인 농림축산검역본부에 즉시 신고하였고 농림축산검역본부에서 다시 관련 부처인 환경부에 보고했다. 환경부 산하 외래생물 업무를 맡고 있는 국립생태원에서 상세히 조사한 결과, 온산항 주변 반경 2킬로미터 이내에 외래종 미국 메뚜기가 다수 서식하는 것을 공식 확인했다. 곧이어 지자체에서 긴급 방제 활동을 벌였고 그해 외래종 미국 메뚜기는 생태계 교란종으로 지정되면서 '빗살무늬미주메뚜기'라는 이름을 갖게 되었다.

어떻게 북미에 사는 메뚜기가 태평양을 건너 호주를 거쳐 우리나라까지 오게 되었을까? 우연히 배에 붙은 메뚜기가 한두 마리라면 낯선 환경에 적응하지 못해 죽었을 텐데, 머나먼 타국에서 번식에 성공해 커다란 집단으로 정착했다는 사실이 놀랍기만 했다. 태평양을 건너는 동안 못 먹고 못 쉬는 극한의 환경이었을 텐데, 그 상황을 극복한 메뚜기의 생존 능력이 정말 대단하게 느껴졌다.

오늘날 문명의 도구인 배, 자동차, 비행기 같은 탈것은 엄청난 거리와 공간의 장벽을 극복하게 해 준다. 그런데 사실 크기가 작은 곤충이 몰래 숨기에도 알맞다. 이런 곤충을 우리는 침입 외래종이라는 말로 부르지만, 사실 곤충이 침입했다기보다 사람이 의도치 않게 곤충에게 수단과 기회를 제공한 것이다. 곤충의 특성을 알고 주의를 미리 기울였다면 외래종 문제는 쉽게 벌어지지 않았을 것이다. 인류 문명의 발전사를 돌아보면 사실 우리의 행위가 생태계에 미칠 영향을 고려한 일은 거의 없다. 오히려 인류는 환경 교란과 재앙을 초래하면서 극도로 발전해 왔다. 이제 우리는 생태계에 미치는 부정적 영향을 줄이고 다양한 생물과 공존하는 방법을 고민해야 할 생태 전환의 시대에 살고 있다.

한편, 이번 사례처럼 누군가 낯선 메뚜기 사진을 찍어 올리지 않았다면 아무도 모른 채 수년이 지나 새로운 침입 외래종이 전국으로 퍼져나갔을 가능성이 크다. 자연에 대한 작은 관심이야말로 우리 생태계를 지키는 데 꼭 필요한 일이다.

지독하고 강한 것만
살아남는 세상

우리나라는 1970년대부터 자연보호 운동을 시작했다. 무분별한 국토개발이 이루어지고 삼림은 헐벗은 시기였다. 문화재청에서 지키고 보호해야 할 우리나라 곤충으로 장수하늘소를 처음 천연기념물(제218호)로 지정했다. 비로소 곤충도 보호해야 한다는 생각이 처음 시작된 것이다. 세상에 널린 것이 곤충이지만, 자연의 훼손 앞에서 곤충의 감소도 예외는 아니었다. 개별 종이 문제가 아니라 환경이 파괴되면 어울려 살아가는 많은 것이 함께 사라진다.

장수하늘소는 한국인이 가장 잘 아는 곤충이 아닐까 싶다. 오래전 KBS〈TV 문학관〉이란 프로그램에서 이외수 원작의〈장수하늘소〉를 흥미롭게 봤던 기억이 있다. 곤충을 소재로 해서 신선했고 주인공의 동생이 마지막에 속세를 벗어나 장수하늘소로 변해 숲으로 날아가던 장면도 꽤 인상적으로 남아 있다. 나중에 소설로도 다시 읽어 보았다. 곤충 동호인이면 누구나 한 번쯤 보고 싶다는 그 곤충, 야생에서 살아 있는 장수하늘소를 직접 알현하고자 장수하늘소가 나온다는 광릉 숲과 오대산에 갈 때마다 눈여겨 찾아보곤 했다. 그렇지만 이런 영물은 신에게 특별히 허락된 자에게만 나타나는지, 내 눈에 우연히 발견되는 행운은 아직 없었다.

전국 자연환경 조사에 참여해 강원도 추곡약수터에 갔을 때 일이다. 우연히 등산로에 세워진 비석을 발견하고 깜짝 놀랐다. 비문의 글을 읽어 보니 그것은 장수하늘소 발생지 기념비였다. 사실 이곳은 과거 춘천댐 건설로 수몰되어 사라진 장수하늘소의 자연 발생지 부근이었는데, 비석의 문구만이 이 신비한 곤충이 과거에 존재했음을 증명하고 있어 왠지 쓸쓸한 느낌이 들었다.

세월이 흘러 야생의 실물 대신 인공 증식으로 사육되는 장수하늘소를 가까이 보게 되었다. 우리나라 곤충의 대명사로 국민적 관심사가 높아 장수하늘소의 보호 증식 연구가 곤충 분야에서 가장 먼저 시도되었다. 영월곤충박물관에서 극동 러시아산 생체를 도입해 산란 유도와 애벌레 실내 사육을 진행했는데, 순차적으로 수가 불어난 유충을 오대산 두로령의 야외방사 케이지 안 서어나무 속에 이식하고 적응하는 과정을 모니터링했다. 수명이 길다고는 하지만 수년간 아무런 소식이 없어 실망하고 있을 즈음, 막달에 찾아간 오대산 케이지 안에 떨어져 있던 장수하늘소 사체를 발견하고 일행 모두 환호와 감탄을 했다. 수년을 조용히 자라다 기어이 성충이 되어 나무를 뚫고 나와 생존 신고를 증명한 것이다. 어쩌면 이렇게 자연은 우리의 기대를 벗어났다가 또 느닷없이 찾아오는지 신비한 현상에 절로 고개가 끄덕거렸다.

50년의 세월이 지난 지금, 환경부에서 지정한 우리나라 멸종위기 곤충은 29종이 되었다. 붉은점모시나비, 왕은점표범나비처럼 크고 화려한 나비와 비단벌레, 소똥구리 같은 딱정벌레가 대부분이다. 왜 이 멋진 곤충들이 더 이상 이 땅에 함께 살지 못하고 사라져 가야 하는가? 한반도의 자연환경은 급속도로 변해 곤충도 살기 힘든 곳이 된 것이다. 다양한 환경이 보전되어야 다양한 곤충이 깃들 수 있다. 희귀한 멸종위기 곤충을 보았다면 감탄하고 자랑하기에 머물 것이 아니라 왜 사라지게 되었는지, 살리기 위한 노력이 무엇인지 관심을 기울이고 인식의 수준을 생명체의 보존을 담보하려는 영역까지 넓혀야 할 때이다. 종류를 정확히 구분하지 못하더라도 눈에 잘 띄는 대형 곤충은 웬만하면 보호해야 한다는 생각을 가질 필요가 있다.

멸종위기 곤충이 아닌 곤충은 괜찮을 것일까? 오래전 남궁준 선생님은 내게 청풍장님좀먼지벌레(*Coreoblemus parvicollis*) 이야기를 들려주셨다. 남궁 선생님이 충북 제천 청풍면 북진리 동굴에서 채집한 소형 갑충을 일본의 동굴학자 우에노 슌이치 박사가 1969년 신종으로 발표했는데, 어디에도 없는 독특한 한국 고유종으로 밝혀졌다. 하지만 1970년대 충주댐이 건설되면서 유일한 모식산지[type locality, 신종을 발표할 때 근거가 되는 모식표본(type specimen)이 채집된 지역]인 청풍혈굴이 충주호 아래 수몰되어 아예 지도상에서 사라져 버렸다. 이제 겨우 존재가 알려졌는데 이름을 붙이자마자 인간이 일으킨 환경 변화로 더 이상 세상에 존재하지 않는 생명체가 되었다. 많은 생명체가 박물관의 오래된 표본이나 사진, 영상 자료로만 존재하는 일이 점점 늘고 있다. 알려지지 않은 신종을 찾는 일도 중요하지만 사라지는 생명체의 현황을 파악하고 제자리에 살게 하는 일도 그에 못지않게 중요하다.

도시 개발, 서식처 단편화, 인공생태계 조성으로 우리 주변의 멋지고 귀한 곤충은 사라지는 대신 작고 귀찮은 해충의 수가 늘고 있어 안타깝다. 과도한 인간 활동으로 질서가 어지러운 요즘 세상을 돌이켜 보면 곤충도 생명체로서 살아남고자 발버둥을 치고 있다는 생각을 떨칠 수 없다. 예전 기억을 떠올리면 여름철 매미가 시끄럽거나 가을철 잠자리가 왜 많을까 하는 정도의 호기심 섞인 뉴스가 보통이었는데, 최근 뉴스는 개미, 파리, 모기, 빈대 같은 해충들이 생태계와 인체에 피해를 일으킬 정도로 문제시되고 있다는 내용이 많다(빈대는 내가 곤충 연구를 시작할 때만 해도 우리나라에서 사라진 곤충이라 낡은 숙소에 묵을 때면 일부러 찾아보려고 노력했는데, 최근 세계화의 영향으로 되돌아왔다). 지독하고 강한 것만 살아남는 세상이다. 과거에도 전쟁, 기아, 홍수, 가뭄 등 재앙이나 재해가 있을 때마다 곤충은 대발생하곤 했다.《침묵의 봄》의 저자 레이철 카슨(1907~1964년)은 새가 사라진 곳에서 사람도 살 수 없다고 경고했는데, 곤충의 다양성과 균형이 무너진 곳도 마찬가지가 아닐까? 혼돈의 책임은 이제 인류에게 있다. 우리의 인식과 행동이 바뀌어 다른 방향으로 가지 않는다면 미래 전망은 밝지 않다. 인간은 자연에서 태어나 자연의 혜택 속에서 살고 자연으로 돌아간다는 〈자연보호헌장〉의 서두를 오늘 가슴에 되새겨 본다.

—— 〈자연보호헌장(1978년 10월 5일)〉

인간은 자연에서 태어나 자연의 혜택 속에서 살고 자연으로 돌아간다. 하늘과 땅과 바다와 이 속의 온갖 것들이 우리 모두의 삶의 자원이다. 자연은 인간을 비롯한 모든 생명체의 원천으로서 오묘한 법칙에 따라 끊임없이 변화하면서 질서와 조화를 이루고 있다. 예로부터 우리 조상들은 이 땅을 금수강산으로 가꾸며 자연과의 조화 속에서 향기 높은 민족 문화를 창조하여 왔다. 그러나 산업 문명의 발달과 인구의 팽창에 따른 공기의 오염, 물의 오탁, 녹지의 황폐와 인간의 무분별한 훼손 등으로 자연의 평형이 상실되어 생활환경이 악화됨으로써 인간과 모든 생물의 생존까지 위협을 받고 있다. 그러므로 국민 모두가 자연에 대한 인식을 새로이 하여 자연을 아끼고 사랑하며, 모든 공해 요인을 배제함으로써 자연의 질서와 조화를 회복·유지하는 데 정성을 다하여야 한다. 이에 우리는 이 땅을 보다 더 아름답고 쓸모 있는 낙원으로 만들어 길이 후손에게 물려주고자 온 국민의 뜻을 모아 자연보호헌장을 제정하여 한 사람 한 사람의 성실한 실천을 다짐한다.

1. 자연을 사랑하고 환경을 보전하는 일은 국가나 공공단체를 비롯한 모든 국민의 의무이다.

2. 아름다운 자연 경관과 문화적, 학술적 가치가 있는 자연

자원은 인류를 위하여 보호되어야 한다.

3. 자연보호는 가정, 학교, 사회의 각 분야에서 교육을 통하여 체질화될 수 있도록 하여야 한다.

4. 개발은 자연과 조화를 이루도록 신중히 추진되어야 하며 자연의 보존이 우선되어야 한다.

5. 온갖 오물과 폐기물과 약물의 지나친 사용으로 인한 자연의 오염과 파괴는 방지되어야 한다.

6. 오손되고 파괴된 자연은 즉시 복원하여야 한다.

7. 국민 각자가 생활 주변부터 깨끗이 하고 전 국토를 푸르고 아름답게 가꾸어 나가야 한다.

곤충이 사라지면
더 좋은 세상이 될까

곤충이란 말을 보편적으로 사용하게 된 것은 언제부터일까? 아마 그리 오래되지 않았을 것이다. 어렸을 때 내가 어른들께 자주 듣던 말은 벌레나 버러지였다. 어쩌면 이 벌레라는 단어야말로 우리의 곤충에 대한 오랜 관념을 드러내는 말이 아닐까? 벌레는 그야말로 생명의 가치가 있는지조차 알 수 없는 취급을 당하던 말이다. 벌레는 어째서 우리에게 혐오스럽고 징그러운 이미지로 다가오는 것일까?

사람이 바라보는 세상은 참으로 인간 중심적이다. 그것은 유연관계가 가까울수록 친근하고, 멀어질수록 유대감이 떨어지는 진화론적 사고와 관련 있을 것이다. 여기에 코알라와 나방이라는 두 가지 동물이 있다고 하자. 본능적으로 우리는 따뜻한 피가 흐르는 온혈동물이고 포유류인 코알라에게 관심과 편애를 나타낸다. 물론 이런 관심조차 없을 수도 있다. 그러나 나방 한 마리쯤 때려잡는 데 양심의 가책을 느끼는 사람은 많지 않을 것이다.

곤충이 주는 인상의 차이는 우선 우리와는 근본적인 체계가 너무 다르다는 점에서 출발한다. 벌레의 이미지는 겉을 둘러싼 단단한 외골격에서 비롯된다. 외골격은 수분의 증발을 막고 외부 충격을 막을 때 가볍고 튼튼한 소재로 좋지만, 우리의 감수성을 자극하기에는 부족하다. 사람은 부드러운 피부와 털이 있는 동물을 선호하기 때문이다. 곤충은 쓰다듬고 온기를 느낄 수 있는 대상으로 부적합하다. 오히려 발로 밟아 바삭하고 깨지는 소리가 들릴 때 야릇한 쾌감을 줄 뿐이다(지금은 전기 모기 채를 휘둘러 찌지직하는 소리도 포함된다). 포유류는 로드킬, 조류는 윈도우 스트라이크란 말로 억울한 죽음을 표현하지만, 곤충에겐 당연한 압사일 뿐이다.

곤충은 유달리 다리가 많아 여섯 개나 된다. 그중 한두 개쯤은 떼어 버려도 아무렇지도 않다. 이들의 다리가 우리 몸 위를 기어가는 기분은 어떨까? 개가 주인을 핥을 때와는 분명 차이가 있다. 사람은 사지동물이지만 직립보행을 이유로 다리는 두 개, 나머지 두 개는 팔이라는 이름으로 구분한다. 동물원에서 같은 사지동물인 곰이 인간의 심리를 이용해 먹이를 얻고자 두 다리를 들고 일어나면 마치 단군신화를 목격한 것처럼 모두가 환호를 지른다. 그러니 두 다리의 직립 인간이 여섯 개의 다리로 바닥을 기는 곤충을 어떻게 이해할 수 있을까? 다리가 몇 배나 많은 지네와 노래기는 물론 다리가 전혀 없는 뱀이나 달팽이도 마찬가지다.

곤충은 또한 놀라운 변신(변태)을 한다. 곤충의 변태 현상은 이들이 마치 다른 세계에서 온 외계인처럼 낯설고 이질적으로 느끼게 하기에 충분하다. 사람은 껍질을 통째로 벗거나 없던 날개가 갑자기 생기는 것처럼 절대 급성장할 수 없다. 기면서 먹기만 하던 애벌레는 점차 동작을 멈추고 어느 날 죽은 듯 번데기가 된다. 얼마 후 번데기 등이 갈라지더니 느닷없이 날개 달린 곤충으로 변해 하늘을 날아다닌다. 그런데 만약 기생을 당했다면? 원 생명체(숙주)는 죽고 또 다른 제2의 생명체가 껍질을 뚫고 탈출한다. 상상 이상의 일이 벌어지는 것이다. 곤충의 피는 또 어떤가? 공상영화 속 외계인처럼 녹색이나 황색이다.

몇 년 전 한 학교 선생님께서 '쟤들은 우리처럼 눈동자가 없으니 어딜 보고 있는지 알 수가 없어요'라는 메시지를 주셨다. 맞는 말이다. 우리는 상대와 마주할 때 무의식적으로 눈을 먼저 바라보는데, 다양한 눈 인상이 감정을 전달하는 창

노릇을 하기 때문이다. 설령 자동차가 다가올 때도 우리는 운전자보다 무의식적으로 동물의 눈에 해당하는 헤드라이트를 쳐다보게 된다. 곤충의 얼굴을 아무리 자세히 들여다보아도 타고난 인상을 받을 뿐, 눈을 통한 내면의 성찰이나 감정의 교류는 불가능하다. 사람은 표정 연기로 감정을 속일 수 있지만 곤충은 평생 한 가지 표정만 보여 준다. 어쩌면 곤충의 얼굴처럼 순수한 것도 없다.

곤충을 바라보는 인간의 시선은 이런 근본적 차이로 불편하다. 원시인은 벌레에게 물리거나 뜯기고 농경인은 농작물을 심으며 곤충과 다투었을 것이다. 이런 경쟁 관계 속에서 곤충에 대한 피해의식은 집단무의식 속에 오랫동안 전해졌다. 특히 벌레가 징그럽다는 인상은 상당히 본능적이다. 어쩌면 우리가 벌레의 생존 전략에 말리는 것인지도 모른다. 즉 더 이상 가까이 오지 말라, 건드리지 말라는 경계신호에 본능적으로 반응하는 것이다. 곤충은 종류에 상관없이 그저 물리쳐야 할 벌레였다.

그렇지만 곤충은 종류가 너무 다양해 벌레라는 한마디로 모두 묶을 수 없다. 90퍼센트 이상의 곤충은 인간에게 직접 영향을 주지 않는 야생생물이다. 날아다니는 나비와 잠자리, 풀밭에서 우는 귀뚜라미와 매미는 인간 정서와 문화 발달에도 긍정적인 영향을 끼쳐왔다.《앵무새 죽이기》의 작가 하퍼 리는 아무 잘못도 없이 지저귀는 앵무새를 재미 삼아 죽이는 것은 죄라고 했는데, 곤충 죽이기도 마찬가지 아닐까? 꽃가루를 옮겨 주고 죽은 동식물을 분해하고(생태계 서비스) 짝을 찾아 노래하는(생의 노력) 곤충의 모습을 제대로 안다면 곤충 한 마리도 함부로 죽일 일은 아니다.

곤충은 어디선가 우리와 직간접적인 관계를 맺고 살아간다. 몇 년 전 파리가 없다면 우리가 초콜릿을 맛볼 수 없을 것이라는 기사가 떴다. 초콜릿의 원료인 카카오나무의 주요 화분 매개자가 파리의 일종(*Forcipomyia*, 등에모기류)이기 때문이다. 1859년《종의 기원》에서 찰스 다윈은 이미 다음과 같은 의견을 제시했다.

— 내가 시도한 실험에서 꿀벌의 방문이 필수적이지 않더라도 적어도 토끼풀의 수정에 매우 유익하다는 것을 발견했습니다. 다른 꿀벌은 꿀샘에 도달할 수 없지만, 뒤영벌만은 붉은 토끼풀을 방문합니다. 따라서 뒤영벌(*Bombus*) 속이 영국에서 멸종되거나 매우 드물다면 팬지와 붉은토끼풀은 매우 드물거나, 완전히 사라질 것이라는 데 의심의 여지가 없습니다. 어떤 지역의 뒤영벌의 수는 그들의 벌집과 둥지를 파괴

하는 들쥐의 수에 크게 좌우됩니다. 오랫동안 뒤영벌의 습성에 주의를 기울인 뉴먼 씨는 영국 전역에서 뒤영벌의 2/3 이상이 그렇게 파괴되었다고 믿고 있습니다.

다윈의 동료 헉슬리는 여기에 한술 더 보태서 노처녀들이 고양이를 많이 키운다는 점, 대영제국의 경제는 군인들이 먹는 소고기가 뒷받침하고 소는 붉은토끼풀에 의존한다는 개념을 추가해 대영제국의 번영은 미혼 여성들의 수에 달렸다는 결론을 도출한 바 있다. 즉 노처녀가 많으면 고양이가 많아지고, 고양이가 많아지면 쥐가 줄어들고, 쥐가 줄어들면 뒤영벌의 수가 많아지고, 뒤영벌이 많아지면 붉은토끼풀이 많아지고, 붉은토끼풀이 많아지면 소가 많아지고, 소가 많아지면 해군에게 좋으니 영국 경제가 좋아지는 뜻밖의 연쇄적인 영향이 존재한다는 설이다.

모든 생명체는 이처럼 생태계에서 서로 영향을 주고받으며 어울려 살아간다. 모두는 누군가에게 영향을 미치는, 누군가를 돕거나 혹은 위협하는 존재이다. 인간은 생태계에서 어떤 존재일까? 우리는 생태계의 법칙을 벗어난 예외적 존재인가? 모든 생명체는 인간을 위해 존재하는 것인가? 곤충이 없다면 더 좋은 세상일까? 선덕여왕과 모란꽃 이야기를 떠올리면 벌과 나비가 없는 화려한 꽃이 무슨 소용이 있을까? 더 삭막하고 척박한 세상이 아닐까? 곤충의 존재로 자연의 균형과 조화가 비로소 완성된다.

여러 곤충 동호인이 곤충을 좋아하는 이유로 높은 종 다양성을 꼽았다. 개미면 개미, 나비면 나비, 평생 그들을 쫓아다녀도 다 알지 못할 풍부한 존재가 끝없는 즐거움이자 매력으로 다가온다. 곤충 동호인 박동하 교수는 이런 다양성을 변주곡에 비유했다. 특히 나비와 딱정벌레는 유난히 예쁘고 우리 눈에 잘 띈다. 화려한 무늬와 현란한 색채가 우리 시선을 자극한다. 많은 이가 처음에 이런 시각적 대상에 쉽게 이끌리는 것 같다. 그렇지만 그렇지 않은 벌레도 많다. 인간의 시선은 또 여기서 어떤 곤충은 아름답고 어떤 곤충은 추하다고 주관적 판단을 내린다.

나 역시 곤충에게 치우친 감정을 고백하면 바퀴와 파리, 모기 같은 해충은 싫어하는 편이다. 그렇지만 미워하지는 않는다. 얼마 전 대발생한 파리 떼가 내 몸에 달려드는 꿈을 꾸다 벌떡 깬 적이 있다. 온몸을 여기저기 파고드는 파리의 공격이 너무나 생생하고 불쾌해 깬 자리가 뒤숭숭했다. 평소에 곤충을 보호하고 살려야 한다고 외치는 나도 파리에게 산 채로 뜯기는 꿈을 꾸고 나니 여간 기분 나쁜 것이 아니었다. 죽음의 공포와 비슷한 느낌을 받았다. 며칠 뒤 두 번째 꿈에는 꿀벌이 등장했다. 털이 복슬복슬한 꿀벌들이 우르르 모여 있고 양봉가처럼 벌을 돌보는 꿈이었는데, 반대로 무척 희망차고 즐거운 기분이 들었다. 평소에 곤충 꿈을 거의 꾸지 않는데 이렇게 짧은 간격으로 곤충 꿈을 꾼 것은 이 글을 쓰려는 무의식의 발로였을까?

어느 다큐멘터리에서 곤충을 스위스제 만능 칼과 비교한 장면이 매우 인상 깊게 남아 있다. 곤충의 외골격은 따스하진 않지만 마치 잘 만들어진 로봇 같은 느낌이 색다른 감상의 즐거움을 준다. 특수한 기계처럼 마디로 이루어진 곤충의 신체가 자율적으로 움직이는 모습을 보면 여간 놀랍지 않다. 작은 뇌와 몸으로도 완벽하게 생존하는 곤충의 구조와 디자인은 오랫동안 환경에 적응한 진화의 산물이며 저마다 생태계에서 크고 작은 역할을 다하고 있다. 모든 곤충은 독특하고 특별한 생명체이며 사라져야 마땅한 곤충은 없다. 곤충 관찰의 즐거움은 그들을 객관적으로 바라볼 때 더 커진다. 그들의 다양성을 인정하고 곁을 비워둘 때 비로소 평온한 감정이 찾아온다.

6장

곤충학자의 일상

나비가 나인가 내가 나비인가

우리는 모두
굼벵이 시절이 있었다

나는 사계절 중에 여름을 제일 좋아한다. 당연히 곤충이 많아서 그렇기도 하지만, 내가 좋아하는 곤충을 통해 맹렬한 삶의 의지와 열정을 느낄 수 있기 때문이다.

여름이면 매미 울음소리가 무성하다. 맴맴 우는 녀석, 쌔쌔 우는 녀석, 지글지글 우는 녀석⋯⋯. 울음소리만 듣고도 무슨 매미인지 알 수 있고 생태 특성이 뚜렷해 매미에 관심 있는 동호인들도 꽤 있다. 그런데 한편으로 매미 소리를 여전히 소음으로만 여기는 사람들도 많다. 특히 아침잠을 깨우는 도시 매미 소리는 시골의 새벽 수탉 울음소리를 연상케 하는데, 아파트 방충망에 착 달라붙어 아침부터 요란하게 울어 대는 소리는 사실 열대야로 밤잠을 설친 사람들에게 짜증스럽긴 하다.

그렇지만 분명 우리 조상들은 매미 소리를 감상하며 더위를 잊었다. 정약용 선생은《여유당전서》에서 더위를 없애는 여덟 가지 방법 중 동림청선(東林聽蟬, 동쪽 숲에서 매미 소리 듣기)을 추천하기도 했다.

── 자줏빛 노을 붉은 이슬이 맑은 새벽하늘에

　　紫霞紅露曙光天

　　고요한 숲속에서 첫 매미 소리 들리니

　　萬寂林中第一蟬

　　괴로운 때 다 지나가 이제는 세속이 아니요

　　苦境都過非世界

　　둔한 마음 깨끗이 벗었으니 곧 신선이로세

　　鈍根淸脫卽神仙

　　높이 날리는 오묘한 선율은 허공을 걷고

　　高飄妙唱凌虛步

　　다시 뜯는 슬픈 가락은 골짜기를 내닫는 쪽배인 듯

　　旋搔哀絲汎壑船

　　석양에 이르러 들으니 그 소리 더욱 듣기 좋아

　　聽到夕陽聲更好

　　늙은 회화나무 그늘로 자리를 옮겨야겠네

　　移床欲近老槐邊

매미 소리도 고작 한두 달 바짝 시끄러울 뿐, 듣고 싶을 때는 들을 수 없는 소리다. 여름에 매미 소리가 없는 곳에 가면 이상하게 더 더운 느낌이 든다. 한여름에 동유럽 출장을 다녀온 적이 있다. 분명 햇빛이 쨍하고 더운 것은 똑같은데 왜 이리 더울까 곰곰이 생각해 보니 가로수에 붙어 우는 매미 소리가 전혀 없다는 것을 깨달았다. 우리나라를 비롯한 동아시아에는 매미가 흔해 여름 내내 매미 소리를 들을 수 있지만, 유럽에는 매미가 희귀하여 무더운 남유럽으로 가야 매미다운 소리를 들을 수 있다.

매미는 곤충 관찰의 좋은 재료이기도 하다. 여름철 나무 껍질에 줄줄이 붙어 있는 선퇴를 떼어 곤충의 구조를 자세히 살필 수 있다. 선퇴는 매미가 탈바꿈할 때 벗은 허물로, 자세히 관찰해 보면 겹눈, 짧은 더듬이, 뾰족한 주둥이, 갈라진 등, 작은 날개 싹과 세 쌍의 다리 등등 있을 것이 다 있다. 또 발톱이 날카로워 떼어 낸 매미 허물을 아이들 옷에다 척 붙이며 장난을 칠 수도 있다. 매미 굼벵이가 허물을 벗을 때 얼마나 조심스럽게 장소를 선택했을까 같이 고민도 해 본다. 보통 나무둥치에 많이 붙어 있지만, 흔들리는 가는 풀줄기나 꽃대, 아파트 화단의 울타리, 심지어 주차된 차량 바퀴에 붙어 아슬아슬하게 매달린 장면도 보인다. 무사히 매미가 되어 날아갔다면 다행이다.

무더운 한낮을 피해 해가 진 저녁에 아파트 쉼터에 나가 보면 기어 다니는 굼벵이를 자주 만날 수 있다. 이제 매미로 변신할 때를 준비하는 녀석들이다. 엉금엉금 기다가 자리를 잘 잡으면 다행인데, 대로변에 잘못 들어서는 바람에 지나가는 발길이나 자전거 바퀴에 밟히는 굼벵이도 많다. 몇 년을 땅속에서 살다 이제 겨우 매미가 되려고 땅 위에 올라왔는데, 결정적인 순간을 못 넘기고 개미의 밥이 된 안타까운 녀석들이다. 혹시 누군가 밟을까 봐 대로변에서 굼벵이를 발견하면 나무에 붙여 주었다.

가끔은 매미가 허물 벗는 모습을 딸에게 보여 주려고 집에 데리고 들어온다. 발톱 걸치기 좋은 커튼이나 수건에 굼벵이를 붙여 두면 조금 기어오르다가 발판이 맘에 들었는지 곧 허물을 벗는다. 등이 갈라지고 하얀색 몸이 나와 거꾸로 매달린 모습을 딸이 한참 쳐다보다가 묻는다.

"이제 얼마나 걸려요?"

"한 30분쯤?"

계속 쳐다보기 지루해하는 것 같아 중계방송을 해 주었다.

"이제 날개 나온다."

"이제 매미가 다 됐다."

휴대폰으로 인증 사진을 몇 장 찍어 두었다. 아침에 베란다 가림막을 보니 밤새 몸을 말리고 짙은 색깔로 변한 매미가 가만히 붙어 있어 창문을 열어 주었다. 후드득 날갯짓 소리와 함께 매미는 햇살을 향해 첫 비행을 하며 날아갔다.

매미 허물을 보다 보면 가끔 등껍질이 갈라졌지만, 매미가 되지 못하고 허물에서 나오다가 그대로 죽은 사체가 발견되기도 한다. 아마도 마지막 원동력이나 탈피에 필요한 에너지가 부족해 성충으로 완성되지 못하고 죽었을 것이다. 매미뿐만 아니라 모든 곤충에게 있어 허물벗기는 무척 중요한 삶의 사건이다. 허물을 벗지 못한다고 유충으로 그대로 머물 수도 없다. 성충도 되지 못하고 낡은 껍질에 갇힌 채 죽을 일만 남는다.

개인사를 돌아보면 내 인생에서도 그런 변곡점의 시기가 있었다. 중학교 2학년 때 강남구로 전학하면서부터 하향곡선을 그리기 시작했다. 낯선 환경과 선행 학습에 잘 적응하지 못했다. 내 어머니는 서양화, 아버지는 문예 창작을 전공하셨는데 소질이 유전된다면 문과가 적성에 맞았을 것이다. 그러나 나는 요즘 말로 '수포자(수학 포기자)'임에도 불구하고 단지 좋아하는 과목이 생물이라서 이과를 선택했다. 그때를 돌아보면 공부의 의미나 목표 의식은 없었고 막연하게 학교에 다니면서 따라가기 힘든 학업 스트레스를 곤충 관찰로 풀었던 것 같다. 그저 성적에 맞춰 입학한 대학교 1학년 시기도 방황과 허송세월로 지냈다. 그러다가 군 제대 후 다시 공부를 시작했다. 어느 날, 학창 시절 모아 둔 성적표와 상장을 모두 불태워 버렸다. 과거에 얽매여 있던 내 모습이 무척 싫었다. 어떻게든 돌파구를 찾아야 했다. 아마 그때가 나의 정신적 허물 벗기가 일어난 시기였던 것 같다.

세월이 흐르면 환경이 바뀌고 이전과 같은 자세로 계속 살수는 없다. 새로운 나를 맞으려면 구습을 버려야 다음 단계로 나아갈 수 있다. 내가 고집하는 낡은 껍질이 무엇인가, 왜 더 이상 도약하지 못하는가, 처절한 반성이 필요하다. 굼벵이의 낡은 껍질을 볼 때면 버릴 것은 과감히 버려야 매미로 살아갈 수 있음을 되새긴다.

표본실의 청개구리와
곤충 그리고 인간

생물학을 전공하다 보니 본의 아니게 여러 생물을 죽이곤 한다. 대학 다닐 때 해마다 실습 시간에 쥐와 개구리를 죽였다. 학부생 때는 배우기 위해 죽였고, 조교 시절에는 학생들을 가르치기 위해서 죽였다. 생물학과에서는 매년 실험동물의 영혼을 달래는 위령제를 지내기도 했는데, 인류의 과학 지식과 번영을 위해 대신 죽은 동물의 희생을 기리고 실험에 임하는 자세를 가다듬기 위해서다. 그런데 요즘은 실험 재료가 대부분 미생물이거나 화학 분자 단위로 좁아지면서 그런 행사도 거의 없어진 모양이다.

그동안 내가 곤충을 연구한다고 죽인 곤충의 수는 얼마나 될지 헤아리기는 사실상 불가능하다. 조사지에 나가면 포충망을 휘둘러 수많은 곤충을 채집하고 독병(살충용 시약 청산가리, 에틸 아세테이트, 암모니아 등을 넣은 유리병)에 넣어 죽인다. 또 사육할 때 잘못해 많이 폐사하기도 한다. 죽은 곤충은 냉동실에 보관하거나 보존액(알코올)이 들어 있는 액침 병에 보관한다. 이것을 종류별로 표본으로 만들고 재배열하고 연구 논문과 대조하여 종 다양성을 밝히는 것이 주 업무 중 하나였다. 나에게 희생당한 곤충들을 생명 단위로 본다면 그들 역시 학문이란 이름 아래 억울하게 죽은 것이다. 채집의 이유를 변명한다면 일부러 죽이고 소유하기 위함이 아니라 더 가까이 느끼고 자세히 알고 싶어서 그런 것이다.

분류학을 전공한 내게 표본실은 가장 익숙한 공간이다. 학창 시절 읽은 염상섭 시인의 《표본실의 청개구리》는 인상적인 제목이라 아직 뇌리에 남아 있지만, 표본실이 내 작업장이 될 줄은 몰랐다. 어쩌면 이곳은 곤충들의 무덤이다. 죽은 곤충의 실체는 솔직히 버려진 새우 껍질과 별반 다르지 않다. 인간이 정성과 가치를 부여했을 뿐이다.

표본실에 들어서면 우선 특유의 냄새가 난다. 나프탈렌이나 크레졸 등 곰팡이와 벌레를 막기 위해 처리한 약품 냄새다. 오래된 표본실에서는 묵은 먼지나 곰팡내가 느껴지기도 한다. 가구장이 서 있고 칸으로 구분된 선반에 곤충 보관 상자가 열을 맞춰 들어 있다. 상자를 꺼내면 핀에 꽂힌 곤충들이 종류별로 들어 있고 핀 아래에는 라벨이 붙어 있다. 라벨을 읽어 보면 언제 어디서 누가 이것을 채집했는지 간단한 정보를 얻을 수 있다. 그러나 나는 그 간단한 정보로 채울 수 없는 상념에 젖는다.

'대체 이 곤충들은 왜 여기까지 오게 된 것일까?'

표본실은 생물 탐구의 역사가 담긴 공간이다. 우리나라 곤충 표본실 중 가장 오래된 곳은 아마도 농촌진흥청 해충연구실일 것이다. 지금은 국립농업과학원이 전주로 옮겼지만, 수원에 있을 때 내가 근무하던 잠사곤충부와 가까이 있어 자주 방문했다. 농촌진흥청의 전신 권업모범장 시절인 1921년 일본 곤충학자 오카모토 한지로가 수원에서 채집한 실베짱이 표본을 확인한 적 있다. 이 외에도 전국의 대학 생물학과나 과학관, 박물관, 연구소 등에 표본실이 있고 중고등학교에도 규모는 다르지만 표본이 보관된 과학실이 있기도 하다.

곤충표본을 들여다보면 누가 어떤 마음으로 만들었는지 대충 가늠할 수 있다. 핀에 꽂힌 곤충의 다리와 더듬이가 비딱한 표본은 초보자가 서툴러서 잘못 만들었을 수도 있지만, 보통 제작자가 학교 과제나 프로젝트 성과물로 영혼 없이 만든 것이다. 곤충은 크기가 작아서 아주 사소한 차이로 표본의 느낌이 좌우된다. 가령 더듬이를 오므리거나 벌린 자세, 큰턱과 발톱을 처리한 모습, 날개와 다리의 방향 등 곤충을 아는 사람과 모르는 사람이 만든 표본은 분명한 차이가 있다. 오랫동안 전문적으로 표본 제작에 종사한 분들의 표본을 보면 확실히 기술이 쌓여 느낌이 남다르고 아름다운 예술 작품과도 같다. 대표적으로 농촌진흥청의 염문옥 여사님, 국립수목원의 원갑재 선생님이 생각난다. 표본을 잘 만들려면 평소에 살아 있는 곤충이 어떤 자세를 취하고 어떻게 움직이는지 충분히 이해하고 관찰하는 노력이 필요하다.

표본 아래 붙어 있는 라벨도 표본만큼 흥미롭다. 개인 수집가나 박물관에 따라 전통적으로 쓰는 특유의 양식이 있다. 예전에는 뾰족한 펜촉에 잉크를 묻혀 수기로 직접 썼는데, 두꺼운 종이에 먹으로 써야 오랫동안 변치 않는다. 필체와 문구에서 채집자의 개성을 느낄 수 있다. 곤충도 작고 라벨도 작아 좁은 지면에 많은 정보를 담으려다 보니 작게 쓸수록 미덕이다. 그래도 공간이 모자라 여러 장 중첩하거나 큰 종이를 접어서 쓰기도 한다. 중요 표본에는 여러 사람이 관찰한 동정 정보와 때로는 주해까지 여러 장의 라벨이 꽂혀 있어 지나온 역사를 가늠할 수 있다. 논문을 쓸 때 라벨의 모든 내용을 읽고 상세히 적으려고 애썼지만, 온갖 언어와 필체로 쓰인 오래된 글씨는 도무지 읽기 어려운 때도 있었다. 해외 박물관의 경험 많은 큐레이터들은 이것 자체를 분석해 논문을 내기도 한다. 워드 프로그램과 프린터가 도입되면서 라벨 읽기는 쉬워졌지만 예전의 멋과 개성은 많이 사라졌다.

곤충 핀은 또 어떤가? 오늘날 곤충 핀은 국산, 미국산과 유럽산 등 다양한 제품이 나와 있지만, 대학원 시절 학교에서는 거의 일본 시가사 제품을 썼다. 표본을 만들거나 옮겨 꽂는 작업[피닝(pinning)]을 많이 해 보니 바늘 머리에 에나멜을 붙인 유두침이 손에 편리하긴 했다. 핀 머리가 없는 무두침(전시용)이나 얇은 핀은 아래위 방향을 잘못 꽂아 둔 걸 모르고 손가락으로 잡다 바늘에 찔린 일도 여러 번 있었다. 작업량이 많을 것 같으면 아예 손가락 테이핑을 하면 낫다. 녹슬지 않는 스테인리스 재질의 곤충 핀은 개당 100원으로 지금도 싸지는 않지만, 린네 시절에 곤충 핀은 무척 고가의 상품이었다고 한다. 그래서 선인장 가시로 제작한 표본도 전해진다.

표본 상자에 아무렇게나 널려 있는 곤충을 보면 느닷없이 정리벽이 발동한다.

'아, 이것들을 종류별로 정리해 이름을 붙여 줘야 하는데…….'

표본을 정리하면서 새로운 종을 찾아내기도 한다. 매의 눈으로 들여다보고 예술가의 눈으로 감상하면서 작은 차이를 감지한다. 종류별로 깔끔히 정리하고 나면 기분이 한결 나아진다. 누군가 같은 종이라고 모아 놓은 상자에서 다른 종을 찾아내면 정말 기분이 좋다.

'심 봤다!'

이것은 분류학자들만이 느끼는 희열일 것이다.

표본실은 항상 누군가의 손길을 기다리고 있는 동시에 큐레이터, 표본관리원, 방문 연구자 등 무수한 발길이 지나간 곳이기도 하다. 잘못 관리하면 표본에 곰팡이가 피거나 표본 해충인 수시렁이가 발생하기도 한다. 수시렁이가 갉아먹어 표본은 모두 가루가 되어 핀과 라벨만 남은 곤충 상자를 몇 번 만난 적 있다. 특히 외진 곳에 방치된 표본은 세월이 지나면 훼손되거나 분실되기 쉬워 정기적으로 점검이 필요하다. 개인이 수집한 표본은 영구 보관하기 힘들다. 정성스레 오랫동안 모았지만 가족이나 후손이 관심 없다면 애물단지가 될 테고, 결국 믿고 보관할 곳을 찾는다면 그래도 국공립 연구기관이 나을 것이다. 미래 세대를 위한 기증문화가 필요하다.

표본을 다루는 직업이다 보니 만약 죽는다면 내 몸은 어떻게 할까 고민한 적이 있다. 총각 시절에는 전국 심산유곡으로 조사 다니느라 아무도 모르는 곳에서 혼자 사고로 죽을 수 있겠다는 상상을 해 보았고 내 시체에 송장벌레, 반날개가 모여들어 충장(蟲葬)식 장례를 치러 준다면 그것도 곤충을 사랑하는 사람의 순리로 감사하게 따르겠다고 생각했다. 결혼 후 아내는 화장이나 수목장을 이야기했지만 사실 나는 시신을 기증하고 싶다. 영혼과 의지가 떠난 몸은 육신의 껍질, 표본 외에 더 이상 아무것도 아니다. 그때까지 쓸 만한 부분이 있다면 장기도 기증하고, 의학용 시신도 부족하다는데 누군가에게 도움이 되고 싶다. 그리고 내가 죽인 무수한 생명체에게 속죄하고 싶다. 나는 무기력한 《표본실의 청개구리》가 아닌 자발적 의지를 지닌 한 인간의 표본이고자 한다.

아껴 찍던 필카에서
디카의 시대로

대학 2학년 때 곤충 사진을 찍으려고 아르바이트비를 모아 처음으로 좋은 카메라(캐논 EOS)를 장만했다. 몰랐을 때는 자동카메라만 생각해 셔터만 누르면 저절로 알아서 잘 찍히는 줄 알았다. 그런데 곤충은 크기가 작은 피사체를 확대해 찍는 것이므로 접사렌즈가 필수였다. 그래서 100밀리미터 매크로렌즈를 사러 충무로에 나갔더니 혹시 치과에 근무하느냐는 질문을 받기도 했다. 당시만 해도 접사 사진을 찍는 인구는 많지 않았다. 아무튼 여차저차 기본 장비는 다 갖추었지만 동네 사진관에서 인쇄해 보니 생각만큼 사진이 잘 나오지 않았다.

당시에 《토박이 곤충기》 등 여러 책의 저자인 고려곤충연구소 김정환(1948~2013년) 소장님을 한번 만나 보고 싶었다.

책을 읽어 보니 재미있는 이야기도 많고 곤충 사진도 좋았기 때문이다. 내가 찍은 곤충 사진과 편지를 보냈더니 연락이 닿아 만나 뵙기로 했다. 솔직히 혼자 관심은 많았지만 그 분야의 사부, 요즘 말로 멘토를 찾아간 일은 처음이었다. 지금도 구로동 공구상가 건물의 고려곤충연구소를 처음 방문했던 기억이 생생하다. 소장님과 이런저런 이야기를 나누며 곤충 사진 찍는 법에 대해 조금씩 알아갔다. 무조건 크고 꽉 차게 찍어야 한다고 하셨다. 그리고 슬라이드 필름을 소개해 주셔서 이후로 후지 벨비아나 코닥 크롬 같은 조금 비싼 포지티브 필름을 사서 찍기 시작했다. 슬라이드 필름은 현상과 마운트까지 가격이 만만치 않아(당시 시세로 장당 500원꼴) 한 장 한 장 심혈을 기울여 셔터를 눌렀다.

시행착오를 거치며 조금씩 사진이 나아졌다. 마침 일본의 저명한 곤충 사진작가 운노 가즈오 선생의 《원 포인트 곤충 사진》 책이 번역되어 나와 열심히 읽고 실전에 따라 해 보니 요령이 생겼다. 초점을 곤충 겹눈에 맞추고 조리개를 더 조였는데, 그러다 보니 빛이 부족해 광원 보충을 위해 링 플래시도 추가로 장만했다. 현상한 슬라이드를 라이트 박스 위에 놓고 루페로 들여다보니 참 기분이 좋았다. 표본은 죽어서 색깔이 변하지만, 필름에 담긴 곤충은 살아 있을 때 모습 그대로 배경까지 자연스럽게 담을 수 있었다. 필름을 몇 통씩 모아 충무로에 맡기고 다시 찾기까지 몇 주의 시간이 걸렸지만 기다림의 시간도 즐거웠다. 곤충 사진에 재미를 붙여 수업 없는 날이나 주말, 공휴일이면 가까운 북한산에 올라 많이 관찰하고 사진으로 담았다. 지금 생각해도 그때가 무척 즐거운 시기였다. 오래전 노트를 꺼내 보았다.

1996년 10월 20일. 카메라를 장만한 후 많은 곤충과 작은 생물을 필름에 담았다. 물론 지금까지 나를 거쳐 간 종들과 비교되지 않는 적은 숫자와 짧은 기간이지만 기록으로 확실하게, 그것도 시각적으로 남는 것이 너무나 좋다. 아직 내가 처음 보는 곤충이 많다는 사실에 기쁨을 느낀다. 어디선가 찾아와 주길 기다리고 있을 작은 생명체들, 그 누구도 신경조차 쓰지 않고 심지어 귀찮은 해충으로 취급할 때 관심을 가진 내가 있지 않은가. 곧 가을도 지나고 겨울이 오면 잠시 관찰을 쉬게 될 텐데, 그때를 대비해 정말 오랜만에 곤충을 채집했다. 다만 그들의 월동 장소를 우리 집 내 방으로 옮겼을 뿐이니, 큰 해는 되지 않을 것이고 나도 겨울 동안 그들을 살짝 엿보는 것으로 만족할 것이다. 생물 종에 따라 무성한 계절과 달(月)이 있는데, 단풍이 들기 시작하는 요즘 야외에 나가 보면 시든 초본식물 사이로 말매미충들이 많이 날아다니는 것을 볼 수 있다. 녹색의 작은 말매미충은 유난히 시든 풀 사이에서 쉽게 눈에 띄고 개체수도 많다. 또 얼마 전에는 무당벌레의 유충과 번데기를 많이 보았는데, 이젠 모두 우화해 성충으로 풀에 붙어 있다. 집단 월동하는 무당벌레는 가을에 성충이 되면 한곳에 모이는 듯하다. 오늘 잡은 것은 갑충 애벌레. 사슴벌레 암컷이 썩은 나무 밑에 들어가 알을 낳았는지 어제만 해도 낮은 기온에 굼뜬 동작의 성충과 유충 여러 마리를 보았는데, 오늘은 고작 두 마리밖에 찾지 못했다. 그리고 썩은 나무 한 그루에서 다수의 하늘소 유충을 찾아냈다. 아무리 썩은 나무를 뒤져도 한 마리도 찾지 못하다가 우연히 한 나무에서 많은 개체를 찾았는데, 가장 좋은 나무에 어미가 무더기로 산란한 모양이다. 유충의 크기도 제각각이다. 같은 장소지만 다른 어미가 다른 계절에 낳은 것인지, 그저 발생 속도가 다른 것인지는 모르겠다. 하늘소 유충은 순수하게 목질을 좋아하고 사슴벌레 유충은 좀 썩어서 부식질이 된 토양과 섞인 목질부를 좋아하는 것 같다. 겨울 동안 이들의 사생활을 엿보는 것도 재미있을 것이다.

그 뒤로 사진을 많이 찍다 보니 이렇게 손으로 쓰는 기록은 없어졌다.

세월이 변해 디지털카메라 시대가 도래했다. 초반에는 기술 수준이나 화소 수가 높지 않아 관망했는데, 얼마 안 가 필름 카메라를 역전했을 뿐만 아니라, 필름 생산 자체가 사양산업이 되고 말았다. 디지털카메라는 현장에서 바로바로 사진을 확인할 수 있고 스캔할 필요 없이 파일로 직접 활용이 가능해 디지털 시대에 걸맞았다. 한동안 필름 카메라와 디지털카메라 두 대를 무겁게 갖고 다녔는데, 결국 디지털카메라만 쓰게 됐고 좋은 모델로 몇 번씩 바꾸게 되었다. 디지털카메라는 무제한으로 찍는 장점이 있지만 단점도 있다. 디지털카메라를 많이 사용하다 보니 필름 카메라 때와 달리 사진 찍을 때 들이는 정성과 노력, 피사체를 대하는 자세가 흐트러진 것을 깨닫게 됐다. 여러 장 많이 찍고 그중에 잘 나온 것을 고르면 되니 한 컷 한 컷 찍을 때 그다지 많은 신경을 기울이지 않는 것이다.

누구나 디지털 사진을 찍을 수 있는 시대가 오자 인터넷상에 자연 사진을 활용한 블로그와 카페 활동이 많아졌다. 디지털 시대 자연 동호인들의 활동 덕분에 새로운 정보를 얻을 때도 많다. 관찰하는 눈이 많으니 아무래도 예전에 혼자 다닐 때보다 미지의 종을 발견하기도 좋고 다양한 생태를 알기도 좋다. 최근에 내가 미기록종으로 발표한 황해귀뚜라미는 '칠

복이의 생물탐구', 풀집게벌레는 '다초리의 숲속여행' 블로거의 정보 제공 덕분에 가능했다. 먼저 시민 과학자 혹은 블로거가 발견해 사진을 찍은 후 무슨 종인지 궁금해 나한테 묻게 되었고, 종명을 찾는 과정에서 우리나라에 알려지지 않은 종으로 추정했다. 이후 어디서 보았는지 묻고 표본을 확보한 다음 정확한 형태 검증을 통해 미기록종으로 확정하고 논문으로 발표하는 과정을 거쳤다.

사회관계망(SNS)을 통해 묻고 답하기 활동이 일상화되고 시민 과학이 활성화되면서 생태사진 데이터를 활용하는 방안이 늘고 있다. 내가 주로 이용하는 플랫폼은 '네이처링'과 'iNaturalist' 두 곳이다. 매일매일 많은 사진이 올라와 정보를 주고받는데 때로는 정보를 얻는 이용자가 되기도 하고 때로는 제공자가 되기도 한다. 다수가 같이 검증하는 집단지성 활동으로 종 동정의 신뢰도가 높아진다. 관찰 시간과 관찰 장소가 풍부해져서 생물다양성의 현황 파악과 보전을 위한 시민 데이터의 활용도가 점점 높아지고 있다.

그런가하면 우연히 찍은 사진이 다른 연구자를 도운 적도 있다. 1999년 전남 광양 옥룡면 백운산에서 곤충을 찾으려고 나무껍질을 벗기다가 우연히 도롱뇽을 발견했다. 보통 도롱뇽은 물속이나 물가 바위 아래에 숨어 사는데 나무껍질 밑에 있는 게 신기해 사진을 찍었다. 세월이 한참 흘러 슬라이드 사진을 모두 스캔하고 책장을 정리했는데 'iNaturalist'에 파일을 올리며 다시 보니 육상 생활하는 것으로 알려진 이끼도롱뇽이 아닐까 하는 의문이 들었다. 마침 양서류 전문가인 난징대학교 아마엘 볼체 교수가 이 사진을 보고 이끼도롱뇽임을 확증했다. 그뿐만 아니라 2005년 이끼도롱뇽이 신종으로 발표되기 전에 찍은 사진이자 한반도 최남단 분포 정보라고 논문에 써도 되겠냐고 물어 왔다. 물론 좋다고 허락해서 2020년 〈이끼도롱뇽 기재 이전의 표본과 기록〉이라는 새로운 논문이 나오게 되었다. 이외에도 가끔 논문이나 도감을 준비하는 해외 연구자들로부터 사진 사용에 대한 문의를 받고 있다.

지금은 휴대폰의 카메라 기능이 발달하면서 디지털카메라를 대신하는 일이 많아지고 있다. 나도 무거운 디지털카메라 대신 언제나 들고 있는 휴대폰으로 사진 찍는 일이 많아졌다. 와이파이와 블루투스, 언제 어디서나 접속할 수 있는 인터넷 유비쿼터스 환경이 스마트폰과 만나 정보의 생산이 기하급수적으로 늘었다. 디지털 전환 시대에 전문가와 일반인의 경계가 무너지고 있다. 장비와 기술 접근이 쉬워져 일반인도 좋은 기회를 만난다면 전문가 못지않은 생생한 사진을 찍을 수 있다.

　정보의 축적도 중요하지만 정보의 개방이 더 중요하다는 인식의 전환이 이루어지고 있다. 내 컴퓨터에 사진을 보관하고 혼자 감상하는 것도 좋지만, 인터넷 플랫폼에 올려놓으면 다수가 볼 수 있어 정보 공유와 지식 전달, 새로운 의미까지 파생된다. 아무리 훌륭한 사진도 알려지지 않으면 활용되지 못한다. 사실 나도 컴퓨터 바이러스 감염과 외장하드 오류로 그동안 찍은 디지털 사진을 두세 번 날려 먹은 씁쓸한 경험이 있다. 그러고 나니 어딘가 안전한 곳에 차라리 모두 올려놓는 게 좋겠다는 생각이 들었다. 최근 시민 과학 플랫폼 서비스는 언제 어디서 무엇을 찍었는지 같은 메타정보 관리가 편리해 디지털 공간에 내 발자취를 기록하고 꺼내 보기도 편리하다. 정보의 공개와 공유가 더 나은 가치를 만드는 세상으로 빠르게 바뀌고 있다. 네이버 블로거 다초리 님의 '올리지 않은 사진은 찍지 않은 사진과 마찬가지다'라는 말이 머릿속에 계속 맴돈다.

과감히
정리해야 할 순간

이삿짐센터에서 가장 싫어하는 집이 책 많은 집이라고 한다. 이사를 앞두고 견적을 내러 온 분이 정리가 잘 된 집일수록 포장하려고 짐을 꺼내면 양이 엄청나다는 이야기를 들려주었다. 책을 버린다고 많이 버렸는데도 시간이 지나면 또 그만큼 책이 쌓인다. 전공 분야가 있다 보니 아무래도 관련 자료를 많이 모을 수밖에 없는데, 그나마 아내가 사서로 근무하고 있어 최근 서적은 도서관에서 구매해 빌려 보고 있다. 그래도 대출과 반납이 귀찮아 자주 볼 책은 직접 사서 책장에 꽂아 두는 것이 편리하다.

이사 다닐 때마다 책을 많이 버렸다. 우선 대학생, 대학원생 때 보던 교양과목 교재를 버렸다. 전공 서적은 비싼 원서를 구하기 어려워 지도교수님 서재와 학교 도서관에서 빌려

제본을 많이 했는데, 공부하던 책이라 아까워 계속 갖고 다녔다. 결국 아내가 이런 제본은 전혀 소장 가치가 없다고 해서 일 순위로 재활용품 버리는 날 내다 놓았다. 어쩌다 이론을 상기할 때 수업 중에 쓰던 밑줄 친 교재가 생각나지만, 새로운 이론과 더 좋은 책이 계속 나오고 있다. 더 이상 가르칠 일도 많지 않아 예전 교과서도 필요 없고 인터넷에 배경지식이 잘 설명된 페이지가 많음을 깨닫고 다 버리게 되었다. 그리고 딸이 자라면서 집 안에 아이 책이 쌓이다 보니 내 책은 방 한 칸에서 더 이상 영역을 넓히면 안 될 형편이 되었다.

잡지와 학회지도 많이 버렸다. 인터넷도 없고 자연과학책도 별로 없던 시절, 동네에 가까운 헌책방이 있어 자주 갔다. 교재가 필요한 학기 초에는 청계천 헌책방 거리도 자주 갔다. 묵은 먼지 틈에서 좋아하는 분야의 책을 발견하면 정말 기분이 좋았다. 내셔널지오그래픽 같은 영문 잡지는 사진과 제목만 봐도 좋았는데 게다가 가격도 싸서 많이 사두었다. 월간지에 글을 싣거나 감수할 일이 있어 연락하다 보니 또 잡지가 많이 쌓였다. 아내가 다 버리라고 해서 관심 기사가 실린 권만 남기고 정리했다. 학회에 가입해 학회지를 받다 보니 이것도 많이 쌓였다. 많아야 연 4회 나오는 얇은 저널이지만, 몇 개 학회에서 동시에 받고 지도교수님 책장과 한국곤충연구소 창고에서 오래전 재고를 찾아 모았더니 이것도 한 짐이다. 논문을 쓰려면 앞서 출판된 논문 확인이 꼭 필요한데, 웬만한 것은 학회에서 PDF 파일을 제공하고 있고 오래전 것은 도서관에 퇴임 교수님 기증 학술지가 있어 과감히 다 버렸다. 내가 쓴 논문조차 50부씩 학회에서 받은 별쇄본을 모았더니 부피를 많이 차지해 한두 편만 남기고 모두 버렸다.

두껍고 무거운 학위 논문도 많았다. 학교나 학회 동료, 선후배가 있다 보니 졸업할 때 기념으로 한 권씩 사인해 준다. 이제 다들 자리 잡고 열심히 살아갈 텐데, 학위 논문은 개인 출판물이라 인용하기도 힘들고 전공과 무관한 분야는 들여다볼 일이 전혀 없어 우스갯말로 실험실 컵라면 받침대로 알맞다. 혹시 이 글을 읽는 지인이 있다면 자기 학위 논문이 어떻게 되었는지 관심을 갖지 않는 게 좋을 것 같고, 줄 계획이 있는 분도 정중히 사양함을 미리 밝힌다.

사무실에서도 책은 자리를 옮길 때마다 짐이다. 생물자원관에 처음 입사했을 때 자리에 전공책을 많이 갖다 두었는데 공간은 한정적이고 책상은 인사 발령 때마다 혹은 매년 업무가 바뀔 때마다 자주 옮겨야 했다. 햇수가 지나면서 차라리 집에 두는 게 낫겠다 싶어 조금씩 집에 도로 가져왔다. 사무실에는 업무와 연관된 보고서나 발간물을 최소한도로 공용 공간에 두는 게 차라리 나았다. 자주 안 보는 책을 이참에 정리해서 도서관에 기증하려고 아내에게 의향을 물으니 조금씩 하지 말고 퇴직할 때 한꺼번에 하라며 말렸다.

책도 책이지만, 문헌도 책장 한 면을 가득 차지하고 있다. 문헌은 자료를 빨리 찾기 위해 저자 알파벳순이나 주제별로 묶어 배열해 두었다. 사실 문헌에는 저마다 사연이 있다. 처음 대학원에 입학해서는 뭐가 필요하고 중요한지 잘 몰라 도서관에서 메뚜기 관련이면 닥치는 대로 복사했다. 얇은 것은 스테이플러로 그냥 찍지만 분량이 많은 논문은 스프링제본, 떡제본 등 다양한 방식으로 제본해 두었다. 몇 페이지에 불과한 얇은 종이도 쌓이고 쌓여 자리를 많이 차지하게 되었다. 요즘은 논문을 파일 형태로 컴퓨터에 저장해 두지만, 아날로그 시대에는 도서관 대출실에 복사 신청하거나 저자에게 직접 편지를 보내 별쇄본을 받았다. 저자에게 직접 받은 문헌은 친필 사인이 곁들어 있는데, 저자와의 인연과 숨결이 느껴져 버릴 수가 없다. 연구를 시작한 초창기에 이런저런 방법과 경로로 어렵게 구한 문헌 역시 쉽게 버리지 못하고 있다.

영국 자연사박물관 수장고에 들렀을 때 특히 좋았던 점은 전 세계 메뚜기목 문헌이 오래전부터 최근 것까지 다 갖추어져 있다는 것과 여분은 얼마든지 가져가라고 한 것이다. 전 세계 연구자들이 박물관에 들를 때마다 자기 논문을 몇 부씩 두고 갔는데, 이것이 세월이 흘러 가득 쌓인 것이다. 요즘은 정보가 차고 넘쳐 거저 얻어 좋은 점도 있지만, 그만큼 문헌의 소중함을 느끼기 어려운 것 같다. 문헌을 천천히 읽다 보면 그 시대 저자들이 글 한 줄을 쓰기 위해 어떤 노력을 했는지 알 수 있다. 내가 그 시대 사람이라면 가능했을까 하는 상상도 해 본다.

요즘엔 나도 책을 몇 권 내다 보니 저자 증정본도 쌓인다. 감수 본 책도 여러 권 있다. 웬만하면 주변 사람들에게 선물로 나눠 주고 필수 권만 갖고 있으려고 한다. 마음의 양식과 안목을 주는 책은 마음속 깊이 간직하고 참고 자료로 필요한 책은 시대에 걸맞게 디지털로 보관하면 좋을 것 같다. 정보의 바다에서 표류하지 않도록 불필요한 것은 과감히 정리해 덜어내야 한다.

왜 하필
메뚜기였냐면

예전에는 주변 어디에나 논이 많았다. 친구들과 논에서 잡은 메뚜기를 강아지풀에 주렁주렁 꿰어 누가 많이 잡나 겨루던 어린 시절 기억이 아직 생생하다. 잡은 메뚜기는 불을 피워 구워 먹었다. 개구리도 구워 먹어 보라고 친구들이 나누어 주었지만, 개구리는 차마 불쌍해서 먹지 못했다.

농업을 중시해 온 우리나라 논 주변에서 가장 친숙한 곤충을 꼽으라면 벼메뚜기가 아닐까 싶다. 늦가을 황금빛 벼 이삭 물결과 함께 벼메뚜기도 누렇게 익어가는 모습은 가을의 정취를 만끽하게 해 준다.

어쩌다 왜 하필이면 무슨 이유로 메뚜기를 전공하게 되었는지 가끔 질문받을 때가 있다. 선견지명이 있었던 것일까? 아니면 무모한 선택이었을까? 후배 C는 아무도 건드리지 않은 곤충을 참 잘 선택했다고 하면서 앞으로 또 그런 곤충이 있을지 묻기도 했다. 내가 공부를 시작했을 때 메뚜기 연구가 전혀 안 되어 있었던 것은 아니다. 앞선 누군가가, 한국인보다는 외국인이 기초를 닦아 놓았다. 그 위에 내가 약간의 지식을 덧붙여 보탰고 앞으로 또 누군가가 그 위에 다른 업적을 쌓을 것이다. 과학계에 작은 벽돌 한 장 얹어 도움이 된다면 그것으로 족하다.

보통은 지도교수님의 권유를 받는데, 메뚜기를 선택한 것은 순전히 나 스스로의 결정이었다. 대학원에 진학할 때 내 정보력과 판단으로는 순수 곤충분류학에는 종 다양성이 높은 딱정벌레나 나방을 연구하는 인력이 많았다. 그리고 응용곤충학에서는 진딧물, 매미충 같은 농업 해충을 주로 연구하고 있었다. 나비나 잠자리는 학문의 대상이라기보다 수집, 사진, 전시 문화의 아마추어리즘 성격이 강한 분류군이었다. 거미 연구도 권유받았지만 이미 앞선 연구자들이 있어 선구자가 되지 못할 것 같았고, 지도교수님은 딱정벌레목을 특화해 다른 실원들은 전부 딱정벌레를 연구했다.

여러 곤충 중에서 틈새시장에 놓인 메뚜기를 연구한다면 나름 개척하는 재미도 있고 써먹을 분야도 많을 것 같다는 생각이 있었다. 무엇보다 내가 관찰한 메뚜기의 정확한 이름과 종 다양성이 궁금했다. 한국에서 메뚜기 연구는 오랫동안 단절되어 있어 새로 밝히고 정리해야 할 것이 많아 보였다. 그리고 메뚜기는 농업 해충이자 식용 곤충, 문화 곤충으로서 익충이기도 하고 울음소리를 내는 행동 특징도 흥미를 끌었다. 연구를 진행해 보니 논밭뿐만 아니라 인가, 동굴, 습지, 바닷가, 강가, 고산지대, 섬 등 온갖 환경에 걸쳐 적응해 종류가 무척 다양함을 알게 되었다. 심지어 관찰이 어려운 희귀종이나 멸종위기에 놓인 메뚜기도 있어 보였다.

표본을 관찰하려고 전국의 대학과 연구소를 돌아다녔고 한국산 표본이 많은 해외 박물관도 몇 군데 다녀왔다. 다양한 채집 조사와 사육을 통해 메뚜기를 이해하는 안목을 키울 수 있었다. 다만 국내에 자료가 빈약해 해외 자료를 많이 구했는데, 일면식도 없는 외국인의 요청에 흔쾌히 자기 논문을 모두 보내 준 세계 메뚜기 전문가들의 동료애는 따뜻했다. 일본의 이치카와 아키히코, 이시카와 히토시 선생은 일본 메뚜기 학회 회원으로 논문과 표본을 보내 주었고 의견도 자주 교환했다. 중국과학원의 샤카이링 박사, 타이완대학교의 양정쩌 교수, 독일의 잉그리시 박사, 헬러 박사, 오스트레일리아의 렌츠 박사도 많은 논문과 편지를 보내 주었다. 특히 렌츠 박사는 남한의 메뚜기 신종을 발표한 적이 있어서 석사 과정을 마칠 무렵 그가 발표한 신종에 대해 의문을 표한 적이 있는데, 그래서 연구가 계속 필요하다는 답장을 보내 주어 감사했다. 폴란드의 코스티아 박사는 북한을 탐사하고 남한에도 다녀갔지만, 내가 연구를 시작할 무렵에는 연구를 접었다고 해 아쉬움이 컸다. 다른 나라와 교류가 쉽지 않던 시절부터 분류학계에 이어져 온 논문, 서신, 표본 교환 문화는 일종의 끈끈한 전통과 같았다. 해외 연구 기관에 방문할 일이 있을 때 같은 분야의 연구자가 있으면 큰 도움이 된다.

국립기관 연구자가 된 지금 되돌아보면 나의 선택은 나쁘지 않았다. 무엇보다 자신이 연구의 즐거움을 느끼는 것이 제일 중요할 것이다. 메뚜기 연구를 하면서 발견과 발표의 성취감도 있었고 경력이 쌓여 독립적인 과제도 수행할 수 있었다. 무엇을 연구하느냐도 중요하겠지만 어떤 태도로 임하는가도 중요할 것이다. 나름 한국의 메뚜기를 낱낱이 밝혀 총정리한다는 사명감이 있었다. 아무리 적은 양의 정보라도 확인하기 위해 발품을 팔고 시간과 노력을 들였다. 지식을 널리 알리고자 홈페이지도 운영하고 블로그에 글을 올리기도 했다. 내가 연구하기 전에는 메뚜기에 흥미 있다는 사람을 전혀 만나지 못했지만, 내가 연구한 뒤로 메뚜기에 관심을 보이는 후배들이 조금씩 생기는 것 같아 기쁘다.

연구직으로 근무하다 보니 항상 논문을 써야 한다는 즐거움과 압박감이 동시에 존재한다. 사실 처음 쓴 논문을 지금 다시 보면 정말 많이 부족하다. 지도교수님의 가르침을 받긴 했지만 왜 그것밖에 못 썼나, 사진과 도판에 정성을 더 기울였어야 했는데 출판에 급급했다는 후회가 있다. 경험과 내공이 부족했을 때였다. 시대가 변해 신기술과 방법, 연구 결과가 쏟아져 나와 앞으로 쓸 논문도 고민이다. 그렇지만 꾸준히 쓰려고 노력하고 있고 혹독한 심사평과 퇴짜 맞을 각오도 하고 있다. 과제의 성과를 논문화할 때면 의무감으로 힘들기도 하지만, 그래도 즐기면서 쓰려고 노력한다. 최근에는 직접 쓰기보다 동료, 후배들과 공저하거나 논문 심사를 보는 일이 많아졌다.

현직에 있을 때는 각종 업무로 얽매여 논문을 쓰지 못하다가 퇴직 후에 비로소 자기 논문을 쓰는 분류학자도 있다. 헝가리의 앙드뢰디는 60세에 법관에서 은퇴한 후 이전부터 관심이 있던 장수풍뎅이 연구를 위해 헝가리 자연사박물관을 드나들며 세계의 장수풍뎅이 모노그라프(한 가지 주제를 상세히 기술한 기록물)를 완성했다. 미국의 로스 박사 역시 현직에서는 모기 생리학을 연구하다가 퇴직 후에 비로소 바퀴 분류 연구를 시작해 타계할 때까지 하버드 비교 동물학 연구실 객원 연구원으로서 많은 논문을 썼다. 또 나와 논문도 같이 쓰고 가끔 연락하고 있는 일본의 니시카와 마사루 박사는 오츠카 제약 회사에서 퇴직한 뒤 더 활발히 집게벌레 논문을 쓰고 있다. 우리나라에는 퇴직 후에도 여전히 왕성한 논문을 쓰시는 이한일(연세대) · 박규택(강원대) 교수님이 계시다.

교육 프로그램이나 강의도 즐거운 시간이다. 예전 강의에는 참석자들의 절반은 호기심, 절반은 생소하게 듣는다는 인상을 받곤 했지만, 요즘은 많은 분이 곤충에 관심을 보이고 있다. 어쩌다 한두 명 극혐이나 극복하기 어려워하는 분을 만나기도 한다. 물론 곤충을 누구나 다 좋아할 필요는 없지만, 그래도 최소한 형평성 있게 다른 동식물과 동등한 생명체로 대한다는 느낌을 많이 받는다. 가끔은 내 강의를 이미 몇 번 들었던 분을 만나기도 한다. 그럴 때면 저 사람은 맨날 똑같은 이야기만 한다는 말이 연상되어 어떤 변화를 주면 좋을지 고민스럽다.

"다 까먹어서 괜찮아요. 반복 학습이 중요하지요."

이런 말을 들으면 감사하다. 생각지 못한 부분을 알려 주면 정말 고맙고 더 공부해야겠다는 자극도 된다. 설명할 때는 앞에서 꾸벅꾸벅 졸다가 끝나갈 때쯤 갑자기 깨더니 "강의 참 잘 들었습니다. 감사합니다, 박사님" 하는 어르신도 있었다. 잘 모르더라도 열심히 참여해 주시는 분들이 고맙다. 쉬는 시간이면 자신이 찍은 휴대폰 속 곤충 사진을 보여 주고 무엇인지 묻는 분들도 많이 생겼다. 이제 곤충도 사람들의 일상 관심사가 된 것 같아 기쁘다.

메뚜기도 한철이라는 말은 흔히 주변에서 메뚜기를 볼 수 있고 사계절 변화가 뚜렷한 우리나라에서 만들어질 수 있는 속담이다. 메뚜기 전공자로서 활동할 수 있는 시간과 범위 내에서 연구하고 알리고 누군가에게 도움을 주며 알차게 이 계절을 보내고 싶다. 메뚜기라고 하면 보통 개그맨 유재석 씨를 떠올릴 텐데, 나를 떠올려 주는 것만으로도 감사한 일이다.

하늘엔 별,
지구엔 곤충

최근에 내가 쓴 책《곤충 수업》을 주제로 과학 독서 모임이 있었다. 한 분의 질문이 기억에 남는다.

"저 하늘에 별이 많은가요? 지구상에 곤충이 많은가요?"

아마 천문학에 관심이 있거나 전공하신 분으로 보였다. 그 자리에서 쉽게 답하지 못했지만, 정답을 원하기보다 어떤 철학적인 질문으로 생각됐다. 나중에 지구상에 존재하는 곤충의 숫자가 10경에 달한다거나 우주의 별은 2천억 조에 달한다는 기사를 보았다. 별과 곤충은 너무 동떨어져 있어 공통점이 없을 것 같지만, 이 질문처럼 무수히 많다는 점에 모두 동의하는 것 같다. 왜 그렇게 지구에는 곤충이 많이 생겼을까?

45억 년 지구의 역사가 시작된 이래 기후와 환경은 생명체의 출현으로 점점 더 복잡다단해졌다. 4억 년 전 처음 탄생한 원시 곤충은 생태계의 빈자리를 찾아 틈새시장을 개척하고 급속히 적응하며 흩어졌다. 서로가 서로에게 먹고 먹히는 경쟁과 공생, 배타와 협력 관계 속에 다양성은 점점 높아지고 생명의 역사는 뿌리 깊은 나무처럼 거대하게 성장했다. 지구는 무수히 많은 곤충을 포함해 모든 생명체를 부양할 수 있을 만큼 풍요로워졌다. 육상 환경 곳곳에 깃든 곤충은 마침내 작지만 별처럼 빛나는 존재가 되었다. 그렇지만 안타깝게도 지금 우리는 인간이 원인인 여섯 번째 대멸종 시대에 살고 있다.

별을 연구하는 천문학자와 곤충을 연구하는 분류학자는 발견의 기쁨을 추구한다는 공통점이 있다. 분류학자들은 항상 새로운 발견을 꿈꾼다. 어딘가에 알려지지 않은 곤충이 있지 않을까? 〈마이크로코스모스(군 제대 후 종로 낙원상가 허리우드 극장에서 보았던 프랑스 다큐멘터리 영화 제목)〉에 사는 미지의 곤충, 어쩌면 그곳에 이전에 전혀 알려지지 않은 신종 곤충이 살고 있을지도 모른다. 그것을 발견하기 위해 오지 탐험도 떠나고 현미경 관찰도 하고 유전자 분석도 한다.

최근의 신종 곤충은 매우 특수한 환경에 고립된 종이거나 처음에는 한 종으로 알았는데 유전자 분석 연구로 여러 종으로 밝혀지는 경우가 있다. 특히 고립된 종은 훼손되지 않은 미답 지역에서 발견되지만, 동시에 환경 교란이 일어나면 곧 사라질 위험에 처한 절멸 위기종이기 쉽다. 내가 석사 과정 때 발견한 산여치(*Sphagniana monticola*)는 백두대간의 산꼭대 기 풀밭에 사는 고유종이고 박사 과정 때 발견한 제주청날개 애메뚜기(*Megaulacobothrus jejuensis*)는 제주도 한라산 꼭대기 에 서식하는 고유종이다. 만약 한반도에 온난화가 심해진다 면 위기에 놓인 구상나무처럼 산 위에서 더 이상 살지 못하 고 사라질 가능성이 높다.

막연했던 스무 살 때 내 꿈은 지구상의 생명체를 모두 한 번 만나 보는 것이었다. 직업이 무엇이 될지는 몰랐지만, 종 다양성이 가장 높은 곤충에 관심이 많았기에 곤충분류학을 전공하여 연구직이 되었다. 세월이 흘러 결혼하고 직장 다니 는 사회인으로 살고 있지만, 여전히 새로운 곤충을 만날 때면 흥분되고 그때 꿈에 조금 더 다가간 것 같아 기쁘다. 별은 멀 리 떨어져 있어 다가가기 어렵지만, 곤충은 우리 손 아래 가 까이 마이크로코스모스에 살고 있어 조금만 관심을 기울이 면 무궁무진한 세계를 얼마든지 만날 수 있다.

천문학에서는 망원경으로 우주를 관찰하지만, 곤충학에서 는 현미경을 사용해 미세 구조를 관찰한다. 처음 책을 쓰고 받은 인세로 현미경을 한 대 장만했다. 물론 학교 실험실에도 현미경은 있었지만, 보고 싶을 때 언제든지 쓸 수 있는 현미경이 가까이 있으면 좋겠다고 생각했다. 현미경의 접안렌즈 배율을 좌우 내 시력에 맞추고 책상 위에 올려 두었다. 궁금했던 메뚜기 표본을 대물렌즈 아래에 세팅하고 ×20, ×40, ×80으로 점점 크게 확대하면서 보면 확실히 느낌이 다르다. 현미경을 처음 발명한 레이우엔훅이 마이크로 세계를 들여다보았을 때 느낌이 이랬을까? 메뚜기의 얼굴부터 겹눈, 더듬이, 큰턱, 수염, 앞가슴등판의 주름과 날개, 마찰기관, 다리에 돋은 가시와 융기, 발톱과 욕반, 배 아랫면을 살펴보고 고막, 산란관, 생식기 부근까지 죽 살펴본다.

'얘는 왜 이렇게 생겨야 했을까? 이 이상한 구조는 뭘까?'

몸에 난 털과 상처, 먼지, 배설물의 흔적까지 고스란히 마주친다. 우주인이 달에 착륙해 첫걸음을 딛으며 표면을 살펴듯 현미경으로 관찰한 곤충의 미세 구조는 모두 새롭게 시야에 와 닿는다.

수컷의 생식기는 종을 결정할 때 자주 쓰이는 형질이다. 겉모습이 비슷한데 구분하기 애매한 종류는 표본을 며칠간 데시케이터에 넣고 연화시킨다. 그리고 부드러워진 배 끝에서 뾰족한 바늘을 이용해 생식기를 적출한다. 크기가 작은 표본은 아예 배를 떼어 내기도 하는데, 수산화칼륨(KOH) 용액에 밤새 담그면 단백질이 녹아 단단한 생식기의 골편 구조를 관찰할 수 있다.

"밑들이메뚜기와 팔공산밑들이메뚜기는 어떻게 구별하나요?"

"수컷 생식기를 뽑아 봐야 알 수 있어요."

무심코 대답했지만, 보통 사람들이 듣기에 자칫 오해의 소지가 있음을 뒤늦게 깨달았다. 좀 더 깊이 들어가면 전문 용어를 쓸 수밖에 없는 상황이 온다. 곤충분류학자는 모두 생식기 전문가가 아니던가!

곤충의 생식기는 왜 특화되었을까? 포유류에서 치아나 뼈를 비교하거나 연체동물에서 패각을 살펴보는 것과 비슷하다. 단단하고 복잡한 구조가 종을 구별할 때 요긴함을 전공하면서 알게 되었다. 곤충의 생식기는 평상시에는 내부에 감춰져 있어 환경의 영향을 덜 받으며 열쇠와 자물쇠의 원리로 종간 격리를 이루고 있다. 크기가 작은 곤충도 뇌를 비롯한 신경계, 소화계, 순환계, 배설계, 생식계 등 있을 것 다 있고 할 것 다 한다.

종을 동정하기 위해 논문을 뒤져 검색표와 그림을 참고한다. 가능한 모식표본에 근거한 최초 원기재문을 우선 참고한다. 그런데 오래된 원기재문은 불과 한두 줄에 불과한 경우도 많다. 당시에는 그 정도만 묘사해도 비교 대상이 없었기에 충분했을지 모르지만, 지금의 알려진 곤충 종다양성은 어마어마하다. 형질을 비교할 만한 단 한 장의 그림조차 없을 때 글자만 읽고 내가 보고 있는 표본이 그 종이 맞는지 심각한 고민에 빠진다. 이후에는 그 종이 언급된 모든 출판 자료를 훑어야만 한다. 사진 자료가 훌륭한 최신 개정 논문이 있다면 제일 좋다. 모식표본과 원기재문을 대조한 저자가 이미 많은 고민을 하고 논문을 썼기에 가능하면 그대로 믿으려고 한다. 분류학자 중에는 그림 솜씨가 뛰어난 저자들이 있다. 정말 부러운 능력이다.

곤충분류학에 입문했을 때 얼마나 많은 종을 알 수 있을지, 또 얼마나 많은 곤충을 만날 수 있을지 예상하지 못했지만 근거 없는 자신감과 기대감이 있었다.

'걸어 다니는 곤충 도감이 되자!'

아마도 곤충분류학자가 가장 많이 받는 질문은 "이 곤충의 이름은 무엇인가요?"일 것이다. 전 세계 곤충은 90만 종, 한국의 곤충은 2만 종이나 되는데 어떤 곤충인지 어떻게 알 수 있을까? 전문가는 정말 이것을 다 아는 사람인가? 한국의 메뚜기를 전공해서 180종 정도의 종을 구별하는 것은 0.1초도 걸리지 않지만, 만약 내게 전혀 생소한 것을 묻는다면 어떻게 알 수 있을까? 내 분야가 아닌 곤충을 알기는 무척 어려운 일이다. 무슨 종류인지 대강이야 알 수 있지만, 정답은 그 곤충을 전공한 사람에게 물어야 한다. 만약 자주 보거나 흔한 곤충이라면 사전 지식이 있어 알려 줄 수 있다. 그러나 전혀 정보도 없고 접해 보지 못한 곤충이라면? 시간이 얼마나 걸릴지 알 수 없는 질문이다. 분류학을 전공했다면 그나마 자기 분류군이 아니더라도 최소한 목이나 과, 속을 구별할 수 있을 것이다. 그러나 빨리 가는 길을 알 뿐이다.

가끔 이런 질문을 받기도 한다.

"박사님은 곤충을 몇 종이나 알고 계세요?"

헤아려본 적은 없지만, 'iNaturalist'에서 내 통계를 살펴보니 한국산 곤충은 1,850종 이상 사진으로 찍은 것 같다. 사실 수박 겉핥기로 이름만 겨우 아는 것이 대부분이다. 메뚜기목을 전공하면서 한 종 한 종 그들의 연구사와 형태적 특징, 다양한 변이를 관찰하게 되었고 최근 동료들의 연구로 밝혀지는 유전자 서열 정보까지 접하고 나니 한 종을 제대로 아는 것도 결코 쉽지 않다는 것을 깨닫게 되었다. 보이는 게 전부가 아니다.

분류학은 생물학의 가장 기초 과목으로 처음에 공부하긴 어려워도 생물 종을 알고 싶은 대중에게 어필할 수 있는 장점이 있다. 이름을 바로 알면 이름에 얽힌 백과사전적 연관 지식을 펼칠 수 있다. 분류학자들은 학명을 얼마나 많이 알고 있는가를 은연중에 자랑으로 여긴다. 특히 외국학자들과 대화를 나눌 때면 그런 느낌을 많이 받는다. 그렇지만 많은 곤충이 이름만 겨우 알려졌을 뿐이다. 해충이나 익충이 아닌 대다수의 곤충은 깊이 있는 연구가 별로 이루어지지 않았다. 생태학, 생리학, 행동학, 유전학 등 다른 심화 연구가 뒤따라야 더 자세히 알 수 있다.

아내와 다음 생에 동물로 태어난다면 무엇이 되고 싶은지 이야기한 적이 있다. 아내는 두루미가 되어 하늘을 훨훨 자유롭게 날고 싶다고 했고, 나는 고래가 되어 깊은 바닷속을 들여다보고 싶다고 했다. 오래전 프랑스 영화 〈그랑 블루〉를 떠올렸다. 영화 배경이 되는 푸른 바다 색깔 블루를 나는 가장 좋아한다. 아주 어렸을 때 최초의 기억은 어머니 등에 업혀 갔던 극장이다. 캄캄한 어둠 속 공간, 영사기에서 쏟아지던 온통 푸른 빛을 어렴풋이 보았는데 해마체 깊은 곳에 파란색이 잔영처럼 박힌 모양이다. 암흑의 코스모스에 한 줄기 빛이 비친다면 그 색깔도 짙은 파랑이 아닐까?

곤충의 신비한
7단계 생존 전략

한참 더운 8월에 논산 신병 훈련소에 입대했다. 군에 가면 체력이 많이 달린다고 해서 나름 운동도 하고 각오도 다졌지만, 머리를 깎을 때 나도 몰래 눈물이 핑 돌았다. 머물던 사회와 단절된다는 느낌 때문이었을 것이다. 그동안의 삶을 반성하기까지 그리 오랜 시간이 걸리지 않았다. 연병장 땡볕에 선착순 달리기를 하고 화생방 실에서 가쁜 숨을 참으며 '사회에 있던 때가 좋았던 때'라는 말을 실감했다.

신병 훈련 중에 배운 말로 아직 뇌리에 남아 있는 용어가 은폐와 엄폐다. 은폐는 적에게 들키지 않게 배경과 비슷하게 위장하는 것(녹색 군복), 비슷하지만 철자가 다른 엄폐는 어떤 보호물(진지)에 몸에 숨긴다는 뜻으로 약간 다른 말이다. 군인은 은폐와 엄폐를 철저히 몸에 익혀서 생활해야 한다고 교관에게 배웠다.

숲에 사는 곤충은 누구에게 배우지도 않았지만, 모두가 은폐와 엄폐의 전문가다. 야생에서 모습 감추기는 생존과 직결된 문제로 먹고 먹히는 먹이사슬 관계 속에서 연약한 곤충이 오랜 진화 역사를 통해 발달시킨 생존 전략이다. 이들의 삶은 한마디로 '들키면 죽는다'. 숲에서 곤충을 관찰할 때 느낀 그들의 생존 전략을 7단계로 구분해 보았다.

1단계 **'은폐와 엄폐'**. 보호색으로 주위 배경과 어울려 적의 시선을 피하라. 대개의 곤충은 풀이나 나무에 붙어 있어도 움직이지 않으면 찾기가 불가능하다. 녹색은 녹색 잎에, 갈색은 갈색 낙엽에 앉아 철저히 위장하고 있다. 어쩌면 이들은 주위 배경까지 완벽히 이해하고 있다. 자신의 색과 어울리는 배경을 찾을 뿐만 아니라, 방향까지 어울리게 자세를 취한다. 잎맥의 방향과 잎사귀 썩은 부분, 나무껍질의 질감까지 자연 속에 동화된 모습 그 자체이다. 잎사귀를 실로 싸매고 지푸라기를 엮어 자기 몸을 엄폐한 애벌레도 많다. 마치 이렇게 외치는 듯하다.

"나는 여기 없다." (복잡한 사회생활 속에 남과 부딪치지 않고 살아가려면 있는 듯 없는 듯 곤충처럼 조용히 사는 것도 나쁘지 않다.)

2단계 **'의태'**. 모습까지 자연물을 닮아라. 자벌레나 대벌레처럼 나뭇가지나 나뭇잎, 혹은 꽃과 이끼, 새순, 옹이까지 자연에 흔히 존재하는 형상을 그대로 닮았다. 몸의 형태도 납작하거나 길고 돌기가 나거나 장식물이 있어 움직이지 않으면 눈치 채기 어렵다. 심지어 눈에 잘 띄더라도 새똥이나 돌멩이 따위 같은 적이 별로 관심 없는 대상을 흉내 낸다. 하필이면 많고 많은 것 중에 똥을 닮았을까? 아마 곤충의 가장 큰 천적인 새가 가장 관심 없는 것은 자신이 싼 똥이기 때문일 것이다. 의태는 생존에 무척 유리한 전략이다. 메시지는 분명하다.

"나는 내가 아니다."

3단계 **'착시'**. 시선을 강탈해라. 전체 윤곽을 파악하기 어렵게 만드는 분단된 색을 띠는 곤충들이 있다. 기생재주나방, 참나무재주나방처럼 특이한 무늬가 몸통을 가로질러 어디가 앞이고 어디가 뒤인지 어디가 위고 어디가 아래인지 분간하기 어렵게 만든다. 기묘한 색상과 자세는 배경과 어울려 윤곽을 흩뜨리고 적에게 혼동을 일으킨다. 특별한 눈알 무늬도 있다. 눈알 무늬는 특히 머리가 아니라 감춰진 뒷날개에 있거나 머리와는 정반대 뒤쪽에 있어 시선을 다른 방향으로 돌리게 한다. 이것은 분명 포식자의 판단을 흐리게 해서 깜짝 놀라게 하거나 공격받더라도 생존에 중요한 머리를 다치지 않게 보호하는 효과가 크다.

4단계 **'의사(疑死)'**. 들켰다면 죽은 척해라. 많은 곤충이 충격을 받으면 나뭇잎, 나뭇가지에서 뚝 떨어져 죽은 척한다. 몸을 수축시키고 더듬이와 다리를 착 붙이고 움직이지 않으면 곤충인지 무엇인지 분간하기 어렵다. 특히 작고 둥근 곤충이 땅에 떨어지면 돌멩이인지, 씨앗인지 구별하기 어렵다. 이럴 때 보호색이나 의태를 띈다면 효과가 더 크다. 아무리 쳐다보고 있어도 깨어나지 않는 시간과의 대결. 죽은 척하는 곤충을 관찰하다가 결국 나도 포기하고 돌아서 버렸다.

5단계 **'도주'**. 특별한 능력이 없다면 재빨리 도망쳐라. 《손자병법》의 기본은 싸우지 않고 승리하는 것이며, '삼십육계'에서도 승산이 없으면 물러나 후퇴하는 것이 용기라고 역설적으로 말하고 있다. 많은 곤충이 순간적으로 뛰거나 튀거나 땅에 떨어지면서 동시에 날아간다. 달아나는 모습이 창피하더라도 사는 것이 더 중요하다. 나를 무사히 적으로부터 보호한다면 생존경쟁에서 승리할 수 있다. (나도 중고교 시절 돈 뜯는 무리를 만났을 때 말을 듣는 척하다 재빨리 도망친 적이 몇 번 있다.)

6단계 **'대적'**. 마지막으로 어쩔 수 없다면 위협과 공격으로 적을 물리쳐라. 사나운 큰턱이나 날카로운 가시가 있거나 분비물을 내는 곤충들은 이 전략을 쓸 수 있다. 당랑거철(螳螂拒轍)의 주인공 사마귀는 최후의 수단으로 공격 자세를 취한다. 가뢰는 몸에서 독성물질이 섞인 노란 피를 줄줄 흘린다(출혈 반사).

"이래도 나를 괴롭힐래?"

착해 보이는 곤충이 갑자기 사나워지면 조용히 피할 수밖에……. (내성적인 성격을 바꿔 보고자 나도 고교와 대학 시절 태권도와 택견을 배우기도 했다.)

7단계 **'경고'**. 건드리지 말라고 사전에 알려라. 오히려 유난히 눈에 잘 보이는 전략으로 무당벌레, 쐐기, 말벌 같은 곤충이 있다. 상대방을 괴롭힐 수 있는 독과 무기가 있기에 자신감으로 일부러 눈에 잘 띄는 경계색을 갖는다.

"나는 맛이 없으니 그냥 가라."

화려한 것은 독이 있다는 말을 상기시킨다. 번외로 허풍, 허세가 더해진 사기꾼 전략도 있다. 실제로는 무해한데 뱀의 머리와 혀를 흉내 내는 나방 애벌레, 무당벌레나 말벌을 닮은 바퀴와 꽃등에도 있다. 생존경쟁이 심한 열대지방에 특히 유독 생물을 닮는 의태 현상이 많이 알려져 있다. 이는 2단계와도 겹치는 전략이다.

1단계에서 3단계까지가 수동적 대처 방법이라면, 4단계부터 7단계는 능동적 방어 전략이다. 곤충의 생존 전략은 하나하나가 무척 재미있는 이야기로 들려온다. 돌을 닮은 메뚜기와 나뭇잎을 닮은 여치, 무당벌레를 닮은 바퀴를 볼 때마다 나는 그들이 참 별난 모습으로 살아남고자 애쓰는 생명체임을 깨닫는다.

　최근의 꿈 이야기다. 어딘가 어두운 도시에서 길을 찾아 아내와 걷고 있었는데 갑자기 거대 동물과 마주쳤다. 아내가 무서워해서 거대 동물을 피해 다른 길로 들어서자 곤충 체험 농장에 입장하게 되었다. 내게는 곤충의 왕국이다. 누군가가 우리를 아는 척 반갑게 맞이했다. 온갖 다채로운 곤충들이 시선을 끌었고 나는 즐거움과 편안함을 느꼈다. 옆을 보니 담벼락에 돌을 닮은 특이한 메뚜기가 앉아 있었다. 나는 그것을 잡으려고 가까이 살금살금 다가갔다. 덥석 잡고 보니 그것은 메뚜기가 아니라 등산 배낭의 일부로 변해 버렸다. 곤충의 현란함에 속은 개꿈이었지만, 꿈에서 깨어나니 내가 왜 곤충을 좋아하는지 확실히 깨달을 수 있었다.

　몇 년 전 가족과 함께 본 영화 〈신비한 동물 사전〉이 떠올랐다. 주인공 뉴트가 들고 다니는 가방을 열면 상상 속 마법 동물이 등장한다. 그것은 꿈과 현실이 결합해 만들어 낸 비현실의 동물이다. 그렇지만 곤충은 상상이 아니라 지구상에 현실로 존재하는 진짜 생명체로 영화 속 판타지 이상으로 관찰자를 기만하고 현혹한다. 나는 그 '신비한 곤충 사전'을 꺼내 읽는 독자다. 앞으로 또 어떤 미지의 생명체가 세상에 알려질까 궁금하기만 하다.

7장

바다 건너의 곤충들

생명체가 손짓하는 넓은 세상으로

네팔
사는 곳이 다르면 모습도 달라진다

1997년 7월 17일. 우리는 홍콩을 경유해 네팔의 수도 카트만두로 떠나는 비행기에 올랐다. 객실에 오르자마자 열대 아시아 특유의 향신료 냄새가 코를 찔렀다. 비행기 안은 마치 시골 기차 칸 같은 분위기였는데, 여기저기 짐을 잔뜩 든 사람들이 자리를 찾아 헤매는 동안 머릿속에 과연 이 비행기가 뜰 수 있을까 하는 의구심이 들었다. 그러나 이윽고 비행기 창밖 아래로 수많은 하얀 구름이 깔리고 성층권보다 높이 올라온 듯 차가운 저녁놀을 바라보다 늦은 밤 불빛이 반짝거리는 공항에 착륙했다. 가이드의 유창한 한국말 안내 속에 MBC 드라마 〈산〉의 촬영 팀이 묵었다던 한국관으로 향했다.

7월 18일. 아침 일찍 일어나 숙소의 옥상에서 맑은 공기를 마시며 카트만두의 전경을 감상했다. 오랜 거주지에 드넓은 하늘이 한가득 펼쳐진 아름다운 도시였다. 오전에 왕가의 별장이던 고다바리 식물원에 도착했다. 커다란 나비가 곳곳에 날아다니고 굵은 나무마다 곤충의 허물과 미니 사파리를 볼 수 있었다. 희고 붉은 화려한 색상의 상투벌레는 머리가 툭 튀어나온 상투 모양이 특이한데, 친척인 매미충과 마찬가지로 놀라니 훌쩍 뛰어 날아올라 저만치 도망가 버렸다. 낮은 소리로 약하게 우는 소형 매미, 녹색 날개와 빨간 눈의 매미, 가시 돋친 대벌레를 만났다. 왕잠자리나 줄베짱이처럼 우리나라에서 흔히 보던 곤충도 있었다.

오후에는 본격적인 히말라야 탐사를 위해 차를 타고 포카라로 이동했다. 중간중간 쉬는 사이 곤충을 보았는데 낮익은 한국 곤충이 발견되기도 했다. 하지만 한국에서 크기가 컸던 녀석이 여기서는 작아 보이고, 작았던 녀석은 커 보이는 등 조금씩 느낌이 달랐다. 빛깔도 왠지 차이가 있었다. 아무래도 곤충의 먹이 식물이 한국과는 많이 다르기 때문일 것이다. 이국적인 나비와 잠자리, 금속광의 딱정벌레도 보았다.

늦은 오후 도착한 포카라에 비가 내리기 시작했다. 정확히 4시 무렵이면 비가 쏟아지는 이곳 날씨는 참으로 인상적이다. 더운 낮에 증발한 수증기가 하늘로 올라가 두꺼운 구름을 만들고 오후가 되면 빗방울이 되어 그대로 다시 낙하하는 스콜이다. 저녁 식사 후 내리는 비에 쉬고 있는데, 바지에 뭔가가 붙었다. 장수풍뎅이 암컷이 식당 불빛에 날아왔다 나를 알아보고 내려앉은 것 같다. 기특한 녀석!

7월 19일. 이른 아침, 유명한 포카라 호수를 구경했다. 과(科)조차 알 수 없는 낯선 곤충들이 나를 즐겁게 했다. 그런데 카메라 촬영 자세를 잡기 위해 풀 속에서 이리저리 움직이던 순간 '악!' 고통에 찬 비명을 지르고 말았다. 어떤 풀에 팔뚝을 긁혔는데, 마치 수백만 볼트의 전기가 통하는 듯한 심한 통증이 밀려와 한참을 꼼짝하지 못했다. 그 풀은 쐐기풀의 일종이었는데 잎사귀에 무시무시하게 돋아 있는 가시를 미처 못 본 것이다. 나중에야 안내인이 매우 위험하다고 말해 주었는데 이미 때는 늦은 다음이었다. 그 후로 이 풀만 보면 슬슬 주변을 피해 다니게 되었다. 호수 주변에는 잠자리 종류가 많았다. 날개가 다 찢어지도록 치열한 짝짓기 경쟁과 영역 다툼에 몰두하는 큰 잠자리들을 목격했다.

드디어 도착한 히말라야 자락에서 가장 먼저 나를 맞아준 녀석은 메뚜기였다. 고산의 메뚜기는 날개를 소실하는 경향이 많고 지역 집단으로 갈라져 다양성이 높은데, 유충처럼 보이지만 실은 날개가 퇴화한 성충이었다. 놀라운 보호색으로 나무껍질로 완벽히 위장한 여치도 만났다. 색깔이 화려한 가뢰는 거리낌 없이 자신을 드러내며 활동했는데, 분명 몸에 독이 있을 것이다. 자신을 방어하기 위해 독을 품은 유독 식물과 이를 먹기 위해 공진화한 독충이 쉽게 발견되었다. 이 외에도 바구미, 거저리, 꽃무지 등 딱정벌레가 눈에 많이 띄었는데 확실히 울긋불긋 치장이 요란하다.

저 멀리 눈 덮인 마차푸차레산 정상이 시원하게 보이는데 그 아래에 위치한 이곳은 무척이나 더운 아열대 날씨로 우리를 쉽게 지치게 했다. 트레킹을 하는 산길 곳곳에 간이 숙박 시설인 로지가 있어서 틈틈이 쉴 수 있었다. 네팔인들이 즐겨 마시는 밀크티와 더운 차를 마시며 갈증을 달랬는데, 눈에 익숙한 코카콜라 상표가 이 높은 곳까지 점령하고 있어 깜짝 놀랐다. 로지의 간이침대에 빈대가 있을까 기대했지만, 만나지는 못했다.

7월 20일. 밤새 내리던 비가 역시나 뚝 그치고 맑은 아침 날씨가 우리를 맞아 주었다. 전형적인 산악국가인 네팔에는 산과 더불어 계곡이 잘 발달했다. 더구나 우기라서 매일 밤 폭우가 내리는데, 곳곳에서 물이 흐르니 자연히 수서곤충상이 잘 발달했다. 해가 쨍쨍한 낮에는 무척 다양한 잠자리가 날아다니거나 주위에 내려앉았다. 우리나라에도 분포하는 된장잠자리와 밀잠자리류가 많았고 날개에 점박이 무늬가 특이한 잠자리, 배가 빨갛거나 파란 여러 가지 잠자리가 많았다.

우거진 밀림에서 우연히 만난 불청객은 거머리였다. 거머리는 정말 타고난 흡혈 생물이다. 우리나라 거머리는 논에서 일할 때 물속에 잠긴 다리에 들러붙는데, 네팔의 거머리는 육상에서 생활한다. 산길 주변에 늘어진 풀 아래를 보면 마치 낙하산병처럼 대기하고 있는 거머리 부대를 볼 수 있다. 지나가던 사람이건 동물이건 간에 뭔가가 이 풀을 건드리게 되면 거머리들은 재빨리 움직이며 상대방에게 들러붙기 위해 꿈틀거린다. 나는 처음엔 운동화에 이물질이 들어간 줄로만 알았다. 자꾸 거추장스러운 느낌에 신발을 벗어 보니 핏자국이 있어 깜짝 놀랐다. 운동화 안에 몰래 숨어 들어간 거머리가 양말 위로 주둥이를 지독하게 붙이고 피를 빨고 있던 것이다. 거머리에게 물린 상처는 피도 잘 멈추지 않았다. 마치 질긴 생고무 같아서 발로 밟아도 쉽게 죽지 않는 이 흡혈귀의 공격을 그 후로도 대여섯 번 이상 당했다. 언제나 내 몸 상태에 주의를 기울여야 거머리를 예방할 수 있었다. 로지에서 만난 한 염소의 목에서 굵은 핏방울 자국을 보았는데, 통통해진 거머리는 동그란 원이 되어 몰래 떨어져 나갔다. 이곳 가축이나 야생동물은 거머리에게 희생이 많을 듯했다.

첩첩산중으로 이어진 히말라야에서 만난 네팔인들은 생필품을 비롯한 여러 가지 물건을 원시적인 수단으로 아래에서부터 위로 나귀 떼가 잔뜩 짐을 싣고 힘든 산행을 하거나 사람이 직접 무거운 물건을 지고 날랐다. 그러나 이들의 표정을 살펴보면 그렇게 삶에 쪼들린 인상이 아니었는데, 오히려 우리가 곤충을 촬영하고 있을 때 가까이 다가와 호기심 어린 표정으로 관심을 나타냈다. 물질문명이 인간의 삶의 질을 높였을지 몰라도 마음속의 평온과 행복까지 가져다줄 수는 없을 것이다. 나는 이곳에서 힘들고 낮은 생활 수준을 보았지만, 오히려 평화로운 사람들의 눈매에 깊은 인상을 받았다.

히말라야 전경이 모두 보이는 로지의 마당에서 단체 촬영을 하고 하산을 시작했다. 푸른 금속광의 부전나비와 쐐기풀나비, 나무껍질로 위장한 사마귀, 꽃사마귀 등 매력적인 히말라야 곤충을 뒤로 하고 다음 일정으로 향했다.

7월 24일. 치트완 야생국립공원으로 이동했다. 우리를 환영한 호텔의 부지배인은 나보다 두 살 많은 짙은 검은색 머리의 젊고 매력적인 남자였다. 호텔에서는 밤에 관광객을 위한 쇼가 벌어졌는데, 네팔 고유의 춤과 노래를 볼 수 있는 기회였다. 부지배인이 기억에 남는 이유는 바로 여기서 그의 열정적인 춤을 보았기 때문이다. 이 친구는 우리의 곤충 탐사에도 깊은 관심을 보여 떠나는 날까지 친절하게 안내해 주었다. 공원 프로그램에 따라 사파리 차를 타고 코뿔소 구경도 하고 코끼리 등에 올라타 주변도 둘러보았다. 코끼리 모는 사람은 가다가 풀을 뜯고 딴청 피우는 코끼리를 다루기 위해 강철로 만든 쇠갈고리로 코끼리의 머리를 연신 내려쳤다. 그래도 코끼리에게는 가려운 정도밖에 느껴지지 않는지 말을 잘 듣지 않았다. 코끼리가 지나간 초원에는 금방 신선하고 거대한 똥덩어리가 만들어졌는데 그 양이 엄청나 놀랐다. 아마 아래에는 소똥구리가 무척 많을 것 같았지만 내려서 샅샅이 조사해 보지 못한 아쉬움이 있다. 여기저기 뚫려 있는 구멍이 분명 소똥구리의 굴인 것만 같았다.

국립공원에서는 주로 야간 촬영을 했다. 낮잠을 끝낸 어리여치가 나뭇잎 위에 모습을 드러냈고 대벌레는 잎을 갉으러 돌아다녔다. 불빛에 조그맣고 까만 사마귀가 날아왔는데, 낫같은 앞다리를 서로 모아 좌로 한 번 우로 한 번 접었다 펴기를 반복하는 행동이 무척 특이했다. 호텔 주변 가로등에 곤충이 많이 모여들어 커다란 철썩기 암컷도 관찰할 수 있었다.

바퀴 종류도 여럿 발견해 그중 짝짓기 하느라 정신없는 한 쌍을 촬영했다. 갈색 줄무늬의 사슴벌레 암컷도 보았다. 그러나 이런 재미에도 불구하고 밤에는 모기가 정말 많아 짜증스러웠다.

국립공원을 떠나던 마지막 날, 강가에서 한 무리의 나비가 떼 지어 물을 빠는 장면을 목격했다. 색색의 나비 군무는 마치 딴 세상에 온 것처럼 환상적이었다. 동행한 김정환 소장님은 카메라 대신 캠코더로 촬영하여 생생한 영상 자료를 만들었다.

7월 28일. 공항에서 출입국 담당자가 날짜가 잘못 적힌 비행기표가 이상하다고 따져 물었다. 인쇄가 잘못되었다고 둘러대 통과했지만, 제대로 확인하지 않은 잘못은 우리에게도 있었다. 서울로 무사히 돌아왔다. 네팔의 곤충상은 전반적으로 우리나라보다 훨씬 다양했지만, 유사종도 많아 한반도와 생물지리학적 연관성도 생각해 볼 수 있는 좋은 기회였다. 언젠가 다시 한번 네팔의 곤충을 보러 떠나고 싶다.

1998년 7월 7일. 우리 일행을 태운 비행기는 후쿠오카의 하카타 공항에 도착했다. 한국의 여름보다 후끈한 공기가 피부에 다가왔다. 지하철을 타고 다시 신칸센으로 갈아타 오고리(小郡)역에 하차해 버스를 탔다. 일본의 도로는 확실히 우리나라보다 폭이 좁은 느낌이 들었다. 물론 자동차도 작고 할머니, 할아버지들도 왜소해 예전에 어째서 '왜(倭)'라고 불렀는지 알 것 같았다.

마침내 천연 동굴이 발달한 아키요시다이(秋吉台) 국정공원에 도착했다. 화장실에 잠시 들렀다가 벽에 줄을 치고 있던 왕거미류의 유체를 처음 채집했다. 과학박물관장님을 뵙고 인사를 나누었는데, 일제 강점기를 겪은 남궁준 선생님이 유창한 일본어로 우리를 소개했다. 나중에 최용근 소장님께 들으니 요즘은 잘 쓰지 않는 옛날 일본어라고 했다. 국민 숙소에 짐을 풀고 나서 숙소 천장에 줄을 치고 있던 집유령거미를 바로 채집했다. 그리고 숙소 주변을 걷다가 화단 앞에서 뾰족부전나비의 번데기를 발견했다. 녹색 잎사귀에 잘 위장된 녹색 번데기였다. 도마뱀붙이가 벽을 기어 다녔고 무늬먼지벌레도 바닥을 돌아다녔다. 저녁에는 우리나라에 살지 않는 저녁매미의 시끄러운 울음소리를 들었다. 이름처럼 해가 진 저녁이 되니 정확한 생체 시계에 의해 울어 대기 시작했다.

저녁을 먹고 잠시 쉰 후에 주변을 둘러보았다. 검정풍뎅이가 식물 잎사귀마다 잔뜩 붙어 짝짓기하고 있었고 명주잠자리, 사마귀붙이, 그리고 여러 메뚜기 유충이 관찰되었다. 한여름 전이라 유충 상태가 많았다. 또한 장지뱀이 풀 위에 꼬리를 감고 잠을 청하고 있었다. 새똥거미와 산왕거미, 점연두어리왕거미 등 야행성 거미들은 부지런히 줄을 치며 사냥에 나서고 있었다.

7월 8일. 아침 일찍부터 주변을 산책하며 벌레를 관찰했다. 화려한 호랑거미의 그물과 나무에 붙어서 먹이를 먹던 커다란 농발거미를 발견했다. 매우 조그만 알망거미의 특이한 그물도 보았다. 풀 아래 잠자던 노랑나비와 부전나비를 관찰했다. 소형의 풀잎깔따구길앞잡이는 길 위를 다니지 않고 특이하게 풀 위를 날아다녔다.

오전에 처음으로 박쥐 동굴에 들어가 동굴 생물 사육실험실을 구경했다. 단순한 장비와 보존 방식을 쓰고 있지만, 우리나라에는 그것조차 없는 실정이니 그저 부러울 따름이다. 몸에 이슬이 맺힌 동굴성 밤나방과 자나방을 보았고 인공적으로 동굴 바닥에 설치한 깔개 밑에서 긴꼬리좀붙이를 발견했다. 동굴 초입의 벽 틈에 왕그리마가 숨어 있었는데, 이 녀석은 어른 손바닥만큼이나 커서 내 눈에도 징그러워 보였다. 왕그리마는 한밤에 수풀을 돌아다니며 벌레를 먹어 치우는 무서운 사냥꾼이다.

다음은 특별천연기념물인 아키요시(秋芳洞) 동굴을 관람했다. 이곳은 관광 동굴이라 사람들의 방문이 잦음에도 불구하고 옆새우나 노래기, 굴아기거미 등 동굴 생물의 보존 상태가 매우 좋았다. 동굴 벽면에 눈에 잘 안 띄는 소형 패류(달팽이)가 기어다니고 있었는데, 여간 관찰력이 좋지 않으면 무시하기 쉬운 생명체라 우리도 안내자의 도움을 받아 겨우 알게 되었다.

오후에 세 번째로 다이쇼도(大正洞) 동굴을 살펴보았다. 이곳은 벌레가 살기에 매우 적합한 동굴로 진동굴성 장님좀면

지벌레가 발견되었다. 입구 부근에 매미 날개가 많이 떨어져 있었는데, 아마 천장에 붙어 있던 박쥐의 소행인 듯했다. 그리고 처음 보는 일본의 꼽등이를 채집했다. 선선한 동굴에서 나오니 갑자기 확 더워져서 카메라 렌즈에 김이 서리는 바람에 아쉽게도 웅달거미의 멋진 집을 촬영하지 못했다. 그래도 나무 위를 기어가는 하늘소 두 종을 보았고 앞다리가 긴 장다리바구미 한 쌍을 채집했다. 줄사슴벌레 암컷도 발견했다.

밤중에 숙소 불빛에 날아온 황줄왕잠자리를 채집했다. 숙소 부근의 가로등을 돌며 바닥에 모인 곤충을 많이 보았는데, 나방류, 왕바구미, 검정하늘소가 모여 있었고 송장벌레가 쓰레기 더미 부근을 돌아다녔다. 음료수 자판기 불빛에는 털매미들이 많이 모여들었다.

7월 9일. 오늘 아침은 어제와 다른 경로로 걸어 다니며 거미와 곤충을 살펴보았다. 종꼬마거미의 그물을 보았고 털매미의 짝짓기를 관찰했다. 반가운 나의 풀무치가 여기에도 있었다. 나뭇잎 위에 떡하니 버티고 있던 큼직한 황닷거미도 발견했다. 녀석은 능히 개구리도 잡을 만큼 대단한 위용을 자랑하고 있었다. 우리나라 종과 같은 몇 가지 나비를 보았고 휴식 중인 박각시, 꽃에 모인 산꽃하늘소를 발견했다.

오전에 네 번째로 방문한 곳은 카게키요(景淸洞) 동굴이다. 이 동굴에는 물이 많아 장화를 빌려 신고 들어갔다. 동굴 깊은 곳에서 일본산개구리와 일본붉은배영원 등 양서류를 만났고 굴아기거미의 짝짓기 장면을 촬영했다. 동굴 속 물가에만 산다는 도토리거미를 발견해 남궁 선생님께서 촬영을 요청했는데, 물이 깊어 자세 잡기가 쉽지 않았다. 그래서 신을 벗고 바지를 걷어 올리고 물속에 들어가 물 위에 줄 친 녀석을 어렵게 촬영했다. 아마 내가 거미 전문가였다면 아예 몸을 물에 푹 담그고 찍었을 것 같다.

마지막으로 미공개 동굴 한 곳에 더 들렀는데, 나는 들어가지 않고 밖에서 기다렸다. 그때 우연히 파란 무늬의 멋진 하늘소(나중에《베이츠하늘소의 파랑》표지에 등장)를 만났는데, 사진을 찍겠다고 너무 여유를 부리다 놓치고 말았다. 어느 종에 있어서 지금의 채집이란 다시 올 수 없는 마지막 기회인지도 모른다.

오후에는 숨을 돌릴 겸 박물관 표본전시실을 관람하고 홍보 영상을 시청했다. 돌리네 등 석회암 지질의 야외 경관도 둘러보았다. 수많은 하얀 바위가 이빨처럼 빼곡히 치솟은 아키요시다이의 경관은 지옥의 한 장면을 연상케 했다.

저녁에 다시 나가서 도로 터널 벽에 숨어 있던 납거미를 발견했다. 불빛이 비치는 숙소 담벼락 천장에서 검고 푸르스름한 곤봉딱정벌레를 처음 발견해 흥분했다. 손이 닿지 않는 높은 곳에 있어 삼각대 다리를 최대한 길게 늘여서 떨어뜨려 잡았다. 딱정벌레는 묘한 수집의 매력이 있는 곤충이다. 애사슴벌레 암컷과 송장벌레도 불빛에 곧잘 모였다. 털게거미의 수컷과 마침 탈피를 준비하던 황닷거미를 발견해 허물벗기를 연속 촬영했다. 대벌레는 잎사귀를 열심히 먹고 있었다.

7월 10일. 마지막 날, 짐과 채집품을 정리하고 버스를 기다리던 중 정류장에서 납거미 수컷과 백금더부살이거미를 채집했다. 그리고 꼬리가 파란 도마뱀의 재빠른 움직임을 목격했다. 복잡한 지하철역에서 길을 잃고 서로를 찾아 헤매는 사건이 있었는데, 다행히 출발 시간 전에 만나서 일행 모두는 무사히 비 내리는 서울에 도착했다.

타이완
천적이 많으면 민감해질 수밖에 없다

2001년 7월 7일. 인천국제공항을 제시간보다 한참 늦게 출발한 캐세이퍼시픽항공이 드디어 타이완에 착륙했다. 동양화에서 많이 본 듯한 산 그림자는 기괴하게 솟았고 높은 키로 자란 산꼭대기의 양치식물이 하늘을 배경으로 특이한 윤곽을 그려냈다. 몇 번씩 갈아탄 버스는 해가 진 저녁 늦게 타이완 중부에 위치한 르웨탄(日月潭)이란 곳에 마침내 우리 일행을 내려놓았다. 르웨탄은 이곳의 커다란 호수 이름이다. 밤에 도착해 자세한 경관을 알 수 없었지만, 고지대라 그런지 공기는 생각만큼 무덥지 않았다.

저녁 식사 후 일종의 관광지인 이곳 주변을 한 차례 둘러보았다. 풀밭에서 들려오는 벌레 울음소리가 내 심장을 두근거리게 했다. 제일 먼저 발견한 것은 좀매부리였다. 우리나라 남

부지방에 서식하는 종과 상당히 닮았지만 머리의 돌출 정도와 날개 끝이 뾰족한 점이 차이가 있었다. 녹색형과 갈색형을 함께 발견했으며 수컷 근처에서 암컷도 발견했다. 나중에 보니 표본을 보관한 삼각지 안에서 기생파리 번데기도 나왔다.

비 온 뒤 젖어 있는 풀밭 군데군데 가로등 켜진 곳을 찾아보았다. 베짱이의 울음소리가 들렸지만 찾지 못했고 대신 큰실베짱이 종류를 채집했다. 풀에 붙어 잠자는 나비, 벼메뚜기, 몸이 빨간 검은줄쌕쌔기의 유충을 여럿 관찰했다. 짐을 풀기 위해 들어간 숙소에서 나를 반긴 것은 잔이질바퀴였다. 우리나라의 이질바퀴와 비슷하지만 등판의 무늬가 더욱 짙고 선명하다. 첫날밤부터 이국적이면서도 왠지 우리나라 종과 비슷한 메뚜기를 여럿 만날 수 있었다.

7월 8일. 아침에 간단한 식사를 한 후 공원으로 꾸며진 인근 산책로를 한 바퀴 돌아보았다. 키 큰 나무에는 매미가 붙어 있었고 이끼 낀 담벼락에는 색다른 모메뚜기 종류가 떼 지어 붙어 있었다. 이끼를 먹는 것을 보았는데 얼룩덜룩한 색은 배경과 잘 어울렸다. 호화스럽게 금빛으로 빛나는 두 종의 남생이잎벌레가 눈을 어지럽혀 열심히 잡고 보니 근방에 흔히 널려 있었다. 잎 위에 위장하고 있는 사마귀는 무척 작고 귀여

우면서 초롱초롱한 눈빛을 빛내고 있었다. 몸은 완전한 녹색이지만 아래에 감춰진 뒷날개는 붉은색이었다.

차를 재배하는 시험장 길로 이동해 곤충이 많아 보이는 길을 따라 걷기 시작했다. 화려한 무늬의 광대노린재가 잎 위에서 심심찮게 관찰되었다. 길 주변에는 가시모메뚜기류가 많이 살았다. 우리나라 종과 무척 닮았지만 턱수염이 하얗고 날아갈 때 뒷날개가 파란빛을 발했다. 검정수염메뚜기 유충도 보았다. 그런데 채집과 사진 촬영을 병행하다 보니 언제부턴가 카메라 링 플래시가 터지지 않았다. 해외에 나갈 때면 꼭 한 군데씩 장비에 말썽이 생기는데, 이번 여행도 예외는 아니었다. 할 수 없이 최대 접사를 포기하고 내장 스트로보를 이용해 대형 곤충 위주로 찍게 되었다.

산 중턱 돌 밑에서 늦반딧불이류 유충을 발견했다. 우리나라 것보다 밝은 황색이 특이했다. 타이완에서 처음 보는 낯선 메뚜기는 바로 *Traulia ornata*로 우리나라에는 전혀 분포하지 않는 종류로 날개가 짧고 뚱뚱한데, 한 마리를 열심히 찍다 보니 근처에 매우 흔했다. 우리나라 무당거미와 무척 닮은 거대 거미는 괴물처럼 커 보였다. 보통 거미들은 배가 물렁한 편인데 이 거미는 새우나 게처럼 배딱지가 단단했다. 나무 사이에 친 거대 거미줄에는 작은 새도 충분히 걸릴 것 같았다.

오후에는 좀 더 멀리 떨어진 수이서(水社)로 이동했다. 밑들이메뚜기류와 왕귀뚜라미류 애벌레를 산비탈에서 보았고 조그만 길앞잡이가 길가 벼랑을 기어 다녔다. 저녁에 다음 채집지인 청청초원(青青草原) 근처의 산장으로 이동했다. 숙소 근처에서 등화 채집을 했지만, 날씨가 흐려 일부 나방류밖에 볼 수 없었다.

7월 9일. 아침 일찍 산장 주위를 둘러보며 밤새 기어 나온 곤충 몇 마리를 채집했다. 청청초원은 넓은 풀밭에 양을 풀어 놓고 방문자들이 자유스럽게 거닐며 쉴 수 있게 만든 유원지였다. 커다란 메뚜기가 하늘을 가로지르며 붉은색 뒷날개를 자랑하듯 날아다녔다. 몇 번의 시도 끝에 녀석을 필름에 담고 채집도 성공했는데, 우리나라 각시메뚜기와 같은 속의 *Patanga succincta*였다. 남방계인 이 종과 비교하면 우리나라 각시메뚜기는 북방의 추위에 적응하여 성충으로 월동하는 메뚜기라 할 수 있다. 삽사리류로 보이는 미동정 메뚜기도 많았다. 이 근처에는 유달리 나비가 많았는데, 너울너울 푸른 하늘을 배경으로 나는 모습은 몽환적이었다.

오후에는 타이완대학교 연습림이 있는 국유림 일대를 둘러보았다. 이 숲은 그늘이 많고 음습했으며 몸이 붉은 홍반디가 유난히 많았다. 오랜 세월 자란 거목을 만나 잠시 휴게 시간을 가졌다. 비가 추적추적 내려 더 이상 오래 살펴볼 수는 없었다.

해가 진 뒤 타이완의 곤충 채집가 일행과 함께 청청초원에서 등화 채집을 했다. 제일 먼저 불빛에 날아온 실베짱이류는 크고 넓적한 잎사귀 모양의 날개가 우리나라 날베짱이와 많이 닮았다. 또 다른 실베짱이는 타이완에서 기재된 *Hemielimaea formosana*로 생각되었다. 짙게 깔린 밤안개 사이로 비치는 수은등 불빛의 위력에 곤충들이 많이 몰려들었다. 여기서 가장 개체 수가 많고 흔한 종은 밤나방과의 *Asota heliconia*였다. 다양한 풍뎅이와 사슴벌레, 타이완의 보호 곤충인 긴팔풍뎅이도 만져 볼 수 있었는데 벌레가 모이길 기다리는 동안 나는 머리 전등을 쓰고 주변을 둘러보았다. 이끼 긴 나무껍질에 몇 가지 바퀴가 나와 있었는데 쥐며느리를 닮은 바퀴는 몸 안에 애벌레를 품고 있었다. 뚱보귀뚜라미도 나무 틈바구니에서 모습을 드러냈다. 채집 일정을 마치고 한밤중에 르웨탄으로 되돌아왔다.

7월 10일. 먼저 잠깐 들린 적 있는 수이서를 정밀하게 다시 둘러보기로 했다. 이번 채집 여행은 이영준 박사님의 학위 논문 주제인 타이완의 매미를 채집하는 것이 주목적이었기에, 박사님의 안내에 전적으로 따랐다. 초입부터 많은 수의 녹색매미가 풀 위에서 울고 있었다. 날개를 약간 아래로 내리고 궁둥이를 위로 쳐들고 우는 모습이 재미있었다. 처음 본 팥중이 닮은 메뚜기는 다리가 푸른색이고 활동력이 강했다. 땡볕이 내리쬐는 길에서 우리나라 길앞잡이와 무척 닮은 *Cicindela aurulenta*를 발견했다. 이 길앞잡이는 적색이 없는 대신 청색과 흰색이 잘 어울렸다. 베짱이를 닮은 납작한 여치 *Phyllomimus sinicus*는 생김새가 나뭇잎을 그대로 닮아 의태 현상을 잘 보여 주었다. 물이 고인 곳에 이국적인 낯선 잠자리와 실잠자리 종류가 모여들었다. 양치식물들 사이로 기괴한 개구리 울음소리가 퍼져 나왔다.

비가 내리는 동안 지붕이 있는 사당에 잠시 머물며 휴식을 취했다. 여기서 날개가 짧은 타이완 좁쌀사마귀를 처음 발견했다. 낙엽 위를 빠르게 기어갔는데, 낙엽으로 매우 잘 위장하고 있었다. 처음 보는 실베짱이와 더듬이뿔이 별나게 발달한 알락귀뚜라미도 채집했다. 콩중이는 이제 막 성충이 된 듯 몸이 물렁물렁했고 분홍날개섬서구메뚜기는 타이완의 다른 메뚜기들처럼 뒷날개가 붉고 잘 날았다.

7월 11일. 구관(谷關)의 바셴산(八仙山)으로 갔다. 이 산에는 몇 년 전 타이완을 뒤흔든 지진의 흔적이 고스란히 남아 있었다. 길이 끊기고 흙이 무너져 내린 곳이 많아 거의 탐험 수준이었다. 입구에서 발견한 것은 홍다리메뚜기로, 우리나라에는 기록만 있고 실제로는 분포하지 않는 종인데 여기에는 비교적 흔했다. 공원처럼 가꾸어진 풀밭이면 어김없이 나타나는 방아깨비는 우리나라와 같은 종이다. 줄베짱이 역시 같은 종이었다. 통나무 밑에서 채찍 전갈을 처음 발견하고 환성을 질렀다. 이 녀석은 꼬리가 가늘고 전갈 같은 독침은 없지만 자세는 전갈과 매우 닮았다. 계곡물은 흙이 섞인 회색빛으로 흐르고 있었고 길가에 알락방울벌레가 눈에 많이 띄었다.

오후에 해 지는 것을 보고 내려오다가 마침내 반딧불이의 반짝이는 불빛을 발견하고 채집할 수 있었다. 저녁 식사를 마친 식당 바로 옆에는 수은등이 켜져 있어 곤충을 끌어들이고 있었다. 타이완에서 독각선(獨角仙)이라 불리는 장수풍뎅이는 매우 흔하게 날아왔고 우리나라 제주도에 분포하는 두점박이사슴벌레도 날아왔다. 또 가슴이 가늘고 날개가 넓적한 사마귀가 불빛 아래 앉아 있었고 색다른 무늬의 실베짱이가 종류별로 날아왔다. 바닥을 기는 커다란 여치베짱이를 보고서는 함성을 질렀다. 타이완 도감에는 *Pseudorhynchus gigas*

라는 학명을 쓰고 있는데, 우리나라 종과 무척 닮아 보였다. 커다란 노란색 얼굴과 붉은색의 입 주변이 기괴한 인상을 주었다.

7월 12일. 이날 도착한 리산(梨山)은 고도가 높고 서늘하여 긴 팔 옷이 꼭 필요했다. 마침 마을의 복숭아 축제 기간이어서 관련 행사가 진행 중이라 인파가 북적댔다. 숙소와 가까운 푸서우산(福壽山)을 한참 오르며 곤충을 찾아보았으나, 별다른 성과가 없었다. 힘들게 올라가 보니 정상이 배추밭으로 가꾸어져 있어 실망감을 주었다. 이름에서 알 수 있듯 이 일대는 전부 대규모 복숭아 재배 단지로 조성되어 있었고 주변에 농약을 잔뜩 뿌리고 있다는 것을 알게 되었다. 채집 성과는 별로 없어 중간 휴식을 취하며 시간을 보냈다.

7월 13일. 작은 봉고차가 험한 고갯길을 잘도 넘어갔다. 좁디좁은 길 아래로 내다보이는 낭떠러지는 쳐다만 봐도 가슴이 조마조마했다. 해발 3천 미터의 고도는 마치 창세기의 한 장면을 보는 듯한 신비한 느낌을 주었다. 그러나 날씨가 좋지 못한 데다가 마음대로 중간에 쉴 수 없어 눈으로만 구경했다. 타이루거(太魯閣)를 향하던 도중 차가 한참을 쉬었다. 그 와중에 털어잡기(beating, 나뭇가지를 막대기로 쳐서 곤충을 떨어뜨려 잡는 채집법)로 발견한 것은 홀쭉귀뚜라미류였다.

화렌(花蓮)은 해안가 도시로 짜고 더운 바람이 불었다. 우선 도심지에 가까운 미륜산(美崙山) 공원을 둘러보았다. 우리나라에도 분포하는 울도하늘소가 나뭇잎을 먹고 있었다. 관목 주변을 쓸어잡기(sweeping, 포충망으로 풀을 쓸어 곤충을 무작위적으로 채집하는 방법) 하니 털귀뚜라미가 잡혔다. 도심공원이라 그런지 생각만큼 다양한 곤충은 볼 수 없었다.

화렌의 변두리인 궈푸리(國福里) 야산에서 메뚜기를 많이 발견했다. 대부분 유충이었지만, 타이완 철써기가 매우 흔하게 널려 있었다. 썩은 나무껍질을 벗기자 괴기 영화에 등장할 법한 커다란 바퀴가 놀라 우수수 떨어졌다. *Opisthoplatia orientalis*라는 학명의 이 바퀴는 날개 없이 동그랗고 납작하게 생겼는데, 바닥에 유충이 많이 기어다녔다. 낮은 풀밭에는 솔귀뚜라미류 유충도 흔히 발견되었다. 그늘지고 습한 곳이라 무수한 모기떼가 달려들어 우리를 반겼다.

저녁 식사 후, 바닷가 북병공원(北浜公園)에 갔다. 짠 내를 맡으며 한밤중에 공원을 살펴보니 귀뚜라미 울음소리가 여기저기서 울려 퍼졌다. 타이완 왕귀뚜라미, 희시무르귀뚜라미와 날개에 노란 점이 박힌 쌍별귀뚜라미도 야외에서 볼 수 있었다. 미확인종의 울음소리를 많이 들었지만, 기차역에 맡긴 짐 때문에 오래 머물 수는 없었다. 공항이 있는 타이베이로 떠나기 전 미륜산 공원에 다시 들러 반딧불이의 존재를 살폈지만 확인하지 못했다. 공원 입구의 풀밭에서 매우 뚜렷한 울음소리를 듣고 30분 이상 수색했지만 아쉽게도 풀 아래로 뛰어 달아나는 거대 여치의 뒷모습만 살짝 보았다. 천적이 많은 열대 곤충은 확실히 자기 보호에 굉장히 민감함을 알수 있었다.

7월 14일. 벌써 일주일 여정의 마지막 날이다. 아침 일찍 서둘러 공항과 멀지 않은 양밍산(陽明山)을 찾았다. 시민들이 많이 찾는 공원임에도 불구하고 곤충류가 쉽게 눈에 띄었고 그 어느 곳보다 사진을 많이 찍을 수 있었다. 뒷다리를 몸 위로들고 앉는 독특한 메뚜기 유충, 실베짱이 유충, 나무에 붙어서 우는 저녁매미류가 눈에 띄었고 가로수에 금빛 찬란한 거대 방아벌레가 붙어 있었다. 암컷 대벌레 한 마리를 사이에 두고 수컷 두 마리가 경쟁하는 장면도 목격했다. 검은줄쌕쌔기는 이곳에서도 가장 흔한 종류였다. 공원 주변 관목에는 풍뎅이와 나비류가 많았다. 꽃밭으로 이루어진 나비공원에는 여러 종류의 나비와 주행성 알락나방이 날아들었다.

타이베이역 부근의 서점에 잠시 들러 타이완의 곤충을 다룬 책을 몇 권 샀다. 여정을 마치고 인천 공항에 도착하니 장맛비가 내리고 있었다.

필리핀
우리나라엔 없는 세 가지 자유

2003년 1월 31일. 세부 퍼시픽의 5J 비행기가 필리핀 마닐라 공항에 도착했다. 차가운 인천 공항의 공기가 따뜻한 열대의 공기로 바뀌는 순간이다. 필리핀은 우리보다 한 시간이 늦어 자정이 다 된 늦은 밤인데도 공항에 나와 있는 사람들이 매우 많았다. 이동 차량을 기다리는 동안 공항 근처에서 들리는 귀뚜라미 울음소리가 여기가 겨울이 없는 곳임을 말해 주었다. 그리 멀지 않은 트레이더스 호텔에 도착했다. 한겨울의 밤거리도 따뜻하기만 했다.

2월 1일. 아침 식사 후에는 숙소에서 두 시간 정도 떨어진 팍상한(Pagsanjan) 폭포를 가기로 되어 있다. 보트를 타고 계곡을 거슬러 올라가 떨어지는 폭포를 맞으면 팍 상한다고 해서 팍상한이란다. 젖어도 되는 옷과 갈아입을 옷을 가져가야 했다. 버스로 이동 중에 잠깐 들린 휴게소에서 처음 발견한 것은 두꺼비메뚜기였다. 차들이 붐비는 주차장 앞의 작은 화단에서 녀석을 발견하고 혼자 기뻤다. 그렇게 차와 사람들이 많이 오가는 곳에서도 작은 공간만 있으면 충분히 살아갈 녀석이다.

점심을 먹고 구명조끼를 걸친 뒤 팍상한 폭포를 올라가게 되었다. 짙은 녹색의 강물을 거슬러 두 명의 사공이 우리를 폭포 있는 곳까지 안내하는 체험이다. 물살이 얕은 곳을 만나면 사공들이 배를 거의 번쩍 들어 바위를 밟고 올라갔다. 사공들의 단련된 팔뚝이 굵고 검게 빛났다. 깎아 세운 절벽이 양쪽으로 서 있어 서늘한 그늘을 물 위에 드리웠다. 그중 제일 눈에 띈 것은 물잠자리인데, 한국 것보다 작고 앉아 있으면 온통 까맣지만, 날갯짓을 하며 물 위를 살랑살랑 나풀거릴 때에는 날개 윗면의 파란 청록색 금속광이 물 위를 번쩍번쩍 비추었다. 또 다른 물잠자리는 더 작아서 우리나라 실잠자리 크기인데, 분홍색과 청색이 도는 날개로 암수 한 쌍이 서로 어울릴 때는 이 계곡이 지구상에서 가장 영롱한 곳임을 자랑하는 듯했다.

중간쯤 작은(baby) 폭포에서 잠깐 내려 쉬는 동안 가시모

메뚜기 종류를 채집할 수 있었다. 한국 것과 닮았지만 가슴 양옆의 가시 모양과 등면의 울퉁불퉁한 질감, 눈의 툭 튀어나온 정도가 달랐다. 물 사이로 드러난 바위틈에는 커다란 거미줄이 쳐 있었는데, 주로 수서곤충을 노리는 것 같았다. 이끼 낀 바위틈으로 천천히 기어다니는 개미는 옆으로 벌어진 큰 턱이 매우 독특했는데, 최재천 교수님의《개미 제국의 발견》에서 보았던 톡토기 사냥꾼 개미를 연상시켰다.

　꽉상한 폭포의 끝자락 동굴에 들어가 거세게 떨어지는 물세례를 받고 나왔다. 물을 많이 맞아야 해서 카메라를 들고 가지 못한 것이 아쉬웠다. 내려오는 길에 보트 위에서 쓰고 있던 모자를 휘둘러 결국 빛나는 물잠자리 한 마리를 잡았다.

　한인 식당에서 저녁을 먹고 해가 진 뒤 곤충을 많이 못 본 것이 아쉬워 호텔 앞 공원에 나갔다. 얼핏 보아 풀도 있고 야자나무도 많이 서 있어 살펴볼 만할 것 같았다. 다시금 들려오는 귀뚜라미 울음소리는 역시 희시무르귀뚜라미. 우리나라에는 근래 보기 힘들어졌지만, 역시 전 세계에 퍼진 강력한 세력의 종이다. 몇 가지 다른 귀뚜라미 소리가 들려 나무 아래 낙엽 등을 뒤져보았으나 냄새가 심해 자세히 찾아볼 생각이 들지 않았다. 가이드의 말에 따르면 필리핀에는 우리나라에 없는 세 가지 자유가 있다고 하는데 바로 무단횡단의 자유, 쓰레기 투기의 자유, 그리고 배설의 자유라고 한다. 거의 모든 나무마다 암모니아 냄새와 흔적들이 남아 있어서 자세히 쳐다보고 있다가는 제정신을 유지하기가 힘들 것 같았다.

높은 주파수의 소리는 매부리류의 특징이다. 전등을 살며시 비추니 열심히 우는 머리가 뾰족한 수컷 좀매부리를 발견할 수 있었다. 녹색과 갈색 두 가지 형태를 모두 관찰하였고 언뜻 봐서 우리나라 좀매부리와 타이완에서 보았던 것의 중간 형태로 보였다. 이어서 쌕쌔기와 애기벼메뚜기 몇 가지, 특이한 울음소리의 긴꼬리를 잡았다. 이 종은 연갈색의 긴꼬리로서 투명한 날개 아래로 비치는 배 등면의 무늬가 우리나라 종과는 전혀 다름을 알 수 있었다. 혹시 이것이 과거 우리나라에 분포한다고 잘못 기록된 *Oecanthus indicus*가 아닐까 하는 생각이 들었다.

그리 넓지 않은 공원 안에서 온갖 메뚜기를 볼 수 있어서 좋았다. 열심히 카메라 플래시를 터뜨리니 현지인 무리가 다가와 알 수 없는 말(타갈로그어)로 뭐라 뭐라 말을 걸었다. 궁금해서 그런가 했지만, 밤중에 혼자인 것에 갑자기 두려움이 생겨 못 알아들은 척 공원을 슬쩍 빠져나왔다.

2월 2일. 아침 식사 후 숙소에서 두 시간 정도 떨어진 탈(Taal)

호수로 이동했다. 어제 중간에 들렀던 휴게소에서 이번에는 나무줄기에 붙어 있던 특이한 뿔매미를 잡았다. 양 모서리가 매우 별나게 튀어나와 있고 뒤로 긴 뿔이 있는 종류였다. 나뭇잎 뒷면에는 깍지벌레 집단이 이상한 무늬를 만든 채 붙어 있었다.

탈 호수는 화산 활동으로 인해 형성된 칼데라호로, 매우 넓어서 바다처럼 파도가 일었다. 동력 보트를 타고 한참을 가서 중간에 섬처럼 만들어진 이중 화산이자 아직도 연기가 나는 활화산 타가이타이(Tagaitai)에 도착했다. 일행을 기다리는 동안 물가 주변에서 곤충을 찾아보았는데, 우리나라 청분홍메뚜기가 이곳에도 살고 있었다. 한국에서 보던 것과 전혀 달라 보이지 않았는데 물가 주변에 드문드문 돋아난 식물 근처에서 여러 마리를 발견했다. 이곳에는 건조한 토양에 사는 잎이 두꺼운 다육식물이 많았다. 물가 돌 밑에는 조그만 강변애방아벌레들이 무리 지어 모여 있었다.

이번 관광 프로그램은 조랑말을 타고 화산에 오르는 것이다. 처음에는 타고 갔다가 내려올 때는 걸어서 주변을 둘러볼 생각이었으나, 말을 타고 오르면서 주변을 살펴보니 지금이 한참 건기인 데다가 화산 지대의 먼지가 심하게 날렸고 식물은 거의 바싹 말라 있었다. 그리고 연휴에 관광 인파가 많이 몰려 주변을 천천히 살펴보기에 무리가 있을 것 같았다. 이중 화산 분화구 아래 한쪽에서 연기가 모락모락 피어나고 있었다.

되돌아가는 배를 타기 위해 기다리는 동안 청분홍메뚜기를 더 채집했다. 동네 꼬마 아이들이 내 주위에 몰려들어 동전을 구걸하며 관심을 보였다. 내가 잡은 메뚜기를 보여 주자 한 아이가 이것은 '티팍롱(tipaklong)'이라며 가르쳐 줬다. 잠시 후 그 아이는 처음 보는 섬서구메뚜기를 한 마리 잡아다 주었다. 속으로 반가워 동전을 주었는데, 그러자 일순간 동네 아이들이 서로 메뚜기를 잡아주겠다고 주변을 바삐 돌아다니기 시작했다. 단순히 동전을 요구하던 아이들에게 경제의 원리를 알려 주고 호수를 건너왔다.

밤에 다시 호텔 앞을 돌아보고 희시무르귀뚜라미와 좀매부리 한 마리를 더 채집했다. 영화 〈조의 아파트〉에 거의 주연급으로 등장하는 커다란 이질바퀴가 밤거리에 무척 많았다. 맨홀 아래에서 더듬이를 살래살래 흔들며 나갈 때만 엿보고 있는 녀석을 발견하고 섬뜩했다. 필리핀은 미국 문화를 많이 수입하는 탓에 미국산 이질바퀴가 많은 것일까? 섬나라의 특징 중 하나가 외래문화의 수입에 대해 별로 거리낌이 없는 것이라고 한다.

2월 3일. 마지막 코스로 마닐라 시내를 구경하고 산티아고 요새와 시내 공원을 둘러보았다. 벽에 붙어 있던 매미나방 애벌레를 발견했는데 어쩐 일인지 국가 유적지에 골프장이 들어서 있었다. 또 특이하게 생긴 노린재와 바퀴를 채집했다. 쇼핑하는 일행을 기다리는 동안 마닐라만 바닷가를 잠시 살펴보았는데, 지저분한 물이지만 사람들이 뛰어들어 수영하는 데 거리낌이 없었다. 해변에는 비닐과 쓰레기가 많았다. 대도시를 제외하면 자연환경이 대부분 좋아서 그런지 환경 보전에는 그리 신경을 쓰지 않는 것 같다.

비행기 창문을 내려다보니 흰 눈이 내려앉은 낯익은 산과 계곡 풍경이 눈에 들어와 한국에 거의 도착했음을 알 수 있었다. 공항 밖에서 피부에 와 닿는 서늘한 공기가 반가웠다.

베트남
초록색 바퀴벌레를 아시나요

가족과 첫 해외여행을 다녀온 나라가 베트남이다. 나는 제대 후 생물학과에 새로 입학했고 여동생은 고등학교를 졸업하고 아버지의 권유로 베트남에 공부하러 갔을 때다. 호찌민에 머물며 이곳저곳 둘러보았는데, 넓은 하늘과 수많은 오토바이, 낯선 가로수가 어울려진 이국적인 풍경이 무척 인상적이었다. 집 앞 쓰러진 야자나무에서 커다란 바구미 한 쌍을 발견하고 나중에 곤충 채집하러 오면 참 좋겠다고 생각했다.

생물자원관에 근무하면서 베트남 연구자로부터 한 통의 메일을 받았다. 논문을 통해 나를 알고 있으며, 베트남에 채집하러 올 때 자기에게 연락하면 안내해 주겠다는 내용이었다. 마침 해외생물자원 발굴 과제로 수요 조사가 있을 때 베트남을 떠올렸다. 메뚜기목의 경우 러시아 학자들이 1980년

대부터 탐사를 시작하여 이전에 알려지지 않은 베트남 메뚜기 연구를 상당히 진행한 상황이었지만, 직접 확인해 보고 싶은 욕망이 생겼다. 마침 C 과장님도 베트남을 조사하고 싶다는 참여 의사를 밝혔는데, C 과장님의 전공은 담수에 사는 원시적인 갑각류로 베트남에서는 연구한 사람도 없고 채집에 성공한다면 아마도 대부분 신종일 것이라는 희망에 부풀어 있었다. 계획서를 제출하고 심의에 통과해 탐사를 준비하게 되었다.

2013년 10월, 하노이 공항에 도착하니 홍따이 박사가 마중을 나왔다. 베트남 생태생물자원연구소 소속의 홍따이 박사는 매미를 전공한 젊은 분류학자다. 알고 보니 지도교수가 타이완의 양젱츠 교수로, 내가 알고 있는 메뚜기 전문가라 반가웠다. 우선 베트남 과학원에 들러 관계자들과 인사를 나누고 채집 일정에 대해 의견을 나누었다. 채집 성과를 위해서 다양한 환경에 가면 제일 좋은데, C 과장님이 선호하는 수계가 발달한 현장을 보기 위해 우선 하노이에서 다낭까지 차로 이동하면서 마을의 우물이나 강가, 계곡을 탐사하기로 했다. 베트남은 남북이 무척 길고 도로에 시속 60킬로미터의 속도 제한이 있어 차로 가려면 다낭까지는 3박 4일이 걸리는 일정이라

빨리 가려면 차라리 비행기로 가는 것이 낫다고 했다. 연구실과 표본실도 둘러보았는데 연구 기반 시설을 갖추긴 했지만, 인력과 재원이 부족해 표본의 관리 상태가 그리 좋진 않았다. 수시렁이가 갉아 먹은 표본과 수장고 안의 쥐덫이 눈에 들어왔다.

다음 날 아침 연구소 정문에 홍따이 박사가 차량과 운전사까지 준비하고 우리를 기다리고 있었다. 번잡한 도시를 벗어나 차츰 한적한 남쪽으로 내려가면서 경치를 둘러보았다. 베트남의 기본 운송 수단은 오토바이인데, 도시의 출퇴근 시간에 교차로를 보면 신호등 앞에 오토바이가 수도 없이 많이 서 있다. 도심을 벗어나면 신호등이 없는 곳도 많아 눈치껏 서로 부딪치지 않고 교차로를 건넌다. 베트남 사람들이 오가는 모습은 무척 부지런하고 바빠 보였다. 국가 발전에 대한 국민의 소망이 무척 강하지만, 주로 소소한 내수산업에 몰려 있어 어느 수준 이상으로 발전하려면 역시 나라의 경제 산업을 책임질 대기업이 있어야 하지 않을까 하는 생각이 들었다. 운전사가 창문 밖으로 한 번씩 지폐를 내버리기에 무슨 일인가 물었더니 장례식 차량이 지나갈 때 조문의 의미라고 했다. 뜨거운 햇살을 피해 중간중간 진한 베트남 커피와 쌀국수를 먹으며 이국에 왔음을 실감할 수 있었다.

마을 우물에 들러 C 과장님이 옛새우 조사하는 모습을 보았다. 낚싯줄에 플랑크톤 네트를 달아 우물 안에 드리우고 몇 번을 오르락내리락하면서 물속 바닥에 있을 만한 작디작은 생명체를 걸러냈다. 내 전공 분야가 아닌 분류군에서 조사하는 모습을 보면 흥미로울 때가 많다. 연구자들마다 저마다 특유의 조사 방법이 있다. 다리 밑 강가에 들렀을 때에는 삽으로 한참 동안 모래밭 구덩이를 팠다. 시간이 흐르자 물이 고였는데, 그런 물속에 모래 알갱이 사이를 지나다닐 만큼 작은 갑각류가 산다고 한다. 맨눈으로는 확인하기 어려운 플랑크톤 수준의 알려지지 않은 생명체가 다양한 담수 환경 곳곳에 살고 있는 것이다. 알려지지 않은 계곡까지 답사를 마치고 다시 하노이로 되돌아왔다.

이번에는 홍따이 박사가 추천한 북쪽의 탐다오(Tam dao) 국립공원에 들러 메뚜기 채집을 제대로 해 볼 예정이다. 야간에 불을 켜고 채집하는데 스크린에 엄청난 숫자의 바퀴가 날아와 깜짝 놀랐다. 낙엽을 먹고 살고 낙엽을 닮은 날개를 가진 커다란 종류들이었다. 중간중간에 섞여 있는 작은 초록색 바퀴(Balta)는 무척 생소하고 아름다운 느낌까지 들었다. 바퀴 색깔이 이렇기만 하다면 참 볼만 할 것 같았다. 한편 한국에서처럼 야간에 우는 소리를 듣고 미지의 여치와 귀뚜라미를 탐색했다. 우렁찬 소리를 내는 커다란 철써기(Mecopoda) 속은 우리나라와는 다른 종으로 여전히 세계적으로 연구가 잘 안 되어 있는 그룹이다. 열대의 엄청난 생물다양성에 놀랐고 새로운 생김새의 메뚜기를 만날 때마다 그저 감탄할 수밖에 없었다.

산장에서 현지식으로 저녁을 먹었는데, 사흘 연속으로 고수와 선지가 나와 당황했다. 한국인도 먹는 음식이지만 여기서 먹는 나물은 전부 낯설고 특유의 향이 많이 느껴졌고 선지는 핏덩이 그대로 비린내가 있어 비위가 조금 상했다. 나는 입맛이 까다롭지 않은 편인데도 께름칙한 느낌이 들어서 마지막 날에는 한국에서 싸 온 간편식 누룽지를 찾을 수밖에 없었는데, 뜨거운 물을 부어 홍따이 박사에게 먹어 보라고 주었더니 영 입맛에 안 맞는 표정이다.

C 과장님의 채집 성과가 예상보다 별로 좋지 않아서 이듬해 봄에 계절을 바꿔 다시 한번 베트남을 방문했다. 이번에는 시간 관계상 하노이에서 멀리 떨어지지 않은 베트남 북부의 생물다양성 핫 스폿으로 유명한 바베(Babe) 국립공원을 조사하기로 했다. 배를 타고 공원 중간의 호수도 건너고 낮에는 몇 개의 산봉우리에 올랐다. 홍따이 박사는 다양한 환경을 소개

해 주려고 이곳저곳으로 나를 데리고 갔는데, 더위를 먹었는지 체력이 바닥으로 뚝 떨어지고 말았다. 결국 산봉우리 돌계단을 오르다 지쳐서 땀을 한 바가지 흘리면서 쉬었다. 뒤돌아보니 몸 상태보다 의욕이 앞섰던 것 같다. 해외 조사도 가능하면 한 살이라도 젊었을 때 하는 것이 바람직하다는 생각이 들었다.

매일 밤 숙소 옥상에서 등화 채집을 실시했다. 불빛에 온갖 곤충이 날아들어 무척 흥미로웠다. 스크린에 빈 공간이 없을 정도로 빽빽하게 앉은 곤충들을 보니 확실히 온대지방과는 비교되지 않을 정도의 다양성과 생물량까지 정말 대단했다. 과(科)도 알 수 없는 작은 딱정벌레를 보니 누가 연구를 했을지 의문이 들었다.

국립공원 안의 동굴 조사를 갔을 때 엄청난 숫자의 검은색 집게벌레(*Chelisoches morio*)를 보고 깜짝 놀랐다. 한국의 동굴은 서늘하고 꼽등이가 많은데, 베트남의 동굴은 고온다습하고 집게벌레가 많았다. 오전 조사를 마치고 돌아와 식당에서 쉬는데 문득 지갑이 없다는 것을 깨달았다.

'어디로 갔지? 어디서 흘렸을까?'

조끼 안쪽 주머니에 지갑을 넣었는데, 몸을 구부리고 앉았다 일어났다 하는 과정에서 어디선가 빠진 모양이다. 아침에 나갈 때는 분명히 있었는데, 길도 잘 모르는데 어디부터 되돌아가야 하나 고민스러운 얼굴을 하고 있으니 홍따이 박사가 무슨 일이냐고 물었다. 아무래도 동굴 가는 길에 지갑을 흘린 것 같다고 했다.

"당신의 모든 것이 들어있는(All of yours)?"

홍따이 박사는 자기 일처럼 걱정해 주면서 자기가 대신 다시 가 보겠다고 했다. 한참 뒤 만난 홍따이 박사의 손에 지갑이 들려 있었다. 참 고마운 마음이 들며 안도감이 밀려왔다. 어디서 찾았냐고 물으니 역시 예상대로 한참 쭈그리고 앉아 있었던 동굴 입구 근처에 떨어져 있었다고 했다. 사실 지갑속에 우리 일행의 마지막 날 일정까지 필요한 많은 돈이 들어 있었다. 이후 상의 주머니가 열리지 않도록 지퍼까지 단단히 잠그고 다녔다. 낯선 땅에서 곤란한 일을 겪으면 의기소침해지기 쉬운데 동료의 도움으로 기운을 되찾을 수 있었다.

베트남 탐사를 통해 우거진 열대림을 관찰하며 보았던 곤충은 네 가지로 정리할 수 있다. 첫째, 높은 나무 위 수관부에 사는 곤충이다. 이들은 거의 땅에 내려오지 않는다. 저마다 초록빛 잎사귀를 닮아 위장하고 살아가며 지나가다 발견하기는 사실상 매우 어렵다. 낮에는 의태 상태로 움직이지 않으며 밤에는 온갖 울음소리를 내는데 다행히 등화 채집을 하면 불빛에 이끌려 날아온다. 둘째, 나무줄기에 붙어 나무껍질처럼 보이는 곤충이다. 나무줄기를 타고 오르내리며 나무껍질의 일부로 착각을 일으킨다. 나무껍질에 붙은 이끼나 지의류를 닮은 보호색이 많고 질감도 나무줄기 같다. 셋째, 바위에 붙은 이끼, 지의류를 흉내 내는 곤충이다. 어두운 동굴에 사는 꼽등이가 이곳에서는 이끼를 닮아 버젓이 제 모습을 빛 속에 드러내고 있었는데, 지나가다 우연히 발견하고 그 놀라운 자태에 깜짝 놀랐다. 축축하고 습한 날씨는 이끼가 자라는 데 알맞고 곤충은 덩달아 얼룩덜룩한 보호색을 발달시켰다. 넷째, 마지막은 땅바닥의 낙엽층에 사는 곤충이다. 이 낙엽층은 그야말로 축축하고 아늑한 작은 생명체들의 낙원으로 몇 발짝 크기의 낙엽을 들출 때마다 우글거리는 작은 절지류와 달팽이, 곤충을 목격했다. 얼마나 다양성이 높고 서식처에 따라 변화무쌍하게 적응하였는지, 그야말로 열대림은 생물다양성의 보고였다.

채집한 표본은 베트남 당국의 반출 허가를 받고 공항을 통과했다. 실험실로 돌아와 표본을 만들고 정리하면서 다시 한 번 베트남 메뚜기를 자세히 살필 수 있었는데, 연구 성과를 위해 우선 베트남산 메뚜기목 목록을 정리해 홍따이 박사와 공저로 발표하기로 했다. 기존 자료를 모으고 러시아 학자들에게 논문을 보내달라고 요청해서 목록화해 보니 650종이 넘는 목록이 만들어졌다. 한국산 메뚜기목 180종에 비해 월등한 숫자였다. 논문이 출간되자 베트남 곤충을 연구하는 학자들이 논문을 많이 인용해 주어 보람을 느끼고 있다. 그렇지만 사실 목록화만 했을 뿐 각 종이 무엇인지 실체는 잘 알지 못한다. 베트남에 다녀온 후 시간이 많이 흘렀고 변명 같지만 다른 업무로 연구를 더 진행하지 못했다. 시간이 주어진다면 다시 한번 표본을 정리하면서 현미경 관찰을 통해 자세히 종을 알고 싶은 마음이다.

| 덧적기 | 해마다 연말이면 홍따이 박사로부터 안부 연하장을 받는다. 베트남에 오면 언제든지 연락하라고 해 감사하다. 얼마 전 세미나 참석차 한국에 온 홍따이 박사를 잠깐 만났다. 쉬는 날 일요일, 국립과천과학관을 추천해 둘러보고 오랜만에 대화의 시간을 가졌다. 북한의 군사력과 남한의 경제력이 합쳐진다면 얼마나 좋겠냐는 홍따이 박사의 말이 기억에 남는다. 이제 나도 모르게 뉴스에 베트남 소식이 나오면 귀를 쫑긋하게 된다. 비슷한 분단의 역사와 감성을 공유한 두 나라의 우정과 과학 발전을 기대한다.

불가리아
조화로운 생태계가 여기에

아침 일찍 조바노프 박사와 이그나토브 씨가 우리를 기다리고 있었다. 불가리아의 자연을 느낄 수 있는 곳으로 우리를 하루 안내해 주겠다고 약속한 날이다. 기대 반 설렘 반으로 기분이 무척 들떴다. 수장고의 표본을 조사하러 왔기에 이런 일정을 미처 생각하지 못했는데, 우리를 위해 시간을 내준다기에 무척 감사했다. 일행을 태운 차가 불가리아의 수도 소피아를 서서히 벗어나 외곽으로 내려가기 시작했다. 도시를 벗어나자 확실히 달라진 하늘과 공기, 풍경을 서서히 느낄 수 있었다.

어떤 인연으로 우리는 동유럽의 낯선 곳에 온 것일까? 2016년 불가리아 자연사박물관을 방문한 계기는 불가리아의 메뚜기 연구자 조바노프 박사와 온전히 연락이 닿았기 때문이다. 물론 이전부터 알던 사이는 아니었지만 해외 박물관에 보관된 한국산 곤충표본을 조사하기 위해 후보지를 탐색하던 중 그래도 같은 전공자가 있는 박물관을 접촉하면 호의적이기 때문에 이메일을 보내게 되었고, 물론 흔쾌히 방문 허락을 받았다. 불가리아는 헝가리, 폴란드와 마찬가지로 과거 냉전 시대에 북한을 여러 번 탐사하였기에 혹시 이전에 내가 관찰하지 못한 북한산 곤충을 열람할 수 있을지 기대감이 있었다.

첫째 날, 박물관 입구에서 만나기로 한 약속 시각을 앞두고 숙소에서 일찌감치 나와 주변 지리를 익히고 약속 장소도 미리 확인해 두었다. 다가오는 사람이 조바노프 박사임을 눈치채고 어색하게 첫인사를 나누었지만, 같은 분야 연구자끼리는 통하는 바가 있어서인지 금방 친근한 느낌이 들었다. 우선 자신의 연구실로 우리를 데려와 차 한 잔을 마시며 담소를 나누었다. 공항에서 시내로 들어올 때 택시 바가지요금을 주의하라고 했는데 어땠는지 물었다. 사실 밤늦게 도착해 공항에서 숙소까지 두 배의 요금을 주었지만 그리 비싸지는 않았다. 차를 마신 뒤 조바노프 박사가 친절히 수장고를 안내해 주었고, 편의시설도 제공해 주어 일사천리로 조사를 진행할 수 있었다. 일주일간 표본 조사를 하기로 했는데 조바노프 박사가 찾아 주는 표본 상자를 열람해 보니 특히 노린재와 딱정벌레가 많았다. 물론 나의 주 관심사인 메뚜기 상자도 발견하여 데이터화하였다.

오늘 우리가 갈 곳은 불가리아의 피린(Pyrin) 국립공원으로 수도 소피아에서 차로 가면 두 시간 떨어진 남쪽에 있다. 조바노프 박사와 함께 한 이그나토프 씨는 박물관의 일러스트레이터로 멋진 예술 작품을 그릴 뿐만 아니라 조류 탐사를 돕거나 박제를 만들기도 한다고 했다. 중간에 마을 휴게소에 들러 유럽 스타일의 진한 에스프레소 커피를 마시면서 담소를 나눴다. 어떻게 당신은 메뚜기를 전공하게 되었는지 물어보니 자신도 잘 모르겠다, 공부하다 보니 저절로 이 분야에 오게 되었다고 답변했는데 나는 이 말을 듣고 싱긋 웃었다. 아마 나처럼 곤충학 연구 주제를 찾다가 연구가 덜 된 메뚜기를 골랐을 것 같았다. 마을을 걷다가 한 대문에 사람 얼굴을 많이 붙인 포스터가 눈에 띄어 물어보니 돌아가신 분들을 기념하기 위한 장소라고 했다.

마침내 피린 국립공원의 초입에 도착했다. 평일이라 그런지 사람들이 거의 없어 한적하고 조용해서 무척 마음에 들었다. 4월의 산은 눈이 많이 녹지 않아 정상부의 하얀 봉우리가 눈에 들어왔다. 등산로에도 눈 쌓인 곳이 많아 질척거리는 진흙 상태였는데, 미처 준비하지 못한 신발을 보고 조바노프 박사가 장화를 빌려주었다. 주차장 근처 돌 쌓인 언덕에서 유럽의 길앞잡이 두 종 *Cicindela campestris, Cicindela sylvicola*를 발견했다. 반짝거리는 날개를 따라 쫓는 기분이 상쾌했다. 계단을 오르자 우리나라 소나무와 같은 *Pinus* 속의 무척 단단하고 두꺼운 목질의 아름드리나무가 울창하게 서 있었다. 이른 봄의 낮은 풀밭에는 분홍색, 파란색 꽃송이가 솟아올랐고 초록색 풀잎이 서서히 올라오는 모습은 무척 희망찬 느낌을 주었다. 노란색 꽃 속에서 소형 갑충인 밑빠진벌레와 의병벌레가 꽃가루를 먹는 모습을 보았다. 막 부화한 실베짱이류 유충을 발견하고 조바노프 박사를 불렀다. *Poecilimon* 속인데 꽃가루를 먹이면 키울 수 있다고 해서 채집했지만, 며칠 새 금방 죽었다. 쐐기풀나비, 뿔나비, 작은 멋쟁이나비도 간간이 날아다녔고 우리나라의 멸종위기종인 표범장지뱀이 눈에 띄었다.

낯선 명금들의 울음소리가 침엽수 사이로 들려왔다. 색깔이 아름다운 작은 유럽울새(*Erithacus rubecula*)와 까만 바탕에 흰점박이 무늬를 차려입은 잣까마귀를 보았다. 그때 이그나토프 씨가 저 멀리 눈 쌓인 계곡을 가리켰다. 산양(*Rupicapra rupicapra balcanica*) 떼가 있다는 것이다. 너무 멀어 내 눈에는 명확히 보이지 않았지만, 작은 점들의 움직임이 관찰되었다. 산양은 여러 마리가 무리 지어 눈밭에 몸을 숨기고 있었다. 사실 피린 국립공원에는 늑대나 곰도 살고 있다는데, 최상위 포식자까지 어울려 생태계가 잘 보존된 보호구역이라는 느낌이 들었다.

산장에서 간단한 점심을 먹었다. 피린 국립공원의 최고 봉우리는 해발 높이 2,600미터가 넘는데, 저 멀리 산 꼭대기에서부터 스키를 타고 내려오는 스키어들이 눈에 들어왔다. 곤돌라는 보긴 했지만 우리나라 스키장 같은 느낌은 없었는데 국립공원 안에서 다양한 스포츠 활동이 이루어지고 있었다. 높은 산 위에서 내려와 쉬고 있는 사람들을 보니 눈빛에 그을렸는지 피부가 유독 검었는데, 가까이서 보니 머리가 하얀 노인들이어서 깜짝 놀랐다. 산장 주변을 맴도는 고양이와 주인을 따라온 개도 보았다. 산장 벽에서는 겨울을 성충으로 넘긴 밤나방(*Orthosia dalmatica*)을 발견했다. 눈이 녹아 흐르는 산장 옆 계곡에서 흑백 무늬가 인상적인 유럽 노린재(*Tritomegas bicolor*)를 만났다.

되돌아 하산하는 길이 무척 상쾌했다. 좋은 공기도 마시고 새로운 생명체도 보고 자연 속에 활동하는 밝은 표정의 건강한 사람들을 만나니 무척 조화로운 자연 생태계라는 생각이 들었다. 이그나토브 씨가 방문 기념사진을 찍어 주었는데, 무척 근사해 보였다. 한국에 돌아가면 동료들에게 알프스에 다녀왔다고 해도 믿을 것이라고 농담을 주고받았다.

해외 출장 중간에 출장지의 자연을 느낄 수 있어서 진정한 힐링이 됐고 남은 일정도 활기차게 업무를 마칠 수 있었다. 북한 백두산에서 최초 기록 이후 85년간 아무런 공식 기록이 없던 북한의 고유종 참민날개밑들이메뚜기(*Zubovskya morii*)를 표본 상자에서 발견하는 행운도 뒤따랐다. 조바노프 박사와 공저하는 것으로 방문 성과를 마무리할 수 있었다. 나는 또 동료 연구자에게 많은 감사와 신세를 진 것 같다.

영국
생물을 좋아하는 이에게 낙원이 있다면

우리나라 생물학사에 큰 영향을 끼친 중요한 국가로 영국을 꼽을 수 있다. 라틴어 학명 표기가 기준 체계로 자리 잡은 후 처음 학계에 알려진 한국산 곤충, 연체류, 양서류, 어류, 해조류 등 많은 모식표본이 영국 자연사박물관에 소장되어 있기 때문이다. 2003년 여름 박사 과정 중에 해외 박물관에 소장된 한국산 메뚜기목 표본 조사를 처음 가 본 나라가 영국이다.

히스로 공항에 도착해 처음 지하철을 탔을 때 들려오는 온갖 언어와 다양한 생김새의 사람들로부터 세계적인 도시라는 인상을 받았다. 이후로 두 번 더 가 보았고 횟수를 거듭하면서 이 나라는 박물학자와 자연주의자의 낙원이라는 생각이 들었다. 우선 도시마다 온갖 테마의 작은 박물관이 많았고 생물학 출판사와 온라인, 오프라인 자연사 서점도 유명하다. 애튼버러 경이 해설하는 BBC의 자연 다큐멘터리 시리즈도 영국을 대표하는 방송 프로그램이다. 가장 놀란 것은 월요일 아침부터 줄을 길게 서서 박물관에 입장하는 사람들의 모습이었다. 물론 외국 관광객들이 더 많았겠지만, 어려서부터 부모 손에 이끌려 혹은 유모차를 타고 자연 유산을 감상하는 문화가 익숙해 보였다. 영국 자연사박물관의 형성에는 대영제국의 세계 항해의 결과물도 있지만, 귀족과 부호들이 많은 수집품과 재산을 기증해 컬렉션이 더 풍부해질 수 있었다. 사우스 켄싱턴의 자연사박물관과 큐 가든, 런던동물원, 옥스퍼드 자연사박물관도 둘러보았는데, 최근 기억에 가장 남는 곳을 소개하려고 한다.

2017년 4월 영국 출장 중 휴일 하루, 잉글랜드의 자연을 조용히 느끼고 싶어서 인터넷을 검색해 보니 그리 멀지 않은 곳에 그럴듯한 곳이 있었다. 런던 습지 센터가 바로 내가 찾던 곳이었다. 습지에 사는 조류 관찰 위주이긴 하지만, 아내와 홍콩 습지 센터에 갔을 때 좋은 기억도 있고 생태 보전이 잘 되어 있다면 곤충을 관찰하기에도 좋을 장소 같았다. 빨간색 이층버스를 타고 도착한 습지 센터는 대도시 런던에서 살짝 벗어나 한적했는데, 머리 위로는 비행기가 한 번씩 규칙적으로 날아다녔다. 입구에서 지도를 보고 동선을 계획해 보았는데 천천히 둘러보면 생소한 유럽의 곤충과 새를 많이 관찰할 수 있을 것 같았다. 습지의 본래 환경을 보전하면서 이곳의 자연환경과 생물다양성을 이해할 수 있도록 곳곳에 간단한 체험 시설이 있었다.

안내 동선을 따라 이동했을 때 무엇보다 인상적인 것은 습지 센터를 찾은 사람들의 태도였다. 탐방객 수가 적지 않았지만, 자연을 관찰하는 사람들은 모두 조용히 자신만의 사색에 몰두했다. 조류 전망대 안에 들어가 보니 저마다 망원경으로 유심히 관찰하거나 관찰한 새의 정보를 조용히 책자에서 찾고 있었다. 습지에 살아가는 새들과 주변 사람들을 전혀 방해하지 않았다. 마치 미술관에서 고흐나 밀레의 작품을 감상하는 사람들과 같았다. 나도 덩달아 주변 경관 감상과 생물 관찰에 푹 빠질 수 있었다.

서늘한 4월 날씨는 봄꽃과 새싹을 틔우는 중이었지만, 곤충은 생각보다 많지 않았다. 벌과 파리, 무당벌레처럼 우리나라 생태공원에서 흔히 볼 수 있는 작은 곤충들이 주류를 이루었다. 한편 습지 센터 곳곳에서 만난 다양한 아이디어가 무척 흥미로웠다. 어린이 놀이터에는 나무 대롱을 잘라 붙여 만든 야생벌의 서식처를 조성해 두었는데, 요즘 말로 곤충 호텔인 셈이다. 특히 야생 박쥐를 위한 쉼터는 처음 보았는데, 밤에 활동하고 낮에 쉬는 휴게 공간을 인상적인 조형물로 세워둬 생태계에서 박쥐의 중요성을 알리고 있다는 점이 신선했다. 낡은 등산화와 버려진 도자기를 재활용한 조류의 인공 둥지도 눈에 띄었다. 우연히 앉은 낡은 벤치에 누군가의 명패가 생몰 연도와 함께 붙어 있어 자세히 살펴보니, 돌아가신 분이 살아생전 그곳에 앉아 새를 자주 관찰했던 자리임을 알게 되었다. 새뿐만 아니라 새를 사랑하는 사람의 뜻도 존중한다는 의미가 크게 와 닿았다.

우리나라에도 습지 센터와 비슷한 생태공원이 많이 생겨나고 있다. 한번은 생태공원 설계 보고회에 자문위원으로 참석한 적 있었다. 발표를 들어보니 생태를 고려했다고 하지만, 공간설계 디자인이나 주로 원예식물 중심의 조경에 초점이 맞추어져 있어 아쉬움이 컸다. 생태공원이 제 역할을 하고 방문자들에게 감동을 주려면 지역의 역사나 자연 특성, 감상할 수 있는 체험 요소 등 고려할 요소가 많을 것이다. 그러나 생태 전문가가 없는 설계회사에서 설계를 도맡는다면 외적인 경관만 고려할 뿐 그러지 못할 가능성이 크다. 우리나라 생태공원이나 생태학습원이 대개 어린이 단체 체험 활동으로 구성된 것도 아쉬운 점이다. 연령별, 성별, 단체별로 더 다양해져야 하고 가족 방문이나 스스로 방문하는 일반 성인들의 체험까지 고려하면 더 좋을 것 같다.

우리나라의 자연 관찰이나 탐방 프로그램은 대개 해설자가 주도하고 참여자는 수동적으로 해설을 듣거나 관찰하는 활동 위주로 이루어진다. 자연에 몰두해 스스로 관찰하는 사람들을 아직 많이 만나지 못했다. 아니 간혹 만나긴 했지만, 아직 한국인의 문화적 시선에서 어색하기만 했다. 우리나라 사람들이 자연을 찾는 목적은 주로 건강 관리나 정신 수양, 친목 도모이지 자연 관찰은 주 관심사가 아니기 때문이다. 많은 단체 프로그램에서 해설자의 길라잡이 역할이나 사람들 간의 의사소통, 배움의 과정이 아직 더 중요한 초기 단계이기 때문인 것 같다. 부모가 아이에게 알려 주는 문화, 생물을 신기하게 관찰하고 스스로 찾아 학습하는 문화가 더 많아지면 좋겠다.

영국이 고전 박물학부터 최근 생물학까지 선도적인 발전을 이룰 수 있었던 이유는 무엇일까? 우선 일찌감치 전 세계를 대상으로 자연을 관찰하고 수집하고 이를 통해 거시적 안목을 키웠다는 점이다. 진화론과 자연선택설을 전개한 다윈과 월리스,《이기적 유전자》의 저자 리처드 도킨스 역시 영국 출신이다. 전 세계 생물을 과학자의 눈으로 한 번쯤 쭉 열람했다면 번뜩이는 아이디어가 저절로 머릿속에 그려지지 않았을까? 그리고 그 배경에는 대대로 선조로부터 물려받은 자연 친화적이고 탐구하는 문화가 있었을 것으로 생각된다.

러시아
인섹타 베리타스!

메뚜기 연구자로서 러시아는 항상 가 보고 싶은 나라였다. 현직의 저명한 연구자로 고로쇼프 박사와 스토로젠코 박사가 있어 가끔 연락하고 있을 뿐만 아니라, 한국산 메뚜기와 연관된 유라시아(구대륙)의 여러 중요한 모식표본을 보관하고 있기 때문이다. 또한 19세기 말 한반도를 탐사한 헤르츠, 얀콥스키, 코마로프의 표본과 한국전쟁 이후 북한에서 채집한 메뚜기 표본도 보관하고 있음을 논문을 통해 알고 있었다.

2019년 〈고유생물자원 해외 반출 소장 현황 분석〉 사업에 참여해 러시아 방문 계획을 세울 수 있었다. 연초에 러시아 과학원의 고로쇼프 박사에게 이메일을 보냈더니 다행히 답장이 왔다. 사실 해외연구자들은 몇 개월씩 외국에 채집 조사를 나가면 자리를 한참 비워 두는 때가 있어 이메일을 보내도 답장받기 어려운 경우가 많다. 고로쇼프 박사는 겨울에는 페루에 나가 있을 것이고 봄에는 학회 일정이 있으니 여름에 오면 좋겠다는 답변을 주었다. 그리고 어떤 표본을 검토하고 싶은지 미리 목록을 보내 주면 찾아 놓겠다고 했다.

출장을 가기 전에 틈틈이 예비 조사를 했다. 러시아 동물연구소는 모스크바가 아니라 제2의 수도인 상트페테르부르크에 있다. 방문 경험이 있는 동료들에게 연락해서 숙박과 교통에 대한 팁을 얻었다. 키릴문자를 읽으면 좋을 것 같아 알파벳도 약간 공부하고 지리를 익히기 위해 구글 지도도 검색하고, 연구소까지 도보로 출퇴근할 수 있는 근거리 숙소도 예약했다. 어느새 출발일이 다가왔다. 직항이 있어서 편리했는데 공항에 내려 택시를 타고 숙소에 도착해 짐을 푸니 그래도 꼬박 하루가 다 지나갔다.

다음 날 아침 약속 시각에 맞춰 동물연구소를 찾아갔다. 연구소는 고풍스러운 자연사박물관 건물 안에 있었다. 출입구가 눈에 잘 띄지 않아 경비원들에게 물었지만 영어를 전혀 모르는 경비원들과는 소통이 어려웠다. 이때 스마트폰의 번역 기능 앱을 유용하게 사용해 방문 목적과 만날 사람 이름을 말했다. 보통은 경비원이 직접 전화를 걸어 "손님이 왔으니 정문으로 나와 데려가시오"라고 할 텐데, 그날 경비원은 구내 번호를 찾아보더니 나보고 직접 연락하라고 전화기를 내주었다.

'어? 공산국가라 좀 다른가?'

이런 생각에 잠시 빠졌다가 전화를 걸었다. 고로쇼프 박사와는 석사 시절부터 이메일을 주고받아 친근한 느낌도 있지만, 실제로 어떤 인물인지는 만나 본 적이 없기에 전화기 너머 처음 듣는 낯선 음성에 심장이 두근거렸다. 내 이름을 말하고 약속 시각에 맞춰 왔다고 하자 입구로 나오겠다고 했다. 사진으로 본 젊은 시절 고로쇼프 박사의 인상은 상당히 차가웠는데, 나이를 먹어 수염을 기른 박사의 실제 모습은 한결 부드러워 보였다. 고로쇼프 박사를 따라 박물관 복도와 지하도를 한참 지나 엘리베이터를 타고 곤충 연구실에 도착했다. 곤충 연구실 복도 입구에 붙은 문구가 꽤 인상적이었다.

—— IN-SECTA VERITAS!

이 말은 '포도주 안에 진리가 있다(in vino veritas)'는 라틴어 속담을 패러디한 것으로 '이 길에 진리가 있다' 또는 '곤충의 진리를 탐구한다'는 뜻이다.

우리 명함과 생물자원관 소책자, 기념품 등을 건네며 일정에 대해 담소를 나누었다. 그리고 그동안 고로쇼프 박사가 보내 준 논문이 연구에 큰 도움이 되었고 박사가 직접 그려 준 귀뚜라미 새해 연하장을 아직 갖고 있다고 감사 인사를 전했다. 마침 브라질 상파울루대학에서 방문 연구 중인 대학원생과도 인사를 나누었다. 우리가 방문하는 동안 연구소를 드나들 수 있도록 임시 출입증도 발급받았다.

메뚜기목의 경우 전 세계 어디나 비슷하지만 나비와 딱정벌레에 비해 종 다양성이 그리 높지 않아 수장고 규모가 크거나 연구자 수가 많지 않다. 고로쇼프 박사는 상트페테르부르크의 메뚜기목 수장고를 혼자 책임지고 있으며, 스토로젠코 박사는 블라디보스토크에서 메뚜기 연구를 책임지고 있다. 일부는 스토로젠코 박사가 빌려 가서 제 자리에 없었지만 많은 메뚜기 표본을 열람할 수 있어 흥미로웠다. 모든 분류학 연구의 출발점은 모식표본이기 때문이다. 이후 규칙적으로 출퇴근하면서 연구소의 표본 상자를 열람하고 이모저모를 살필 수 있었다. 외국 방문자로서 실례가 되지 않도록 귀중한 표본을 다룰 때 최대한 신경을 기울여 훼손에 주의했다. 사소한 실수로 거장 앞에서 초보 같은 인상을 주어서는 안 되기 때문이다. 라벨의 키릴문자는 온전히 독해하기 어려웠는데, 모식표본의 정보는 논문에 인쇄되어 있어 참조할 수 있었다.

우리나라 곤충상과 관련하여 석사 시절부터 러시아 문헌을 많이 참고해야 했는데, 지금처럼 번역 수단이 많지 않아 러시아어를 전공한 분께 A4 용지 한 장당 1만 원에 번역을 몇 번 맡긴 기억이 떠올랐다. 최근 모식표본에는 보통 적색과 청색 라벨을 눈에 띄게 붙여 놓는데, 이곳 연구소의 오래된 모식표본에는 금색과 은색 원형 라벨이 부착되어 있어 특이했다.

메뚜기목 조사를 완료한 후에 나비목 표본도 조사했다. 나비목 수장고 열람은 시네프 박사와 마토프 박사가 도움을 주었다. 말로만 듣던 조선 말 개화기 표본을 들여다보니 감회가 새로웠다. 오래전 탐사의 노력과 흔적을 고스란히 느낄 수 있었는데, 그 시대 조선인들은 외국인이 곤충 채집하는 모습을 어떻게 바라보았을까 하는 상상의 나래를 펴게 했다. 특히 헤르츠는 1884년 지금의 우크라이나 영토인 오데사에서 출발해 나가사키를 거쳐 부산에 들어왔는데 서울, 원산, 경기, 김화 등에 머물며 막대한 양의 나방을 채집했음을 직접 확인할 수 있었다. 장기간의 여행에도 불구하고 표본들의 상태가 깨끗해서 놀라웠다. 세계 여행이 쉽지 않던 시절, 어떻게 이방인으로서 지구 반대편의 조용한 동방의 나라에 곤충 채집을 올 수 있었던 것일까? 아마도 미지의 세계에 대한 탐험 정신, 그리고 러시아 마지막 황제 가문인 로마노프 대공과 독일의 저명한 곤충상(딜러) 슈타우딩거의 재정적 후원이 있었기에 가능했을 것이다.

촬영한 사진의 복사본을 마토프 박사에게 건네고 분류학자들과 아쉬운 작별 인사를 나눴다. 열흘간의 짧은 방문으로 200년 이상의 역사를 지닌 수장고를 이해하기는 쉬운 일이 아니었다. 출판된 논문과 실제 표본을 비교하였을 때 러시아 동물연구소가 소장하고 있는 한반도산 곤충표본은 대개 중북부 산악 지역에서 채집된 것으로, 향후 기회가 된다면 연구 기관 간 중복 표본을 교환하거나 공동연구를 진행하면 좋겠다는 의견을 나누었다. 다만 아쉬운 점은 최근 시설에 대한 투자가 없어 공간이 협소하고 실험 장비 등 인프라가 부족한 것, 연구자가 원하는 작업을 하기 위해서는 다른 대학에 방문해야 하는 불편함 등이었다.

그렇지만 여전히 중요한 역사적 곤충 컬렉션으로 전 세계 분류학자들이 상트페테르부르크를 찾는 이유는 무엇일까? 우선 학문적인 정통성과 자부심 때문일 것이다. 러시아는 여전히 공산국가이지만 기초 분야로서 과학, 문학, 예술을 발전시켜 왔다. 우주과학 분야에서 스푸트니크호와 유리 가가린이 유명할 뿐만 아니라 차이콥스키, 도스토옙스키, 톨스토이 같은 예술가와 문호들이 세계인의 감성에 큰 영향을 끼쳐 왔다. (존중받는 분야와 큰 영향력이 있는데, 왜 우크라이나 전쟁을 일으켜야 했던 것인지 안타깝다.) 러시아 과학원은 동남아시아와 중남미 국가에 지속적인 채집 탐사 활동을 벌여 분류학에 중요한 표본을 꾸준히 확보하고 있으며 화석과 계통분류학 연구도 선도하고 있다. 세상의 곤충들은 이러한 박물관과 연구소에서 정리, 보관, 탐구되어 오늘날 우리에게 전해지고 있다.

곤충학자 김태우의 곤충 이야기

세상에 사라져야 할 곤충은 없어

제1판 1쇄 인쇄 | 2024년 4월 15일
제1판 1쇄 발행 | 2024년 4월 25일

지은이 | 김태우
펴낸이 | 김수언
펴낸곳 | 한국경제신문 한경BP
책임편집 | 노민정
교정교열 | 김가현
저작권 | 박정현
홍　보 | 서은실·이여진·박도현
마케팅 | 김규형·정우연
디자인 | 권석중
본문디자인 | 디자인 현

주　　소 | 서울특별시 중구 청파로 463
기획출판팀 | 02-3604-590, 584
영업마케팅팀 | 02-3604-595, 562　FAX | 02-3604-599
H | http://bp.hankyung.com　E | bp@hankyung.com
F | www.facebook.com/hankyungbp
등　록 | 제 2-315(1967. 5. 15)

ISBN 978-89-475-4952-3　03810